当代作家精品·散文卷 凌翔 主编

苦菜花开

于永军　　著

天津出版传媒集团

天津人民出版社

图书在版编目（CIP）数据

苦菜花开 / 于永军著 . -- 天津 : 天津人民出版社，
2024.8
（当代作家精品 / 凌翔主编 . 散文卷）
ISBN 978-7-201-20478-9

Ⅰ . ①苦… Ⅱ . ①于… Ⅲ . ①散文集—中国—当代
Ⅳ . ① I267

中国国家版本馆 CIP 数据核字（2024）第 096305 号

苦菜花开
KUCAIHUA KAI

出　　　版	天津人民出版社	
出 版 人	刘锦泉	
地　　　址	天津市和平区西康路 35 号康岳大厦	
邮 政 编 码	300051	
邮 购 电 话	（022）23332469	
电 子 信 箱	reader@tjrmcbs.com	

责 任 编 辑	岳　勇
封 面 设 计	济南艺点图文
封 面 题 绘	钟宜超
主 编 邮 箱	jfjb-lx2007@163.com

印　　　刷	三河市中晟雅豪印务有限公司
经　　　销	新华书店
开　　　本	787 毫米 × 1092 毫米　1/16
印　　　张	18.5
字　　　数	232 千字
版 次 印 次	2024 年 8 月第 1 版　2024 年 8 月第 1 次印刷
定　　　价	79.80 元

序言

　　读书写作，伴随我自 1976 年发表第一篇"小豆腐块"开始，走过了 40 多年的时光，且业已成了我生活中的一部分。多年下来，发表文章的样报、样刊占了小书房很大的空间。其间，整理出版杂文随笔、报告文学、理论文集、哲学漫话时，零星发表的散文总因题材不符被落下。

　　2012 年退休后，出外游学见闻的时间多了，散文作品有感而发也显然增多了，于是就有了选辑一本散文集的念头。感谢凌翔老师从中推荐玉成，让这一愿望终得实现。

　　这本散文集，都是我发表在军地报刊上的早年作品。大致可分为三个部分：其一，出自家国情怀。18 岁当兵之后，故乡始终让我梦绕魂牵，书中无论是"苦菜花开"直抒胸臆，还是借"说年""奔年"说情愫，包括借生肖发思古幽情，借古诗言爱国之志，源动力都可归结为家国情怀。其二，出自行走感悟。军旅生涯近 40 载，从基层到机关，从机关到基层又回机关，辗转了一些单位，走过路过了一些地方，干过一些类似汶川抗震救灾等有意义的事儿，赖于笔勤及时记录了下来。虽然拉拉杂杂，无主线贯穿，但这本书是为自己的足迹和感悟留痕。其三，出自事理思辨。刘禹锡的《陋室铭》有云："苔痕上阶绿，草色入帘青。"在多年的读书思考中，时常生发些许历史或生活思考，诸如对圣贤和历史人物的评说，对物质世界、客观映象的辨别，等等。它们有的就像生存于荒漠甚至沙漠中的苔藓，唯有写出来，方能为人知。从这个意义上说，这本书其实也是作者一个为文的责任与奉献。

　　遗憾的是，这些年发表过一些大场景式的思辨散文，如《梦想的力量》《气度决定高度》《眼界决定世界》等，由于文字过长，在收录时只能忍痛割爱。这固然是题外话，但似可作为这则自序的结尾，也牵动着我继续自己的"下一个"。

于永军

2023 年 12 月

目录

行走吟

方物记

故园情

■ 苦菜花开的时候

当麦色青青染绿无边春色的时候，当山坡上枯草又长出绿叶在风中摇曳的时候，当洋槐枝头吐出一簇簇花蕾芬芳四溢的时候，当那淅淅沥沥的雨滴撩开春晓面纱、山雀黄莺钻进麦田里觅虫的时候，苦菜花也开了。一株株可爱的小精灵，穿着绿裙，挺着脖颈，扬着笑脸，尽情地炫耀着自己的快乐。

每逢这个季节，我便想念起遥远的苦菜。遥想麦埂上的、菜地里的、沟坡上的、石头缝里的，遥想那剜到母亲篓子里的或择洗干净放在菜板上的，叶绿根白，有的含着嫩嫩的苞蕊，有的泛着黄黄的小花。那是远远近近的记忆，那是深深浅浅的记忆。

我生长在"瓜菜代"的年代，野菜、草根、树皮、树叶、酒糟渣、观音土，凡是能用于充饥的东西，我都"勇敢"地作过"穿肠过"实验。正由于那时的修炼，至今我依然记得：树皮类只有榆树皮能吃，甜丝丝、黏糊糊的，像地瓜枣；草根类只有茅草根能吃，可"进口"容易"出口"难，排泄能憋死人；树叶类只有洋槐叶能吃，但会使人浮肿，那时我们村 200 户人家，100多人得了浮肿病，我 4 岁的三弟，脸肿得像个皮球。说到这里，要感谢上苍的护佑。那几年，粮食没甚收成，野菜却疯长，于是饿极了的人们便扑向了野菜，什么麦蒿、七七菜、猫耳朵，什么灰菜、西天谷、疯狗草，只要能吃、药不死人，剜到篮子里便是菜。苦菜让我记忆深刻，不只是因为它生命力顽强，有土的地方就能生长；也不只是因为它的完美奉献，根叶茎都能吃。更可贵的是，别的野菜过了季节就成了草，它却一枝独秀，过了春荏还有秋荏，鲜嫩时晒干，冬天用水一泡照样能吃。1962 年的那个大年三十，我们一家五口人吃不起饺子，父母一商量，用干苦菜插渣（做菜豆腐，老家方言叫"插渣"）。除夕早上，娘泡上了半锅干苦菜，又泡了半碗留待来春做种子的黄豆。傍晚，当家家户户响起刀剁案板声，娘剁苦菜，爹磨豆，做了一锅苦菜渣。那飘着清香的尤物，馋得我们兄弟几个口水直流。在亲情浓浓的年夜里，一家人围坐在炕上，每人盛了一大碗。那渣吃到嘴里，苦中有香，香中稍苦，对一个肚子里罕见油水的孩子来说，那感觉着实美不可言。在我童年的记忆中，那一顿苦菜渣，绝对是最美的滋味。

这样的记忆留存了好些年。1974年秋，我参军了，就要离开父母走向远方。娘问我想吃什么，我说，最想吃苦菜渣。可惜，这个时候苦菜太少了。无心的一句话，娘却上了心。第二天，晚饭时分，我从镇上找同学告别回来，一眼看到炕上放着一小盆苦菜渣。原来，头天夜里，娘就泡上了黄豆，翌日一大清早便挎着篓子出了门，满山坡里寻苦菜。弟弟告诉我，为了这顿苦菜渣，娘整整在坡里找了一上午，沟沟坎坎几乎寻遍了，两只小裹脚都磨起了泡。接下来的情景是：娘催促我趁热吃、多吃点，而我，筷子还没有动，泪水便盈满了眼眶。

最远的记忆是最深的记忆，而最深的记忆常常是最不全的记忆。

军旅生涯30多载，一年两度黄花开。妹妹告诉我，打我参军之后，每当苦菜花开的时候，娘都要上坡去剜苦菜，泡豆子插渣。年年如此，岁岁这般。有好几次，老家有人到济南，娘还专门央人给我带一瓷钵呢。

年年苦菜花儿开，岁岁不同苦菜事。

有一年3月，正是苦菜花开的时候，我随工作组下部队，离老家20多里，领导特批让我回家看看，我想给娘来一个惊喜，事先并没有打电话。不承想，吉普车刚一到村口，大老远就看见娘站在那儿张望。我不解地问娘，您在这儿等谁？娘说，在等你。我说，您怎么知道我今日回来？娘说，这两天我左眼一直跳，寻

故园情

思着你该回来了，好几天都上这儿望望，没想到你还真的回来了，夜来（方言：昨天）还让你嫂子插了苦菜渣呢！不知冥冥之中是否真的有心灵感应，也不知是否真的是"母子连心"，但这偶然之中是否有着必然的因素呢？我想是肯定的。

娘活了八十又四岁，找早逝的父亲去了。

苦菜花又开了。娘啊，您在哪里？

天边的云朵告诉我，娘在天上；故乡的风儿告诉我，娘在风里。娘坟头上盛开着的苦菜花，便是娘给儿子的笑脸。

（原刊于 2013 年 4 月 1 日《齐鲁晚报》"青未了"副刊）

奔年路上

娘健在时，一到年根儿，我就经常打喷嚏。我把这事说给娘听，娘说，那是我在重念（念叨）你。

每逢这时，我便想起了坐在村头翘首以盼的娘亲，想起了村头那口老井，想起了儿时经常下去扑通水的小河，想起了那段虽不遥远但锤炼自己孝行的奔年路。

那一年，第一次携妻子回胶东老家过年。凌晨1点多钟从城阳下了火车，恰逢老天下大雪。大包裹小提拎，一脚深一脚浅地往汽车站赶。买上去往家乡的车票，汽车却要等到早上5点才来，只好站在空荡冷清的候车室里等候，不时地跺着，唯恐冻僵了双脚。看着门外仍在飘舞的雪花，寒冷、焦急、无奈，无以言表。然而一想到家就在眼前，就在不远处升起袅袅炊烟，身上便涌出了一种温暖。这种温暖，足以抵挡住任何风雪寒冷。

那一年，第一次带着刚咿呀学语的儿子回家过年。妻子抱着儿子，背着孩子必备的物品；我肩扛着娘最爱吃的大米，手提着早已打包好的年货，一如闯关东归来。上火车还好说，下火车、换汽车麻烦大了：东北风刮着，地上霜冻着，一家三口在凛冽的寒风中，走一会儿停一会儿，蹒跚而行。儿子冻得脸蛋发紫、小手冰凉。问他冷不冷，他说回老家看奶奶，不冷。小小的人儿，此刻心里也涌动着一种激动。

那一年，在宣传处处长岗位上的我，早早给娘说好组织完大年初一的游园，初二保准赶回家过年。哪知除夕上午接到了一项紧急任务：为节后重要会议准备一份文件，以初六上班为限。按说，一个小长假准备一份文件并不成问题，可同时又要向翘首以盼的娘亲兑现初二回家过年的诺言，将我推到了艰难的境地。为了工作与孝行两全，初一活动一结束，我便一头扎进办公室，晚上11点拿出了初稿。翌日早上6点，如期踏上了回家的路。初五下午2点返回部队，又匆匆赶往办公室修改至午夜。也许是一路辛苦风霜，也许是疲劳之际饭未吃好，抑或诸多原因兼而有之，当任务完成之时，我一个头重脚轻倒在了沙发上。睡梦中，恍然还在奔年的路上。

奔年的路，是一条思念的路。对戍边的军人而言，显得弥足珍贵。诚然，心中时常牵挂着家中高堂，也热望能"常回家看看"。但使命所系，更多的时日却远在关山盘弓卧马，当国家的卫士。正是这种职业特质，一到春节，我最珍重的愿望就是能回故乡过年，回到那个养育了我的小村庄，陪伴父母守岁，有如依偎着自己生命的根与源头。尽管，奔年的路上，时常"千里冰封，万里雪飘"，可再大的风雪也扑不灭回家的热情，再冷的天气也阻挡不住见爹娘的那种激动，一有机会便恨不能脚底生风。临近家乡时，路边那一草一木仿佛在向你点头，空中那飘浮着的云朵仿佛在向你招手，河里那哗哗作响的流水仿佛在为你放歌。那种大美的感觉，足够令你陶醉，多年如新，从未产生过"审美疲劳"。相反，却不断点燃我心中的兴奋，把对故园的眷恋融入生命记忆，形成浓厚的根脉情结，进而执拗地认定，最美不过家乡美，无论什么语言都无法与那一声"爹、娘过年好"相媲美。多少思念，多少惦记，多少期盼，都融汇在那至亲团聚的年夜里。

奔年的路，是一条向往的路。树高千尺总有根脉，雁飞万里总有家园。只要心中有祖根有家园，就有情感凝聚的中心。不管走到哪里，你都不是断了线的风筝，总会有一条线在牵着你；无论离家多远，你都不会寂寞，总会听得到家乡的小河在歌唱。于是，临近年根儿，你就少不了打喷嚏。这喷嚏，是心灵的感应？是根须的呼唤？是生命密码传递出的一个信息？或许这也正是每年春节，辽阔的中国大地上数亿人迁徙移动成为一道世界罕见的独特风景的精神动因。

奔年的路，是一条幸福的路。流沙般的岁月里，我奔忙在回家过年的路上，一奔就是 32 年。我忙碌着，但我幸福并快乐着。随着双亲先后离世，特别是娘亲大前年离世之后，我的心一下子像被掏走了一样空落落的，那种牵挂的幸福感，那种家中有娘的幸福感，一瞬间消失了。每逢听到战友春节回家，总会油然而生一种羡慕。倏忽间蓦然发现，家中奔年的角色已经移位，自己一下子变成了圆点。

其实，细想一下，这也是一个自然规律。金乌西坠，玉兔东升，花开花落，一年一度青草绿，皆是规律使然。"一个个的新年送老了一个个的人，新年又将'旧'的礼物从去年受礼的手里取回来，赠给较新的手里去。"（徐訏）当树木抽出新枝，那树已经在原本意义上赋予了新意。树有年岁，枝有年轮，人同此理，新年不过是标识一切生命体新旧更替、生生不息的一个时间刻度和分界。

奔年，从形式上看是人们对未来幸福的一种憧憬和追逐，但从本质上说是一种对生命的珍惜和尊重。珍重孕育着希望，希望包寓于珍重。于是，每一次奔年，便寄予了新的意义。希望在新的路上，幸福在新的路上。我们正奔走在新的路上。

故园情

■ 年是一个念想

进了腊月门，便感觉了年的脚步，闻到了年的味道——在鞭炮的纸屑里，在汽笛的鸣叫里，在压岁钱里，在大红灯笼里。

年是什么？诗人说，年是一个春约，"采一片树叶做一支叶笛，把春天吹得摇摇晃晃"；作家说，年是一种文化，新年纳余庆，嘉节号长春，"五谷皆熟为有年"；哲学家说，年是一个时间段，人生如旅，一天是一个标点，一个月是一个句子，一年则是一个相对完整的段落；民俗家说，年是一个祭祀，一岁四祭祀："岁朝也，清明也，中元也，冬至也"；乡亲们说，年是一种味儿，是噼噼啪啪的鞭炮，是千门万户的春联，是热气腾腾的饺子……但年烙印于我，从孩提时即是一个念想，迄今年过半百，依然萦绕心头，挥之不去。

我生长在农村，童年正逢"瓜菜代"的岁月，过年给我的念想，除了贴对联、放鞭炮之外，最要紧的就是吃饺子、多吃几顿饱饭。有首民谣这样说："初一饺子初二菜，初三初四也不赖"；有出小歌剧的歌词是："新年到，新年好，新年吃个饱。"字里行间，都洋溢着一种年的满足和幸福，反映了困难光景中的人们对吃饱的热望。

进学校读书，知道爱美、爱书包了，对年的念想也雅了一些：盼着扯件新衣裳，虽然常常是白布染成的，可在兄弟几人合盖一床被子的窘境下，这自然是一种奢华。比衣裳更诱人的还有压岁钱。有一年，我家一年辛苦挣的工分年终结算，扣除口粮款，只分到了 10 元钱。正因为这，每到年关父亲常常和蔼却又无奈地说，你们小孩盼过年，我们大人是愁无钱啊！尽管如此，每当初一大清早我们给父母磕头拜年，父亲总会摸摸我们的头把准备好的一角或两角新钱分别递到我们手上，一种感恩之心油然而生。那一两毛钱拿在手上的感觉，绝对比现在的1000元红包有分量。倘若年景好，到伯伯、叔叔家，姥姥、舅舅家拜年亦有收获，合计得个块儿八毛的，俨然成了"小财主"，买铅笔、买橡皮全凭自己支配，抖起来了。

高中毕业后当了兵，离家千里。每逢过年，最大的念想就是探家，回到那个养育了我的小村庄，陪伴父母守岁，有如依偎着自己生命的根与源头。尽管"既然来当兵，就知责任大"，深谙"忠孝不能两全"，但回家过年的念想，从来没有产生过"审美疲劳"，相反却不断点燃心中的兴奋点，把对故园的眷恋融入生命记忆，形成浓厚的根脉情结，认定无论什么呢喃情话、吴侬软语，都无法与至亲年夜絮语相媲美。因而一有条件，便恨不能脚底生风匆匆踏上回家的路，再大的风雪也浇不灭这种热情。

一年复一年地念想，一年复一年地奔年，一奔就是30年。随着父母亲先后过世，这种念想又转了角色，变成了对孩子回家的期待：置办齐了丰盛的年货，打扫净了居室的卫生，准备好了大红的灯笼、一串串的鞭炮，等待着远在外地的儿子回家过年。此时此刻，总会想起娘在世时说的一句话："一到年根就打喷嚏，那是在重念你。"是啊，"儿行千里母担忧！"这喷嚏或许是心灵的感应，是生命密码传递出的一个信息。大概这也正是每年春节，辽阔的中国大地上数亿人迁徙移动成为一道世界罕见的独特风景的精神动因。

其实，念想是一种幸福实存。当日渐富起来的人们不再为温饱发愁，"过年吃个饱"就失去了依存，变成了"从前"的笑料；一些富足之家，压岁钱动辄上千甚至成万，孩子却往往觉得理所当然甚至不以为意。那种吃上水饺的幸福感，得到块儿八毛压岁钱的感恩之情，自然也就无以觅寻，这的确让人痛心。正是从这个角度上思考，经常回望一下历史，怀旧一下过去，教育自己和后代珍惜现存，懂得和学会感恩，感恩社会、感恩亲情、感恩友情、感恩生活，爱的温暖就会让我们的生活永远可爱。或许，这也正是眼下破解社会"幸福密码"的一把"钥匙"。

从本质上说，念想应是一种珍藏。发个贺年信息，打个拜年电话，抑或登门看望一番，都是一种内心的拥有。意义不在于形式的本身，而在于情感的驮载；不在于轻重，而在于有无，只要有了，不论多少都能产生美好的心灵感应。倘若不是出自内心念想，而是世俗的功利，形式再热闹，也是苍白的；器物再丰富，也是空洞的，自然也谈不上什么珍贵可言。由此想开去，"饮水思源"，念想生育、抚养你、使你体现生命的人，是一种拥有；念想给予你温暖、给予你力量、给予你帮助关怀、携你渡过难关、写入你成长历史的人，也是一种拥有；侨胞想着祖国，游子想着家乡，领导想着百姓，机关想着基层，我们党想着人民群众，同样都是一种拥有。念想才会拥有，拥有才会知恩，知恩才会幸福，念想常在，幸福同在！

新年孕育希望，希望带来快乐。新年的每一个日出都是新的：希望春雨潇潇，希望桃红柳绿，希望瓜果飘香，希望五谷丰登，希望孩子茁壮，希望老人健康，希望社会安宁，希望祖国昌盛……一切念想都在希望里，一切幸福都在希望里。因希望而快乐，因快乐而幸福，循环往复，"富饶丰衍，快乐无已"，幸福无已。

■ 春联往事

春节到了，又要贴春联了，我的心抑制不住地又躁动起来。我生长在农村，童年和青少年时代在农村所经历和熏染的民俗文化气氛，让我对那红红的春联有着特殊的喜爱和敬畏，至今依然在心头在梦里萦绕不去。

我国民间过年贴春联的习俗，最早可上溯于五代，《宋史·蜀世家》中就有后蜀主孟昶题"新年纳余庆，嘉节号长春"之说。而"春联"作为名词出现，则在明代初年。传说，朱元璋做了皇帝之后，除夕前颁下御旨，要求金陵家家户户用红纸写成春联贴在门上，以贺新春。大年初一早上，他微服巡视，每当看见写得好的，便赞上几句。正高兴着呢，碰到一家没贴春联的，便询问原因，侍从回说：这一家从事杀猪和劁猪营生，过年特别忙，还没有来得及请人写呢。于是，朱元璋便命人拿来笔墨纸砚，亲自为这家写了一副："双手劈开生死路，一刀割断是非根。"尔后又继续巡视。巡了大半天，在回宫的路上又经过那个屠户家，见门上仍然光着，喝问是怎么回事，屠户恭敬地回答："这副春联是皇上亲自写的，要高悬到中堂上，每天焚香供奉。"朱元璋听了很受用，立马赏了30两银子。由此可见，"春联"的得名和推广，以至于在明代出现鼎盛，是通过行政命令的办法推广开来的。

当然，把一种习俗归为行政强推的结果，是有欠公允的。行政高压可执行一时，却不能风行一世，更不会世代因袭。春联之所以历经千载而不衰，迄今仍在中国民间尤其农村中盛行，与其独特的魅力密切相关。一是喜庆性。普天同庆，举国弘扬。除非家中有老人过世需守孝三年可以不贴，否则，过年时吃的可以孬点，穿的可以差点，春联却是一定要贴的。住宅的院门、屋门、房门上要贴，院内的照壁、墙面和大树、室内靠炕的墙壁、厨房的灶台要贴，店铺、作坊、柴房包括猪圈、鸡鸭舍也要贴，就连供奉神仙的地方亦不例外，要的就是到处红红火火、满眼红彤彤。二是祈祷性。除旧布新，福运来年。过去一年是丰收的，那也已是陈迹，希望来年有更大的收获；过去一年不如意，毕竟过去了，往事如烟，随风飘逝，有下坡就有上路，有困地便会有顺境，祈祷来年时来运转。于是，春联便成了寄托希望的吉祥物。三是人文性。家家户户红相似，户户家家联不同。除夕这天中午下午，倘若你在村子里在大街上一家接一家看春联，品咂其中寓意，会感到是一件很有趣的事儿。譬如，看到一家贴着"光荣人家，英雄门第"的春联，你便会知道这家是烈、军属，或家中有立功之人；看到一户贴着"一支粉笔，连绵化雨滋桃李；三尺讲台，摇曳春风抚栋梁"的春联，你即可认定这是一个教师家庭。如此等等，正是这般富有思想性和感情色彩，才使得春联有看头、有味道。相比之下，那种程式化的印刷品对联毫无生命力，贴上一副充其量只是个装点，图个形式而已。

　　不过，说起我对春联的敬畏，还有一个特殊的至少带有我们村里人的印记。20世纪50年代，村里有户人家，年三十上午赶集求了一包春联回家，因为不识字，看人家写时尚记得，临贴时却搞混了，又不好意思求人帮助贴，便凭着感觉贴了上去。门上的对联字大好认，没有搞错；在那些该贴到墙壁、粮仓、猪圈里的小贴子，却出了岔子。大年初一早上，前来拜年的人发现：那炕头墙壁上本应贴"抬头见喜"的地方，却错误地贴上了"肥猪满圈"，猪圈里则阴差阳错地贴上了"抬头见喜"，寓意全反了。此事不胫而走，自然成了乡间间的笑料，在一些喜欢给人起绰号的人嘴里，这家的大人一下子变成了"老母猪"，小孩子则成了"小公猪""小母猪"，全家一窝"猪"。一条贴错了的春联，留下了一个辛酸的故事。引以为戒，敝村乡亲们贴春联，尤其认真和恭敬。我那没有念过几天书的父亲，过年贴春联，总要事先作好标记，固执地看着我们兄弟贴，唯恐出半点儿差错。年复一年，对春联的敬畏、贴春联时的庄重，便深深地烙在了我的脑海里。

其实，人们喜爱和敬畏春联，从根本上说应归于春联中所蕴含的浓浓春意："一年之计在于春"，什么都无法代替这个"春"字。春是一种无言的生机，它所寓意的永远都是未来时。对未来美好的向往，是人类永恒的追求，又是催人奋进的号角。倘若失去这种天性，人生之富贵与贫穷、文明与愚昧，都将变得毫无意义。有一年春节，我回故乡过年，与儿时伙伴聊起了村里的后生，得知那户贴错春联的人家，孙儿辈个个发奋，人人上了大学，一人正在复旦大学读博士，成了村里的骄傲。

这个消息让我在唏嘘感叹之余，不禁思绪万千。"千门万户瞳瞳日，总把新桃换旧符。"辞旧迎新，这不正是人们一代一代重复着贴春联这个古老习俗，虔诚地、静静地让春联守卫在门口，把对生活的热爱和对未来的憧憬，一点点融入"春"的祈望之中的一个见证吗？这不正是小至一个家庭大到整个中华民族不断在自我革新、自我完善中图强的一个缩影吗？令人欣喜的是，今天在通向中国梦的春天里，革故鼎新、鹏图新举，正成为我们伟大民族的一个自觉担当，显现在深化改革的铿锵步履里。

故园情

■ 高挂的光荣灯

著名作家李存葆的《祖槐》中有个名句:"故土如同胎记,深嵌在国人的肌肤上。"诚如斯言!故土与游子,往往如同洪洞霍山上那与山体相连的山岩,不管光阴之波如何强劲,总也不能将故乡从游子记忆的深土中拔掉。正是这一情结所系,每当一年一度的春节来临之际,我总会情不自禁地想起一种在脑海中定格的红灯笼——那个年代家乡父老制作的光荣灯。

那个时候的农村,一个乡镇为一个人民公社,一个自然村为一个生产大队,大队又按村落自然布局划分生产小队。经济困难的年代,乡亲们过年挂灯笼大都是自己动手做,我那在大队担任民兵连长多年的堂哥,每年都要从各生产队抽调专人像派任务一样组织制作光荣灯。光荣灯的制作过程并不复杂:先用竹片或粗铁丝扎成两个尺寸大小相同的五角形,分别搭上横杆用铁丝固定,形成立体形的五角框架。然后,通体镶上红纱,成为一个五角红灯,两面中白处贴上 8 个金黄大字:"英雄门第,光荣人家。"再后,在各个角间分别贴上"送子参军""保家卫国""战斗英雄""喜报回家"等题材的剪纸。

光荣灯让我钟爱的原因,关键在"光荣"二字。喜庆新春,家家户户可以挂红灯笼包括五角红灯,唯独不能标写上"英雄门第""光荣人家",因为那是生产大队专给烈军属的荣耀。我们村子不大,只有 200 来户人家。那时,能够享受挂光荣灯的只有 3 家。我家便是其中之一。1969 年底,我哥哥参军当了工程兵,打那以后,每年春节,村里都给我家送光荣灯。

村人送光荣灯的时间节点,惯例都是在小除夕即大年二十九掌灯时分。先是大队党支部书记在有线喇叭上喊话,让基干民兵和共青团员到大队部集合。不一会儿,"咚咚锵锵"的锣鼓声便在大队部响了起来。个把钟头后，人召集得差不多了，送光荣灯的队伍便开拔了。在无电视、无多少文娱活动的年代，"咚咚锵锵"的锣鼓声吸引了若干没上学的孩子和放了寒假的学生，大家不约而同堵在大队部门口看热闹。送光荣灯的队伍出发了，他们便自动跟在后面，随着锣鼓点扭着、闹着、欢笑着，送光荣灯的队伍平添了更多的热闹。

每逢此时，我们家便会上演一番认真的准备：院子里，早拾掇得利利索索；大门外，扫了一遍又一遍。一家人列队欢迎般候在门口，等那锣鼓声走近，等着接光荣灯和发给烈军属的慰问信。当然，随同灯和信，还有3斤猪肉、4两茶叶和1包蜡烛。这点东西，放在现在，根本不起眼，但在贫困年代的农家，那可是一份让人眼睛一亮的重礼。

不过，从父亲的眼里，我感觉他更稀罕那盏光荣灯——亲手接下来，宝贝似的拎进家门，挂在小孩子够不着的地方。除夕大清早，就高高地挂在了大门口，未至掌灯时分就燃亮了灯中的蜡烛。烛光中，那"光荣人家""英雄门第"赫然闪耀着，似在与大门上火红的春联比美，又像在与墙角憩息的镐头和弯把犁交流，与挂在屋檐下裸露金黄牙齿的玉米棒、鲜红的辣椒串对歌。站在光荣灯下，一种非同寻常的心境油然而生。灯光下的父亲，内心喜悦之情溢于言表，岁月写在脸上的皱褶仿佛都打开了。那决不只是一个长年累月在土里刨食的农民以看似雷同的形式在迎接新年，也不只是一个家有男儿为国戍边的父亲在乡亲们面前的自豪，比这更深沉的，还有父亲对儿子保家卫国的嘉许，对乡亲们在安宁的年夜里欢度春节的欣慰。每当此时，看着父亲凝重的神情，我的心头便热热的，眼窝也润润的。

"光阴一岁一枯荣，又逢家家红灯笼。上年挂灯似昨日，转瞬又买来年灯。"哥哥得来的光荣灯挂了6年，我也参军了。再后来，我的弟弟、两个侄儿包括我的儿子，也都先后进入了卫国戍边的行列。40多年了，每逢除夕，无论我站在哨位上，还是在值班室值班，或与官兵一起过年，在我的心头，家乡的光荣灯一直在闪耀。乡友们说，这是一种对流逝时光的怀念，一种挥之不去的乡愁。我不否认此说，但也不完全认同。因为我分明感觉到，个中更有一种职业的自豪，一种不负父老期望的责任和义务。它顺着我的血液游走，深入我的血管、我的骨髓，藏进我的心间，也常常萦绕在我的梦里。

■ 贴在心中的"门神"

贴门神，是我国从周代为始的古老春节习俗之一。门神的前身是桃符，又称"桃板"，乃是用桃木雕刻成的两个"桃人"。一曰神荼，一曰郁垒。传说这哥儿俩最善捉鬼，是黄帝派来镇鬼护佑人们平安的。《后汉书·礼仪志》记，桃符长六寸，宽三寸，桃木板上书"神荼""郁垒"二神。南朝宗懔的《荆楚岁时记》说："岁旦，绘二神贴户左右，左神荼，右郁垒，俗谓之门神。"

到了唐代，门神让位于名将秦琼和尉迟恭。其画像被贴在门上，被百姓当成驱赶鬼邪的守护神。

随着时代更替、生活变化，民间的门神崇拜也呈现多样化的表征。以明清至民国期间的武门神为例，河南人贴的是赵云和马超，河北人贴的是马超和马岱，冀西北则敬薛礼和盖苏，陕西人敬孙膑和庞涓、白起和李牧，而汉中一带贴的多是孟良、焦赞。还有的地方敬姚期和马武、关羽和张飞、裴元庆和李元霸、岳飞和温琼等。新中国成立后，有些地方过春节大门上还张贴人民英雄画像，如刘胡兰与赵一曼、董存瑞与黄继光，等等。近年来，各地还出现不少军人版门神、警察版门神，亦引来不少网友点赞。

民间贴门神，本质上讲是一种寄托：辟邪驱鬼。就像那首民谣所唱："门神门神骑红马，贴在门上守住家。门神门神扛大刀，大鬼小鬼忙逃跑。"当然，还有保平安、降吉祥、纳福瑞等。其实，这种寄托的前提应是敬畏心中的"门神"，即本分、善良做人做事。有道是"不做亏心事，不怕鬼叫门"。做人也好，为官也罢，冀望平安吉祥，关键在自身不作恶。你做人不善，欺行霸市、鱼肉乡邻，造假贩毒、图财害命，过年时在门口挂两块桃符，就能保尔逃脱法律制裁？你为官不廉，贪污腐败、违法乱纪，卖官鬻爵、贪得无厌，临时在门上贴两张门神画，就能避免遭"打"被"挡"？这无疑是自欺欺人、亵渎门神！"手莫伸，伸手必被捉"，只要干了伤天害理、违法乱纪的事，终有一天要为自己的所作所为买单。

敬畏心中的"门神"，就是敬畏人生、敬畏自然、敬畏法纪。孔子说："君子有三畏：畏天命，畏大人，畏圣人之言。"缺少这种敬畏，便比魑魅魍魉更可怕。东汉名臣杨震做东莱太守时，路过昌邑，在昌邑县长任上的一位老朋友去看他，晚上送黄金十斤。杨震拒收。朋友劝说："现在是深夜，没有人会知道。"杨震回答说："天知、神知、我知、你知，怎么说没有人知道呢?!"这"四知"，实质上就是对做人做官良知的敬畏。所以护佑自己和家人平安的门神，不仅仅是贴在门上，更要贴在心中。

一位领导在参加某县民主生活会时，针对一些领导干部违法违纪的突出问题，曾借"门神"喻理："有人说，天上掉馅饼之时，就是地上有陷阱之时。一旦突然凭空来了一个好处，一定要警惕。看到这些东西自己就要戒惧、退避三舍。咱们的门神要摆正，大鬼小鬼莫进来。"这话说得在理。话中的"门神"，对党员领导干部来说，就是"心中有党，心中有民，心中有责，心中有戒"，说到底是一种共产党人的浩然正气。所谓"摆正"，就是心中有敬畏。如此，才能真正形成事业心、责任感、党性觉悟、民族精神。心中有敬畏，那些"大鬼小鬼"纵有千般诡计，你这里有"门神"护佑，其能奈尔何？正所谓"正气存内，邪不可干"。所以那些腐败落马者，无论归咎于中"鬼"计，还是埋怨上"鬼"当，都是自找的，根子在自己亵渎了心中的"门神"。

"千门万户曈曈日，总把新桃换旧符。"这个新旧转换，承延的是正气，寄托的是希望。年复一年，"富饶丰衍，快乐无已"。或许，这才是千百年来人们"总把新桃换旧符"的要义之所在。

■ 细品慢咂说年味儿

万物皆有味儿，年亦不例外。

年味是什么？有人说，是那红彤彤的春联、此起彼伏的爆竹声；有人说是孩子的压岁钱、一家人围坐吃团年饭；也有人说，是那挤车赶船的奔年大军、商场里比平日里更丰富但价格上扬了一些的菜篮子、一年一度载歌载舞的电视春晚……

这些说法都对，但也都不完全对，或者说都只是对年味浅表的认识，并没有从质的层面上说出年的味道，因而也留出了一些细品慢咂的空间。

《谷梁传》（全称《春秋谷梁传》）载："五谷皆熟，为有年"，"五谷大熟，为大有年"。"有年"与"大有年"，即收成好和大丰收之意。中国古代，大陆自然经济状态下的农耕文化长期占据支配地位，"年"的观念和先民依自然界的时序、韵律、节奏发展，敬畏、顺从和亲近自然密不可分。我国是稻谷的起源地，先民们以稻谷为食物。人们盼望着一年一度的谷物成熟，以填补冬季食物的匮乏。同时，也由此发现了谷物上一次成熟至下一次成熟的时间段，称为"一谷熟"，即"一年"。至今，一些畜牧民族表述人的年龄，不用"几岁"或"几年"，而是用"几草"。年在古文中的象形，就是一个谷物成熟禾穗下垂的样子，人们由"稔"而"年"，于是就将"年"作为岁名了。在中国老百姓眼里，年是四季之尾，同时又是四季之首。因此这过年的味道，首先是一种对大自然的敬畏和顺应，是一项以天为则、凛尊祖制的敬天法祖活动。

中国人过年，最鲜明的外化特征是张扬喜庆气氛。北宋宰相王安石在《元日》诗中写道："爆竹声中一岁除，春风送暖入屠苏。千门万户曈曈日，总把新桃换旧符。"这表明，过年在

故园情

中国传统文化中又是一项十分重要的礼乐活动。无论居庙堂之高还是处江湖之远，千门万户贴春联、贴福贴、挂红灯笼，到处红红火火，普天同庆，普天共用。除夕前，家家户户炸果子、炒炒货，那个香味大老远就能闻到；除夕夜，神州大地灯火通明，"火树银花不夜天，弟兄姊妹舞翩跹"（柳亚子《浣溪沙》），到处一派喜气洋洋；而供奉先人，祭祀天地，一家围坐吃团年饭，现代兴起了看春晚，又是一大景观；还有，从大年初一凌晨开始的爆竹礼花，此起彼伏，回荡久远。从初一到十五，穿着新衣的人们，组织高台、高跷、舞龙、舞狮、秧歌、闹花灯等民间社火活动，可谓精彩纷呈，无处不被浓郁的喜庆氛围笼罩着。这些场墟文化形态，构成了中国人民过大年辞旧迎新的独特庆典仪式，成为一种出自民间、植根于民间的深厚礼乐文化。"礼者，天地秩序也"，"乐者，天地之和也"。因而，也借此以确立有效的社会秩序与和谐民风。

不过，从内在含义上分析，过年乃是一种对家的守望，对根的追寻。中国古代聚族而居、渔樵耕读的乡村社会形态，构成了村落文化的广大空间，使过年的习俗保持了强劲的连续性与传承性。每年春节前夕，各地游子从四面八方涌出来，集中在车站、码头，黑压压的一片，拥挤着流动着，像小溪一样汇集在一起，形成了一条回家过年的大河。无论大地千里冰封，还是空中万里雪飘，都阻挡不住游子回家过年的热情。大年三十晚上，围坐在年夜饭的餐桌前，一声"爹、娘"没有喊出声，滚落的泪珠便盈出眼眶滴进酒杯。多少思念，多少惦记，多少期盼，都融合在这亲情浓浓的酒里。一家人围着火炉，或坐在热炕上，带着微醺，听父母讲那些过去的故事，仿佛又回到童年的梦境里。家是最小国，国是最大的家。就整个中华民族大家庭而言，过年情结则是全体中华儿女的最大乡愁，过大年既是对传统文化的承延，更是对民族来路的珍视。无疑，这对于守护中华民族的精神家园，发挥着无可替代的教育敦化功能。

"暖日映山调正气，东风入树舞残寒。"实际上，过年更是人们对于未来的一种预期和希望。春天是生活在冬天里的人最渴盼的一个季节。春天里，软软的风把云片吹成雨丝，落在树枝花枝上，让新绿的叶子长出来，随时而来的和煦阳光照耀大地，一时柔和垂散，翠蔓伸延，鸟语呢喃，花红柳绿，多么引人入胜。新春的气象，新春的风光，给人带来了多少新的希望。而这辞旧迎新的过年，就是走向转折的一个时间拐点。正因如此，当新春即将来临之时，人们总是怀着急切而又敏感的心情，迎候春的到来。与对春的美景相应，人们更希冀一切不顺心都成为过去，一切吉祥幸福的梦都寄希望于来春：希望青草绿，希望桃花红，希望瓜果美，希望五谷丰，希望孩子强，希望老人壮，希望祖国好……一切吉祥都在希望里，一切幸福都在希望里，"富饶丰衍，快乐无已"。从这个意义上说，过年又无疑是人们孕育新的梦想的摇篮。

一首歌可以撩起一段记忆，一杯茶可以染出一份心情。这过年味儿，更像一坛陈年老酒，只有细品慢咂，才会品出真正的味儿。笔者自然只是品出了一点点，愿与大家分享。

故园情

■ 新年是一张通往新梦的路条

忙中岁月短。不知不觉中，又是一年。

少时家贫。每逢年关，常听父亲叹息：又过年了，富人过年，穷人过关哪！不过，说归说，即使是过关，年还是要过的。于是，父母便使出浑身解数，也要给我们兄弟几个扯上一件粗布新衣；割上 4 斤猪肉，年三十晚上让我们吃一顿见肉的饺子，并且我们无论怎样拼命吃，父母都会乐呵呵地说："使劲儿吃啊……"于是，我们便放开肚皮，吃了再吃，小薄肚皮撑得像宣传画上的地主老财，还在使劲地吃。那阵儿，对美好的未来、幸福的明天、共产主义未来等字眼的理解，就是这天天过大年，穿着没补丁的新衣，顿顿放开肚皮吃水饺，尽管这 4 斤猪肉还要应付一个正月待客再加上过一个二月二。是呀，一年到头的饥肠辘辘，谁不盼望无所顾忌地弄个肚儿圆？焉知，年三十晚上敲锣鼓，儿小哪晓得爹爹苦？

然而，当我自己也做了父亲，不知从何时起竟也怕起了过年。自然，时过境迁，社会巨变。这个怕，不再是无米下锅、无钱扯衣的惶恐，也不是怕千里迢迢探家的艰辛、走亲访友的疲劳，更不是怕宾客登门的应酬，而是一种无以名状的紧迫感，一种"丝染无复白，鬓白无重黑"的生命危机感。

古往今来，对人生短暂之感叹，对光阴紧迫之吟咏，文人骚客竞放文采，多有华章。庄子曰"人生天地之间，若白驹过隙，忽然而已"；淮南子言"日之行也，不见其移，骐骥倍日而驰"；金楼子吟"驰光不留，逝川倏忽"，曹操话"人生如朝露"，李白喻"生世如转蓬"，元稹有"岁月翩翩下坂轮"，等等。"白驹""骐骥""逝川"也好，"朝露""转蓬""下坂轮"也罢，说的都是时光流逝之快。而《抱朴子·勤求》则以另一种形式告诫人们惜时："人在世间，日失一日，如牵牛羊以诣屠所，每进一步，而去死转近。"这里把人在世间，过一天就少一日，比喻成像牛羊被人牵着往屠宰场走一样，每走一步便离死亡越近。让人看了，生命的危机感和时间的紧迫感陡增。鲁迅先生在引申这个观点时说，这个比喻是很"可怕"的。正因为光阴这般短暂，时间流逝如此可怕，所以越是热爱生命的人越珍惜时光，越是"闻鸡起舞"者越害怕虚度年华。进而亦可如是：在全社会衣食日渐丰腴的今天，害怕过年大抵是一种"别岁如别友"的困惑，一种"人无再少年"的无奈，一种"发白不如草"的急迫，抑或兼而有之。

春是四季之首，冬是四季之尾，过年既尾且首，辞旧迎新，一个旧的365天随风而逝，再也唤不回；一个新的365天迎风而来，平展在你眼前，感觉上真好像一大张如伟人毛泽东当年所言的"白纸"，好画"最新最美的图画"。然而，画什么，怎么画呢？就在这微一沉吟间，完美圆满的365天已经残缺了。人生时光，尤其是太平盛世的时光，过得就是这样快 —— 转眼就是一年。一年，一年，青春时代已为短暂的美梦，当你梦醒之时，它早已消失得无踪无影。真是时不我待，岁月催人啊！

2500多年前，孔子站在江边，望着滔滔而去的江水感慨万千，写下了"逝者如斯夫，不舍昼夜"的千古名句，教育人们珍惜时光。西哲有言，人生只有三天 —— 昨天、今天和明天。今天是连结昨天和明天的纽带，昨天以今天为归宿，明天以今天为起点，警示人们用好今天。而这新年，大概就是上苍为我们设置的一个警示关口，它让我们惊觉时光之飞逝，珍惜当下，不敢懈怠，不敢蹉跎，书写今天的奇迹；又或许，新年是时间老人发的一张通往新梦的路条，它让我们放下昨天，把握今天，追梦而行，在今天的时光里奋力开拓，用今天的锦绣编织明天的美景！

故园情

■ 总是眷恋故乡那年味儿

过了腊八就是年，一年一岁一团圆。无论你身处何方，总不会忘记过年。现如今过年，早已不再像老父亲那时为办年货、给孩子压岁钱而犯愁。可每当过年，我心里总有一种惆怅和不安，一种无以名状的若有所失。而在故乡时过年的那种味儿，便会从四面八方涌上心头。

我出生于胶东地，即墨是我的故乡，也是我的根。这是一座具有 2000 多年历史的古城，春秋战国时为齐邑，秦时为胶东郡治，西汉时为胶东国王都。田单使火牛大破燕军，就发生如今即墨城北 38 里处的万华山上。即墨自古民风淳朴，世俗友和，节庆繁多，现代仍然洋溢着浓厚的东夷文化和严谨的风俗礼仪。正是这传统、朴素、尚礼、崇德的遗风，春节这一传统节日，被赋予了固定的礼节。

故乡过年，是从腊月二十三开始的，因而这一天又称"小年"。小年的风俗是"辞灶"，送灶王爷。祭灶时，要上香烧纸，把家里安放的各路神仙牌位祭烧，特别是在将灶台旁已经熏黑的灶王爷画像烧掉时，要怀着虔诚之心嘱托灶神：上天言好事，下凡降吉祥。然后再贴上新的，辞旧迎新，把各路神祇请回家供养。印象最深的是，在天井（院子）里用泥砖垒一个祭台，供奉一个"天地三界十方万灵真宰"的牌位。我自学会写毛笔开始，每年都要按照父亲的要求自己写供奉牌位，一是为了表示虔诚，二是更主要的是为了省钱。立起了牌位，家里在吃饭前就要先将饭菜端到跟前供养一下，以示对神灵的敬重，正月初一和十五的时候尤甚。

过了腊月二十三，就开始准备过年了。先是杀两只养了一年的大公鸡，做成祭祀用的盘鸡，然后到集上买上一个猪头、两条海鱼用于摆供，再请一些火纸、香烛之类。忙完了这些要件，就要在家里蒸饽饽（馍馍），饽饽要蒸好几锅，一般要上百个，供正月里待客和走亲戚，并且一定要蒸一锅"枣鼻子"大饽饽，年三十晚上祭祀用。蒸完了饽饽还要炸麻花。炸麻花有两个好处，一是存放时间长，二是招待客人方便，拾上一盘就是一道面点。在经济困难少油水的光景里，油炸的麻花也是一道菜。

忙完了这些，还要扫尘除垢，清洁卫生。过去日子苦，家家住的是泥坯房子，人们用黄土加水搅成泥水粉刷外墙，等泥水晾干后，墙面黄里透白，简单素朴，显现出皇天厚土的农家本色。房子里面的内墙则糊上报纸，手巧的配以剪纸点缀，焕然一新，洋溢着喜庆和谐的节日气氛。孩子们也动手擦洗家具，整理器物。总之，迎新年屋里内外要干干净净、整整齐齐。打扫完卫生，再到村里的小供销社里买上几张大红纸，请村里的私塾先生写春联、福贴，以备除夕上午张贴。

从小年开始到除夕这几天，可以说是故乡人最忙碌最舍得花钱的日子。为了备齐过年所需的年货，为了过得体面一些，总是忙个不停，吃、喝、穿、用样样不能少。随便到一个大集看看，人声鼎沸，热闹喜庆，你来我往，买卖兴隆，好一番过大年的盛世美景。而此时，在村子里走一走，家家户户炊烟袅袅，连空气中都飘浮着一种肉煮面炸的香味儿。

我们小孩子最关心的则是放鞭炮，胶东叫爆仗，大人买得越多，小孩子就越高兴。早先放的是一种红色或绿色的小鞭，一百头一挂，这种鞭炮个儿小，声音脆，我们常常用燃着的香来点小鞭的引信，点上之后扔到空中听响。后来出现了用泥做的摔爆仗，两头是泥，中间夹着火药，用力往墙上或地上一摔就响，这种爆仗的好处是安全，只有离开自己的手并且遇到障碍物才会爆炸，不像那种小鞭，如果引信太短，点着之后来不及扔就响了，容易炸着手。

　　放小鞭炮当然不过瘾，于是有些胆大的孩子，就缠着父母给买"钻天猴"和"二踢脚"，点燃后在地上响一下又钻到空中响一下，称得上是更高级的烟火产品。过年放鞭炮，是那个年代农家孩子最快乐的事，如果自己家的鞭炮放完了，还会去别人家门前拨拉放过的鞭炮碎屑，从中找出没有响的鞭炮。于是，每当村子里哪一家"噼里啪啦"的声响一停，五六成群的小孩子便蜂拥而上捡漏。自然，这时候也伴随着一定的危险性，常常有放时没有响的鞭炮这时突然响了，哄抢鞭炮碎屑的小孩子，被炸着手或脸不是新鲜事。

　　除夕这天最热闹，人们早早起来洒扫庭院，吃了早饭便开始贴春联。红红的春联一贴上，年味就浓了起来，那联上有写风调雨顺的，有写国泰民安的，有写劳动最光荣的，有写幸福万年春的，等等。除了在门上贴春联，还要在猪圈门上贴"肥猪满圈"，在大门口贴"出门见喜"，在炕头上贴"抬头见喜"，在麦缸上贴"五谷丰登"，这些红纸黑字里，都寄托着农人对新春的希望。

　　下午四五点钟，就要到家族老茔请先人回家过年了，这是过年期间最重大的祭祀活动，以家或家族为单元，由最有威望的老辈人带着全族的男性，到先人长眠的老茔烧香祷告，然后口中呼唤一声"爷爷、奶奶，咱们回家过年了"在前面引路。此时家中的正屋内，早已摆好坐北朝南的高脚大方桌，用毛笔在火纸上写上五代以内各位先人的名讳，做成牌位，桌上供奉着双鸡双鱼和蔬菜果品，还有一个猪头和"枣鼻子"大馍馍，燃起蜡烛、点燃香火。此后，凡有外家人进屋，先要磕个头、拜一下先人，方能再进屋内与家人叙话。

　　而自此刻起，桌旁必有一人时时端茶沏水，续燃香火，直到初一下午"送年"，将牌位请走，每个牌位对应放上许多纸钱，再拎上一桶放有麦麸的水，传说是给先人们饮马用，最后放许多鞭炮，体体面面地把先人们隆重送走。

大年三十晚上，是家人团聚的日子，天南地北的游子们都赶在晚饭前赶回到梦萦魂牵的故乡，吃着团圆的年夜饭，叙着醇香似酒的亲情，孩子向老人说说外面事，老人跟孩子问长问短，兄弟们谈着知心话，妯娌们聊着家常事，觥筹交错之间，尽享天伦之乐。

吃罢了年夜饭，一家人坐在烧得暖乎乎的炕头上，与父母一起喝茶水、吃花生瓜子拉呱守岁。在没有电视的年代里，有点墨水的家庭还会找一本评书说古事。记得有一年，村里来了一位会说书的盲人，大年三十住在南河边的家庙里，为了央他说书，几乎每个想听书的人，都会送上一捧两捧不一的炒花生，让他高兴地说了好几段《薛礼征东》。

夜半 12 点，是年除夕的高潮，家中的女眷开始烧锅煮饺子，男人们则在天井里焚香烧纸敬神仙。寓意是，既然把地下的先人们请到家里来过年了，天上的神仙更要用心供养。家家户户的天井里，一张方桌五个菜，三个果碟十碗饺子，茶酒都要备好，金银纸钱也要烧很多，分给各路神仙，以保祥和平安。烧完纸之后，就到大门口放鞭炮。不管家中是否富有，这年三十的鞭炮是必须放的。钱少的放一挂五百头的，适中的放一挂一千头的，也有放五千头和一万头的。无论多少，取得都是"爆竹声中一岁除"的寓意。

正月初一早上，最隆重的仪式，是晚辈给长辈拜年。喊一声"爹、娘过年好"，便双膝跪下磕头。紧接着，长辈要给未成年的晚辈发压岁钱。我少年时代，家里经济拮据，父亲尽管拿不出多少钱，但给一毛、二毛，我们兄弟也都感到特别开心。家里的仪式结束后，就去各家拜年。一般是，各家族的男性一伙，女人一队，先到自己族人家里去拜年，进屋要在家堂桌前磕头，然后看望长者向他们祝福，再到村里其他年龄较大的人家去，互致问候。我父亲是单传，最亲近的只有一个堂哥。叔伯父早逝，大妈（伯母）那时给村里的小供销社做饭，一个月有八块钱的工资，每年却给我们每人五毛钱的压岁钱。所以每年大年初一，吃罢早饭，我们小兄弟几个第一件事就是去给住在一墙之隔的大妈拜年磕头。一直到上了高小，不要压岁钱了，我才懂得大妈给我们每人五毛钱的分量。

正月初二以后，乡亲们忙着走亲戚送祝福，浓浓的年味，一直要持续到正月十五……

这一切，想来离我很近，仿佛就在跟前；可它又离我很远，只能沉浸在回忆中。由于缺失了相应的土壤，那些在我辈人心中眷恋缱绻的年味儿，那些驮载着中国文化传承的原生信仰和祖先崇拜，如今多数已悄无声息地回到了它们自己的世界。这令人唏嘘，却也让人生发出一种如何守望并赓续中华民族传统年味儿的文化急切。我常作如是想，如果我们今天的过年只剩下了一如平常的看电视、玩手机、上抖音，那它还叫过年吗？显然，话题已超出了这篇小文的笔触。

（原刊于 2022 年 1 月 10 日《齐鲁晚报·齐鲁壹点》《当代散文》）

鼠崇拜的理由

己亥猪年去，庚子鼠年来。

在十二生肖中，鼠居于首位。有趣的文化现象是：小小的老鼠何以会被古代先民尊为十二生肖之首？一些地方民间为何竟有鼠崇拜？弄清藏在其中的理由，这恐怕是鼠年说鼠的一个颇有意思的话题。

鼠为十二生肖之首，民间传说最多的是：当初天帝为十二生肖排座次，老鼠因事先藏在牛背或牛角上，关键时刻跳将出来，占了第一。依此说，鼠这大哥之位是投机取巧捞来的，诚然个中透着机智，但毕竟胜之不武，实难以让人崇敬起来。

明代李长卿的《松霞馆赘言》有说，十二生肖的选用与排列，是根据动物每天的活动时间来确定的。夜晚 11 点到凌晨 1 点是子时，这段时间老鼠最为活跃，于是就把老鼠排在首位。还有一说，国人信阴阳，将十二种动物分为阴阳两类，依动物足趾的奇偶参差排定。动物的前后左右足趾数一般是相同的，而唯独鼠是前足四，后足五，奇偶同体。物以稀为贵，因而排在第一。

上述说法，好像并未道出鼠受尊崇的真正理由。翻拣民间传说，有几个说法似乎更有力：

其一说，鼠乃英雄。说远古时代，宇宙尚未形成，天地混沌一团，是老鼠凭借锲而不舍的精神和坚韧不拔的毅力，将混沌咬破，使天地分开，让人类有了生存环境。2007 年发行的中国邮政贺卡，其中一枚附图就是"鼠咬天开"。类似神话故事，在我国其他民族中也有，如白族、彝族、景颇族、拉祜族等。只不过用葫芦、金鼓等，代替了混沌世界。

其二说，鼠乃功兽。说女娲补天时，留下漏洞，洪水浩洋，人类无法生存。天帝派水神下界治洪，因人力不足，无法彻底平息洪灾，想找百兽援手，可百兽早已逃入大山，唯有老鼠未逃。于是，便靠鼠辈发挥钻山彻地的优长找到百兽，并说服虎王将百兽带出大山，与人类一起治理水患。水患平息了，老鼠成了大功臣。而现代医学科学说，鼠各项生理指标与人类接近，因此成了科研中最主要的实验动物，几乎所有的药物、食品添加剂、美容剂和与人体有接触的化学品的有害性，都是通过在鼠身上实验而得出结论，鼠有功于人类自然配享礼遇。

其三说，鼠乃恩神。古于阗国（今新疆和田）有个传说，当年匈奴数十万大军西进，欲吞并于阗，在老鼠居住的鼠壤坟旁屯军驻扎。于阗当时仅有兵力几万，难以抵挡，国王便求神鼠保佑，结果匈奴军队的马鞍、军服、弓弦、甲链和系带都被老鼠咬断，完全失去了战斗力，于阗军队大获全胜。国王感恩神鼠，建祠祭祀，鼠神成了于阗国供奉的神灵。今和田的丹丹乌里克遗址曾出土过一些壁画，其中一块尺幅较大的壁画上画有一鼠头半身人像，头戴王冠，背有椭圆形光环，坐在两个侍者之间，这幅画名为《鼠神图》，折射了中华民族文化融合的历史久远。

还有一说，鼠乃灵物。《广异记》载："崔怀嶷，其宅有鼠数百头于庭中，两足行，口中作呱呱声，家人无少长，尽出现，其屋轰然而塌。"显然，是鼠们救了崔怀嶷一家。古时候，北京门头沟地区将鼠供奉为"窑神"，地位与门神爷、灶神爷、财神爷地位相当。人们认为鼠性通灵，能预知吉凶灾祸，有经验的矿工若发现井下的老鼠一反常态，到处乱窜，特别是大鼠叼着小鼠跑，就可预知要有灾害发生，马上撤离，即能躲过灾难；而在煤窑开采过程中，若进入一新的掌子面，见有鼠活动，便可放心作业，因为这证明里面有充足的氧气。于是，在当时大大小小的几百处煤窑里，人们在井下见到老鼠都会礼遇地叫一声“窑神爷”，恭敬备至。

实际上，这些说法也并未说清鼠尊大哥的理由，如同牛列老二虎为三哥一样扑朔迷离。民间有许多传说，说白了就是先民们的一个智慧营造，要的就是留下一点儿悬念，给人一点儿遐想空间，让人有点儿思古幽情。事儿往往就是这样，越不可思议越耐品咂，倘若都像“我哥哥比我大”一样直白，就失去了研究的兴趣。正由这个角度说，这 ×× 年说 × 的意义，并不是留恋昨天，而在寄希望于丰衍明天，诸如鸡年说“金鸡纳福”，狗年说“金犬旺旺”，猪年说“金猪拱门”等，皆意在借一个口彩，期许更美好的新年。所谓“总把新桃换旧符”，所谓“富饶丰衍，快乐无已”云云，目标指向皆在彀中。

还是回到鼠年说鼠上，民间有“金鼠送财”“金鼠送福”“金鼠送宝”等多个口彩，但我眼下更倾向于其中“金鼠送子”寓意。

首先，它是深藏于我内心的一个乡愁。20世纪五六十年代，农家过春节贴窗花，常有老鼠娶亲、老鼠上灯台、老鼠偷油等生命题材，“俗传除夕鼠嫁女，窃履为轿”的民间传说很流行，蕴含了一种古老的生殖崇拜观，传达着祈子多福的情感。

其次，也是更重要的，来自对现实的忧思。两年前，国家开放了二孩政策，可事实上我们的人口并没有出现预期的增加，有的育龄夫妇生了一孩之后，便不想再要；有的只结婚不要孩子，选择丁克家庭；有的则因自身原因被动丁克，家庭生育后代、维持人类繁衍的社会责任遭遇了严重挑战，这令人担忧，也是一个亟须引起重视的社会问题。故，这里谨借古代“鼠为子神”之说，赋予新生命的祈求，佑我中华子孙繁衍昌盛！

■ 吟古诗赞美牛

"北原草青牛正肥，牧儿唱歌牛载归。儿家在原牛在坂，歌声渐低人更远。"这是我小时候学会的第一首吟牛的古诗，也是一直萦绕在我脑际间的一幅田园牧歌风情图。

我生长在农村。儿时，常在暮霭中看着村子里的父老赶着老牛、扛着犁耙从田地里归来；农村经济包产到户后，家中包了一头生着虎样斑纹的牤牛，从此我的童年生活便融入牛的元素，有了当牧童的快乐。明代诗人李东阳的这首《北原牧唱》，就是我在放牛时跟一位念过私塾的老爷爷学会的。

进学校读书，接触古诗增多，见识广了，我发现描写农村风光特别是田园气息的诗歌中，牛几乎成了不可缺少的点缀，诗因牛而成画，画因牛而成景。唐代李涉的《牧童词》中，"朝牧牛，牧牛下江曲。夜牧牛，牧牛度村谷"说出了农人一日两次放牛的牧俗；张籍笔下的《牧童词》中，"入陂草多牛散行，白犊时向芦中鸣。隔堤欢叶应同伴，还鼓长鞭三四声"在写牧童忙活寻牛、赶牛的同时，又通过"吹叶""鼓鞭"的镜头描绘了牧牛的乐趣。宋代雷震一首《村晚》，以"草满池塘水满陂，山衔落日浸寒漪。牧童归去横牛背，短笛无腔信口吹"的灵动，展现了一幅令人赏心悦目的牧归图。黄庭坚的《牧童诗》，则毫无掩饰地说出了自己对牧童的羡慕："骑牛远远过前村，短笛横吹隔陇闻。多少长安名利客，机关用尽不如君。"而欧阳修的"土坡平慢陂田阔，横载童儿带犊行"，杨万里的"远草平中见牛背，新秧疏处有人踪"，陈泰的"牧儿骑牛不知倦，吹笛山前任回转"，查慎行的"橹摇渔父唱歌去，牛背牧儿浮水归"，均以寥寥之笔勾勒出人与牛和谐相处的景象。

农耕时代，牛是耕犁、运输的重要力量，无论春夏秋冬，它总是披星戴月、早出晚归，辛勤地劳动。元稹的《田家词》，用"牛靿咤咤，田确确，旱块敲牛蹄趵趵"的细腻，形象地诉说了牛在干旱田地上耕作的劳累；梅尧臣的《耕牛》，以"破领耕不休，何暇顾羸犊。夜归喘明月，朝出穿深谷。力虽穷田畴，肠未饱刍菽"等特写，生动地刻画了耕牛的任劳任怨；王安石的《耕牛》，以"朝耕及露下，暮耕连月出。自无一毛利，主有千箱实"的评语，鼎力点赞牛的奉献美德。特别亮眼的是宋代孔平仲的《禾熟》，用一幅夕阳老牛图象征牛对私利的淡然："百里西风禾黍香，鸣泉落窦谷登场。老牛粗了耕耘债，啮草坡头卧夕阳。"看，经过一年的劳作，结满累累果实的稻谷黍粱，在西风吹拂下，波翻浪涌，香气袭人；打谷场上，粮粒如同淙淙流泉落于溪潭之上，发出清越的响声。此时，从繁重劳役中得到解脱的老牛，悠然自得地卧在山坡上嚼着青草，夕阳的余晖正为它抹上一片金黄……

由对牛的赞美，诗人们油然生发出一种该为牛做点什么的文化冲动。于是，唐代诗人刘叉的《代牛言》为牛鸣不平："渴饮颖水流，饥喘吴门月。黄金如可种，我力终不歇。"柳宗元作《牛赋》，以讴歌牛"日耕百亩""利满天下"的功德为主题，倾情为老牛树碑立传。明代高启的《牧牛词》中，"日斜草远牛行迟，牛劳牛饥唯我知。牛上唱歌牛下坐，夜归还向牛边卧。长年牧牛百不忧，但恐输租卖我牛"，字里行间散发着怜牛、惜牛、疼牛的情感。北宋梅尧臣的《牛衣》，在以"覆牛畏严霜，爱之如爱子"开篇之后，紧接着描述"朔风吹栏牢，御冻赖苴枲。恶薄将异藉，贫栖乃同被"等感人场景，郑重立言："重畜不忘劬，老农非可鄙。"

古代诗人爱牛，常常把对牛的同情和个人的遭际联系起来。南宋诗人陆游在《饮牛歌》中说："勿言牛老行苦迟，我今八十耕犹力。"很显然，诗人这里已把自己视为老牛。这方面，最感人的当推宋代爱国将领李纲的《病牛》："耕犁千亩实千箱，力尽筋疲谁复伤？但得众生皆得饱，不辞羸病卧残阳。"前两句赞扬牛的辛劳和功绩，后两句则借病牛自喻以言志，抒发自己愿为天下苍生而竭尽心力的襟怀，可谓慷慨悲壮，充盈着满满的正能量。

"老牛亦解韶光贵，不待扬鞭自奋蹄。"我赞美牛，因为牛驮载着我童年的快乐，清淡自然的农家生活成了我心中永远不能割断的乡愁。我赞美牛，更因为牛体现着一种精神之美——它坚毅、无私、平实、能够忍耐辛劳，能够淡然功劳。我们干事创业，需要牛的精神、牛的勇气、牛的斗志，认准了路就不彷徨，一门心思使牛劲、出牛力、吃牛苦，一步一个脚印前行，不懈奋斗，不断开拓。如是，我们的各项事业才会真正"牛"起来。

虎者，"虎"也

壬寅年是虎年。虎者"虎"也。

咱们中国人对"虎"字很是偏爱。生小孩子取名，喜欢叫"虎子""虎娃"；娃娃长得壮实，喜欢被说成"虎头虎脑"。

至于喻事，"虎"字的使用更是广泛，如"如虎添翼""猛虎插翅"，形容强者又添有利条件；"盘龙卧虎""藏龙卧虎"，形容隐藏不露的人才；"猛虎下山""虎虎生风"，形容进攻有气势；等等。

虽说仅仅是一个称谓，但无论誉人还是喻事，只要沾上了"虎"字，便有了力量——生气、王气顿生。

先说驮载于"虎"上的王气。唐人储光羲的《猛虎词》中写道，"太室为我宅，孟门为我邻。百兽为我膳，五龙为我宾"，形象地道出了"虎乃百兽之王"的显赫。韩愈的《猛虎行》，以"群行深谷间，百兽望风低。身食黄熊父，子食赤豹麛。择肉于熊罴，肯视兔与狸"的佳句，描画出了虎作为王者的威武。元末明初画家汪广祥在《虎顾从彪图》上题诗云："虎为百兽尊，罔敢触其怒。惟有父子情，一步一回顾"，则把虎的一腔柔情写得文采飞扬，与鲁迅"知否兴风狂啸者，回眸时看小於菟"的佳句相映。

再说"虎"字透出的生气。且不言"虎"词义本身，单说其借喻和隐喻，"虎"大多用于表现气势和气场。李白在《永王东巡歌十一首》诗中，用"战舰森森罗虎士，征帆一一引龙驹"，说大唐将士的英雄气派；杜甫的《蕃剑》，用"虎气必腾踔，龙身宁久藏"，形容英雄人物身上透出的气场；清人龚自珍在《己亥杂诗》中写道："太行一脉走蜿蜒，莽莽畿西虎气蹲"，生动地刻画了不畏强敌、敢于斗争、敢于亮剑的战士形象。

至于用"虎贲"称谓精锐武士和军队的英武强势，西周便肇始通用。历朝各代，凡军中翘楚者，无不被冠以"虎贲"二字。西汉经学家孔安国解析道："虎贲，勇士称也。若虎贲兽，言其猛也。"从此，虎贲军成了精锐军队的代名词。史书上记载，北匈奴王曾率15万大军进攻西汉，汉武帝派三千虎贲军夜袭匈奴，不但打败了匈奴，而且打到了匈奴老家，灭掉了北匈奴王。解放战争中，一纵、四纵和六纵被称为"华野三只虎"，陈毅、粟裕逢战必用，一用必胜。六纵司令员王必成被称为"王老虎"，六纵在他的训练下英勇善战，苏中战役歼灭了蒋介石的王牌军；之后又与有"虎贲军"之称的五大主力之一整编第74师从涟水战到孟良崮。最终，人民解放军的猛虎之师歼灭了蒋介石的"虎贲军"。

说"虎"，最令人欣赏的乃是"虎胆"，它是一种内在的力量，一种不惧强敌的勇敢。因而它常与英雄联在一起。"虎胆"令人赞赏，当然不是逞一时之勇的鲁莽胆大。宋代黄庭坚的"伍生有胆无智略，谓河可冯虎可搏"（《题莲华寺》），道出了要义：一个人如果仅有胆量而无智略，只是一介莽夫，有勇无谋，乃是对"虎胆"的曲解。《醒世恒言·卢太学诗酒傲王侯》说："此非有十二分才智，十二分胆识，安能如此。"可见，胆量与见识是连在一起的，"明知山有虎，偏向虎山行"，是认准了的大胆。既敢于斗争又善于斗争，有胆有识，方为真正的"虎胆英雄"。当年，蔺相如敢于以身犯险完璧归赵，认准的是秦赵有和好的可能；韩信敢于"破釜沉舟，背水一战"，认准的是兵士有"置之死地而后生"的奋战潜能；关云长敢于单刀赴会，底气来自镇守荆州对东吴的强势威慑。

明代袁宏道论策，在《策·第五问》中一语道破"胆"从何来——"至于生死之际，坦焉若倦鸟之投枝，此岂寻常胆识所敢望乎？"艺高人胆大，胆大艺更高。敢于斗争、善于斗争，才能敢于胜利，方显英雄本色。"山高路远坑深，大军纵横驰奔。谁敢横刀立马？唯我彭大将军。"这正是英雄"虎胆"要义之所在。

故
园
情

■ 我们为何那么喜爱"兔"？

癸卯年是兔年，"兔"者，瑞也。"兔"在中国是一个美好的字眼，它既是人的生肖之一，也与人类的生命、美好冀望密切相连。

兔在古代被称为瑞兔，被人们当作瑞兽。因古神州兔多为灰色，故又有"白兔为瑞""黑兔曰祥""赤兔上瑞"之说，并被赋予了特殊的寓意：赤兔"王者德盛则至"，白兔"王者敬耆老则见"，即赤兔、白兔昭示着上天对有德之君的称赞，故而深得君王喜欢。

翻阅史书，赤兔兆瑞虽然不见于册，但民间进献白兔之事屡见不鲜。如汉代建平元年、元和三年及永康元年，民间前后三次向朝廷进献白兔；《魏书·灵征志》记载进献白兔之事近 60 次；唐太祖李虎下诏在 9 次出现白兔的神山县建白兔观进行祭祀，并将兵符改为银兔之形。黑兔也被视为吉祥之兆，《艺文类聚》说："黑兔见，水德之祥。"《魏书》不仅载有民间多次进献黑兔之事，还记载了六国时前赵国君刘曜捕到一只黑兔，以为天降祥瑞，乃改年号为太和（《魏书·列传第三十八》）。《辽史·地理志一》中有个故事说："应天皇后梦神人金冠素服，执兵仗，貌甚丰美，异兽十二随之。中有黑兔跃入后怀，因而有娠，遂生太宗。"黑兔入怀，昭示着辽太宗有上天之命。由是不难看出"兔"在古代人眼里的尊贵与祥瑞。

"兔"既为瑞兽，自然便承载了神圣的使命。中国古代月神话出现很早，屈原在《天问》中称月亮"顾兔在腹"，汉代持杵捣药的玉兔形象业已定型，晋代月兔则抛开蟾蜍独自充当月魄。至此，玉兔与月亮合而为一，成了月亮的代表，涓涓的月华为玉兔平添了照耀万家的圣洁。因而，北周庾信在《齐王进白兔表》中描述："月德符征，金精表瑞。"唐代权德舆在《中书门下贺河阳获白兔表》中称道："惟此瑞兽，是称月精。来应昌期，皓然雪彩。"佛教典故"逐兔见宝"用白兔化而为人又化而为金进行解读，元剧《白兔记》中"咬脐郎"在白兔引导下与分散多年的老母团聚的故事，均暗示了白兔会给人带来幸运。《魏书·崔浩列传》记载："有兔在后宫，验问门官，无从得入。太宗怪之，命浩推其咎徵。浩以为当有邻国贡嫔嫱者，善应也。明年，姚兴果献女。"这一记载，无疑让兔的形象愈发光彩灿烂。

大概正是因为兔之"其容炳真，其性怀仁"，早在商周时期，兔便被人们寄予了君子仁德和神的力量。在"君子比德于玉"的价值取向下，古人的玉佩造型多是具有良好行为的动物，而兔是常用形象，河南安阳妇好（商王武丁王妃）墓中平雕玉兔、西周佩饰玉兔的大量出土，皆可为佐证。

基于中国民间信仰的杂糅多元，兔又被奉祀为兔神，被赋予禳灾去病的使命。如正月初一门楣上挂面兔头镇邪禳灾、赠小孩兔画祈求福祉，元宵节游兔灯传递幸运，端午系兔香包袪毒佑健康，中秋供兔神袪病消灾。据说，有一年京城瘟疫流行，月兔化而为医解救苍生，时而男装时而女装，或骑鹿马或驾虎狮，走遍京城每一个角落。待瘟疫袪除，月兔返回天上，人们便用泥塑造兔儿爷、兔奶奶的形象加以纪念。清代《燕京岁时记》载："每届中秋，市人之巧者用黄土抟成蟾兔之像以出售，谓之兔儿爷。"这种兔形塑像在济南称为"兔子王"，旧时中秋节举行祭月仪式，将"兔子王"摆在供桌上，以兔神的身份接受礼拜。

与此同时，兔子又被尊为生殖神，成为民间生育的崇拜对象。古代女子中秋拜月，未婚者祈求月神赐予佳偶，已婚者祈求玉兔赐予多子之福。在古人心中，"兔子者"即"吐子也"，借意"兔望月而孕，自吐其子"，将兔与生殖紧紧相连，暗合兔子之超强繁衍力。在山西古霍州，还有一种食兔求子风俗：大年初一，未育女子定要吃下白面的双吉兔，以求早日得子。李时珍的《本草纲目》中，有"催生散"之方："作腊月兔脑髓一个，摊纸上，夹匀，阴干，剪作符子，于面上书'生'字一个。"这个近乎巫术符咒的医方，既为人间生产之事平添神秘色彩，也将兔与人间孕产的关系拉得更近了。

生活于新社会的人们，对"兔"的敬畏固然少了一些，但对兔的喜爱之情依然未减。2013 年，有一部名叫《那年那兔那些事儿》的动漫，用拟人的手法讲述故事，以"兔"指代中国。尽管这与"中国龙"威严、无畏、霸气的传统形象相去甚远，但以此隐喻中国追求和传承和平、和睦、和谐的理念，也得到不少年轻人的认同。倘若说"中国龙"的寓意是自信、自强，那么"中国兔"的寓意则是谦虚和警醒。这显然是"兔"字释义的一个新发散、新拓展。

相比较之下，笔者更爱"兔"的"春"意底蕴。《说文解字》说："卯，冒也。二月，万物冒地而出。""卯"的本字描画的是草木出土萌芽的形象。在十二时辰中，"卯"时是指早晨5—7 时。因此，"卯"表示春意，代表黎明，代表新一轮朝阳的升起、新一日生活的于始。因此，在癸卯兔年即将来临之际，笔者期待"兔"带来如下寓意：是阳光明媚，是大地春回，是芳草吐绿，是充沛朝气，是盈满希望。尤其是当下，大家守望相助，终于站到了"春"的时间节点上。借兔的吉祥寓意，否极泰来。这是人们的心声，更是自然界的辩证法。

■ 古诗词里听龙吟

"昨夜酒醒风雨急，半空仿佛听龙吟。"众所周知，龙乃中华先民灵智营造的一个精神图腾，至少从庄子写《列御寇》始，就有"世上本无龙"之说。然而，历朝各代的诗人放飞想象的翅膀，总偏爱寻觅龙的存在，描绘龙的景象。"龙吟"便是古诗中使用率颇高的词汇之一。

龙吟，龙的叫声是也。我国古代关于龙的出处，最先见于《易·乾》："云从龙。"唐代经学家孔颖达为之注释："龙是水畜，云是水气，故龙吟则景云出。"而"龙吟"一词，却出自东汉张衡的《归田赋》，这位发明地动仪上铸八条龙示方位的天文家，曾经用"龙吟方泽"自赞在大湖畔高声吟唱。后来，善琴的北齐大臣郑述祖，创作了一曲《龙吟十弄》，自称梦中听人弹琴，醒来之后遂写下曲谱而得，时人都认为此曲绝妙，于是"龙吟"便成了典故，成了形容琴音美妙或笛声清亮的溢美词。如唐代卢仝的《风中琴》："五音六律十三徽，龙吟鹤响思庖羲"，薛能的《赠欢娘》："一束龙吟细竹枝，青娥擎在手中吹"，等等。显然，他们都运用了郑述祖的说法。

其实，古诗中说龙吟，无论"比""兴""赋"，还是"拟""借""张"等，都远不止于赞美音色韵律的绝妙，而是驮载了丰美的寓含，给人以思想的奔放，意境的开阔。

借"龙吟"送吉祥。龙在我国古代是一种祥瑞神物，诗人作诗，常以龙吟为吉兆。唐代顾况在《句》中写道："龙吟四泽欲兴雨，凤引九雏警宿乌。"这里，将龙吟作为兴云降雨的前奏，强烈关照了"龙为雨神"之说。庄南杰的《阳春曲》有云："凤叶龙吟白日长，落花声底仙娥醉。"诗人以凤叶龙吟铺陈春风拂煦，表达对春天的热爱和赞美，可谓意象生动、景物满眼。北宋大家黄庭坚作《何氏悦亭咏柏》诗，用"千林无叶草根黄，苍髯龙吟送日月"结联，不仅让龙的吉祥与神秘陡增，也将龙吟推送日月交替、造化世上万物的寓意，作了无限大的赞美与夸张，堪称写"龙吟"的精彩之笔。

用"龙吟"举希望。龙在民间带有着浓郁的喜庆色彩，龙吟在古诗中既可比喻，亦可象征。北宋孔武仲有首《三舍人题名于后省皆赋诗因寄呈刘贡父》，其中"鸰原棣萼俱相望，龙吟虎啸生辉光"两句，以龙吟和虎啸比喻理想愿景，渴望自己有朝一日荣登文学殿堂的辉煌。元代王哲在《踏莎行》中有句："虎声震动甲方青，龙吟唤出庚方白"，用虎声震动东方、龙吟唱唤醒西方作象征，描绘农田繁忙景象，表达丰收和喜悦之情。著名道长马钰《踏云行》诗云："风前月下抚心琴，龙吟虎啸来参侍。"他希望自己在风前月下抚弄着心中的琴弦，让琴声生发出龙吟虎啸般的威猛力量。显然，龙吟所承载的意义，不仅是精神的富有，也是希望的丰衍。

用"龙吟"托景物。在古人的理念中，龙聚天地之灵、集造化之精，"龙吟"入诗灵性陡生。张栻在《自西园登山》中写峡谷松涛，用"风壑传响松龙吟"形容情状：那从峡谷而来的山风，穿松林而去之时，发出了龙吟一般的鸣叫。"龙吟"在这里，既是声又是色，玄妙与雄浑感油然而生。施肩吾在《安吉天宁寺闻磬》写寺院磬声，以"老龙吟断碧天云"渲染肃穆：那敲响的玉磬在清静的夜晚里，就像老龙的吟叫冲破了碧天云朵。苏轼在《次韵子由送千之侄》写山前风雨，以"满山风雨作龙吟"重墨：那风叫声夹杂着雨打声交浑成一种天地间独有的声调，既神秘而又奇特，非"龙吟"不能入诗，非"龙吟"不能出彩，山川的秀美，天地的浩然，都因龙吟而绽放。

用"龙吟"状气象。古代把苍龙、白虎、朱雀、玄武谓之"四灵"，居于首立的龙吟，自然是一种大气象。程师孟的

《句》中，用"高城落日龙吟角"形容日落时分天地交接的壮美，诗情画意，悠然契合。李白的《梦游天姥吟留别》，用"熊咆龙吟殷岩泉"描绘殷岩泉让森林战栗、让山峰惊颤的气势，怎一个磅礴了得。陈与义在《衡岳道中》，用"龙吟虎啸满山松"说山风吹拂，让整座山林都张扬着勃勃生机与活力。这里的"龙吟"一词，无论作映衬还是为寄寓，都涂上了气吞山河的色彩。

用"龙吟"投射赞誉。形容一地或一处人才多而杰出，人们常用"藏龙卧虎"作比喻，而"龙吟"似乎是儒雅才俊的专享。其实，古诗中"龙吟"的投放对象颇为宽泛。北宋诗人黄庭坚送昌上座道长回成都，写下了一首《送昌上座归成都》，其中用"昭学堂中有道人，龙吟虎啸随风云"两句，形容昌上座的品格高深、超凡脱俗。南宋文学家危稹一次游访房州，被一位在山谷中表演歌舞的女子才艺所打动，当即写下了《经从丰城谒于房州于令侍姬歌舞进酒二首》，用"何时得上金玉堂，一声飞度龙吟竹"寄情，渴望自己能够进入金玉堂与佳人共享音乐之美，想象着哪一天能够听到她龙吟般的歌声。南宋金丹派诗人白玉蟾欣赏雷怡真做菜的精妙，专门写了一首《赠雷怡真》，中有"只行龟斗蛇争法，早是龙吟虎啸声"两句，绘声绘色地白描了雷怡真烹饪的技巧和声音。这表明，只要人足够优秀，无论"三教九流"，均可配享"人中龙"的美誉。

用"龙吟"志怀。基于对龙的崇拜，古人习惯用龙吟描绘气势宏大，也用于形容人的发迹。陆游在《题韩运盐竹隐堂绝句三首》中放言："待我清秋有闲日，抱琴来写万龙吟。"自认能写出"万龙吟"的诗篇，是一种豪气，更是一种自信。邵雍在《乞笛竹栽于李少保宅》中设问："待凤至时当有实，学龙吟处岂无声？"是呀，在一个学习龙吟的地方，岂能没有动静？显然，同样宣示了一种对个人才华的自信。用"龙吟"抒怀，最豪放的当推洪秀全的《吟剑》，他壮志凌云地写道："虎啸龙吟光世界，太平一统乐如何？"这是他在发动太平天国革命之前所作，以龙吟比喻号令声威远播、比喻革命光耀世界，既写出了灭亡清政府统治的远大抱负，也抒发了对革命成功后全国升平的美好憧憬。诚然，诗中透着一股浓厚的封建帝王思想，但就壮怀而言，"龙吟"二字用的是大气魄的，与众不同的。

百年难遇的甲辰龙年来临了，以龙为图腾的中华民族自是以此为吉，应然寄予了更大的期待。由是，不禁想起了爱国诗人陆游的另一名句："横笛三尺作龙吟，腰鼓百面声转雷。"（《池上醉歌》）这字里行间充盈着豪情壮志，体现了对更高境界和更广阔世界的追求。龙年说龙，遐思无限。倘若真有龙吟一说，这里谨用于对中华民族这条巨龙未来的美好祝愿与期许。听，横笛发出如龙吟般的大音，腰鼓回荡着如雷霆般的高声。今天，我们向"全面建成社会主义现代化强国、实现第二个百年奋斗目标"（选自"中国共产党第二十次全国代表大会"报道）进军，不正需要这样的昂扬状态和进取精神吗？！

最爱那雄鸡一声唱

鸡者，吉也。

鸡在中国传统文化中是吉祥之物。我们的先民们很早就把鸡视为接引曙光的"阳鸟""天鸡"。《淮南子》中说："鸡知将旦，鹄知夜半。"李贺的"雄鸡一唱天下白"，王安石的"闻道鸡鸣见日升"，表达的皆是此意。盖因鸡叫三遍，太阳便出来，鸡叫预示着黑暗即将过去、光明就要到来，鸡乃光明使者、吉祥化身。因此，"雄鸡一唱"也成了世上的最吉音。

朱元璋有首《咏鸡诗》，如是写道："鸡叫一声撅一撅，鸡叫两声撅两撅。三声唤出扶桑日，扫退残星与晓月。"就前两句而言，该诗与爱新觉罗·弘历的"一片两片三四片，五片六片七八片"，似在伯仲之间，后两句却豹尾大撅，肆意张扬着当上天子的威风。毛泽东 1950 年国庆观剧时，适逢柳亚子先生诗兴大发即席赋《浣溪沙·和柳亚子先生》。在与老先生唱和中，先用"长夜难明赤县天，百年魔怪舞翩跹，人民五亿不团圆"作上片，追溯了中国苦难的昨天；又以"一唱雄鸡天下白，万方乐奏有于阗，诗人兴会更无前"作下片，寓意了新中国成立后光明的景象，字里行间，让人仿佛触摸到新中国强劲的时代脉搏。

在中国古代，没有报时的钟表，人们日出而作，日落而息，以天亮作为一天劳作的开始，而何时天亮却是由公鸡报晓来决定的。人们之所以信赖公鸡，是因为公鸡有勤奋、准确、认真负责的信德，报时从不会出错。训诂书《尔雅翼》称鸡有五德："首戴冠者，文也；足搏距者，武也；敌前敢斗者，勇也；得食相告者，仁也；鸣不失时者，信也。"故人们不但在过年时剪鸡，而且也把新年首日定为鸡日，赋予了神圣的寓意。《韩诗外传》

记，战国时有个叫田饶的人，因追随鲁哀公很久不见重用，故意拿鸡说事，一天他对鲁哀公说："鸡有文、武、勇、仁、信五德，而您却每天吃它，这是为什么？因为它从来就在您眼前啊。天鹅没有这五德，您却很看重它，因为它从来离您很远啊。"一番话说得鲁哀公生了共鸣，很快重用了他。《晋书·祖逖传》中有个故事更著名：少年祖逖和刘琨，每日闻鸡起舞，苦练武艺，以备报效国家，最后功成名就流芳百世。就这两个故事分析，诚然个人的心智和奋斗是内因，但也得益于借助了"鸡"这个好的外因。倘若换了其他动物，恐怕就难以奏效。

鸡作为人类饲养最普遍的家禽，自然最接地气，最能具体反映百姓生活的安宁与祥和。《易林》中就有"巽为鸡，鸡鸣时节，家乐无忧"的说法。而陶渊明的《归园田居》说"狗吠深巷中，鸡鸣桑树颠"，顾况的《过山农家》说"板桥人渡泉声，茅檐日午鸡鸣"，梅尧臣的《武陵行》描"遥闻鸡犬音，渐悟人烟迹"，常建的《燕居》写"远与市朝隔，日闻鸡犬深"，鸡都成了勾画田园风光景物的基本意象之一。而孟浩然的"故人具鸡黍，邀我至田家"（《过故人庄》），则把"故人具鸡黍"作为真挚友情的衬托。由是，自然又让人联想起了《诗经》中那句"风雨如晦，鸡鸣不已"，想起了曹操的《蒿里行》那句"白骨露于野，千里无鸡鸣"。

《太平御览》中有个观点："黄帝之时，以凤为鸡。"凤是神化的动物，鸡乃凡鸟，将二者相提并论，似乎有点牵强，但人们偏偏时常将鸡与凤凰相联系。比如说身份高贵的人落了难，是"拔了毛的凤凰不如鸡"；说才德卑下的人占居高位，是"鸡栖凤巢"；形容好东西卖便宜了，是"拿着凤凰当鸡卖"。还有，形容一个人本性难移，是"鸡怎么变也成不了凤凰"，等等。这些比喻寓意明了，对鸡不无贬义。

不过，鸡有时也会出彩。《战国策》中策士说服大王，就借用了鸡："宁为鸡口，不为牛后。"它与民间那个"宁当鸡头，不当凤尾"如出一辙。鸡口、鸡头，指的是可以自主的小局面，牛后、凤尾指的是听命于人的大范围。宋人鲍彪在为此话作注时，同样让鸡正能量满满："鸡口虽小乃进食，牛后虽大乃出粪。"其实，人在许多时候受制于客观条件，担当角色往往身不由己。因而，鸡口、鸡头也好，牛后、凤尾也罢，只要干得称职出彩，人生就有价值意义。

故园情

■ 本来不想说狗

本来不想说狗，联想到人们对狗的看法，忍不住想说几句。

在我们的传统语境里，提起狗来，人们似乎都没有多少好词儿，一些带狗的成语俗谚多是带贬义的，诸如"人模狗样""狗仗人势""狐朋狗友""走狗""叭儿狗"等。鲁迅先生对狗很厌恶，不仅痛恨骑墙的"巴儿狗"，主张痛打"落水狗"，还表示情愿喂狮虎鹰隼，却一点儿也不让"癞皮狗"吃。

古人亦有不少对狗表示不喜欢。宋人刘克庄在《记颜六言三首其一》中写道："谤之则丧家狗，誉之则人中龙"，狗被作为诽谤之称，至少是一个贬语。而洪咨夔《天象》中的"东淮西蜀狗鼠贼"，陆游《久雨》中的"荒郊多狗盗"，则把狗作为骂人话。战国时，齐孟尝君使秦被扣留，靠食客装狗偷裘行贿、学鸡叫骗开城门逃回齐国。这原本属于无奈之举，但因借助于鸡鸣狗盗，被世人视为不武。宋人张镃在《孟尝君》中如是叹曰："狗盗鸡鸣却遇知，可怜真士不逢时"；明代刘绩在《结客行》中公开声明："羞为狗盗伍，不傍孟尝门"，可见对狗之厌恶。由狗及人，司马相如凭一首空灵飘逸的《子虚赋》，深受汉武帝欣赏，但因文章是由主管皇帝猎犬的狗监呈上去的，因此为文人所小视。宋代陆文圭在《送朱伯海入京》中写道："赋就不须呈狗监，敕除先合秆莺台。"明代唐寅画《相如涤器图》，竟然质疑："狗监犹能荐才子，当时宰相是闲人？"个中不无揶揄。

那么狗究竟为何令人不喜？查无经典。宋代诗人释师观的《偈颂七十六首其一》中倒有两句："狗子无佛性，一文也不直。"这个"佛性"指的是什么？依我孤陋之见，乃是狗心中无善恶之分，唯主人之命是从，往往"狗咬吕洞宾，不识好人心"。正因为此，宋人释深在《颂古八首其一》中主张："狗子无佛性，劝君不用举。"其实，狗的这个秉性也不全是坏的，起码比猫要好得多。猫不恋主，能吃千家饭，有奶便是娘。狗则恰恰相反，始终守着一个主人，主人再穷也不朝秦暮楚。所以自古以来，从无义猫，只有义狗。这方面，唐诗宋词中有不少感人的画面。如杜甫的"旧犬喜我归，低徊入衣裾"（《草堂》）；刘长卿的"柴门闻犬吠，风雪夜归人"（《逢雪宿芙蓉山主人》）；钱起的"寒花催酒熟，山犬喜人归"（《送元评事归山居》）；贾岛的"此行无弟子，白犬自相随"（《送道者》）；梅尧臣的"荒径已风急，独行唯犬随"（《田人夜归》）；等等。或写景，或抒情，都闪现着狗的可爱与忠义。

或许正是对狗的这种秉性的认可，不少名人常常不禁将自己与狗联系起来，最常见的如"丧家狗"。《史记·孔子世家》记，孔子周游列国时，在郑国与弟子们失散后，自认"累累若丧家之狗"。后世文人，穷困潦倒之中也有不少自比"丧家狗"的。唐著名诗人杜甫在安史之乱不能返长安时，就向友人诉说："昔如纵壑鱼，今如丧家狗"（《将适吴楚留别章使君》）；宋著名诗人高斯得在《题钱可则芡雪庵》中，也以"我今如丧狗，狂走长包羞"的诗句描述自己。南宋著名爱国诗人陆游，救国无门、壮志未酬，以"意绪丧家狗，形骸槁木枝"《贫居即事》）形容自己的无奈；大明名臣宋濂，流放途中写《行路难》，也用"有如丧家狗"描述自己的境遇。"金窝银窝，不如自己的狗窝。"无家可归，人成了流浪狗，焉有好心情？这恐怕正是文人自比"丧家狗"的思想渊薮。

尤令人称奇者，有名流竟以"狗"自命兼自豪。扬州八怪之首郑燮，以"青藤门下走狗郑燮"之称，标志自己要当明代大才子徐渭（号清藤道士）的忠诚学生；享誉中外的篆刻名家邓散木，专门刻一方"赵门走狗"印章，宣示忠于清末篆刻艺

故园情

术大师赵古泥的艺术；当代著名连环画画家韩敏，出于对郑板桥的艺术的钦服和对其品格的尊崇，声称自己乃"板桥门下走狗"；著名艺术大师齐白石，为了表达对徐渭（青藤）、朱耷（雪个）、吴昌硕（老缶）的内心敬仰，在《老萍诗草》中写道："青藤雪个远凡胎，老缶衰年别有才；我欲九泉为走狗，三家门下转轮来。"他不仅要做三位大师的"走狗"，还要在三家中轮番讨教。正是基于这种态度，白石老人在融会贯通中创立了自己的艺术特色。不难看出，"这丫头不是那鸭头"，此"狗"非狗也。

在诗人的笔下，狗又是构成令人赏心悦目的景物的一个元素。如陶渊明的"狗吠深巷中，鸡鸣桑树颠"（《归园田居》），描绘了农家乐的田园风光；李白的"犬吠水声中，桃花带雨浓"（《访戴天山道士不遇》），犹如一幅仙境水墨图画；黄庭坚的"昨夜三更狗吠雪，东家闭门推出月"（《为慧林冲禅师烧香颂三首其一》），以神来之笔写出了"狗吠雪"向主人示警的通灵；包融的"武陵川径入幽遐，中有鸡犬秦人家"（《武陵桃源送人》），把人领入了大山深处的宁静；赵汝鐩的《荆门行》，用"去年曾问荆门途，鸡鸣狗吠民耕锄"，向人描述百姓安宁的珍贵。可见，无论写景构图还是写意取景，狗常常是诗人笔下的尤物。而描绘田园生活、和平景象，鸡鸣与犬吠都是一道不可或缺的风景。

"道非道，非常道。"这里借为狗正名，郑重为"狗"点赞。当然，那种八面玲珑的"巴儿狗"、损人利己的"癞皮狗"、仗势欺人的"恶走狗"等，不在此列。

金猪拱门

在我们古代社会，幸福美好的家，离不开猪。猪与豕同义，"豕"字是"家"字的重要组成部分；猪（豕）是家的财富和食物，更是人的财富和食物。2019己亥年是猪年。×年说×，猪年能说猪吗？

或许有读者会说，这个问题就像那个"我能说话吗"一样，问得特无厘头、特没学问。龙年说龙，马年说马，猪年当然可以说猪！

就常理儿讲，的确是这样的。十二生肖皆可说，且都有说道头。然而，现实生活中的很多事物，道理上讲是一回事，实践上做又是另一回事。比如那个"我能说话吗"，有的时候为了某种需要，明明能说会说却变成了"不能说""不会说"的情形并不鲜见。"×年说×"也是这样，以网络空间为例，每逢新年伊始，总会弥漫出一阵子颇具规模的生肖贺年热，典型如龙年，说"龙马精神"、说"龙凤呈祥"，说"龙骧虎跱"、说"龙腾虎跃"，说"望子成龙"、说"鱼跃龙门"，赞美之词庶几爆棚；还有，虎年说"风虎云龙"，马年说"马到成功"，羊年说"三羊（阳）开泰"，鸡年说"雄鸡高唱"等，也都是"老母猪吃碗碴——满嘴是词（瓷）"。而轮到猪年，则是另一番光景：不仅无借喻的词汇，也无借意的典故，正像一个歇后语："下巴底下支砖——张不开嘴"。最尖锐的是上一个猪年（丁亥年），无论相声小品，还是歌舞表演，都淡化了猪元素。假如猪会说话，肯定会喊冤叫屈。

国人不爱说猪？原因不外乎两个：

一曰这猪的形象猥琐，面目狰狞、丑陋，难登大雅之堂。《战国策·齐策》就有："太子相不仁，过颐豕视，若是者信反。"这里面所说的太子，就因下巴太大，被视为猪相，进而推出其"不仁"、不可靠。"豕视"，即下斜窥视的意思。猪还有许多戏称，如因面部黑色而被称为"黑面郎"，由喙长被称为"参军"，由拱地觅食被称为"豕突""泥猪""土猪"。就是养猪致富，也被连带称为"乌金"。乌金者，黑金也，之名始于唐代，明显带有贬义。

二曰这猪的口碑不佳，几乎是贪吃、嗜睡、懒惰、无能的代名词。最早见诸《左传·昭公二十八年》："实有豕心，贪惏无餍"。尽览古人写猪诗句，赞美之句几希。现代人更是将"猪"字视为嘲讽和蔑视，如形容某人动作不灵敏，常用"蠢猪""比猪还笨"；比喻头脑不灵活，鄙以"猪头""猪脑子"；喻人懒惰，贬之为"懒猪"；毒舌骂人，比作"猪杂碎"。还有一些说法，如"猪扶不上树""猪大肠扶不起来""死猪不怕开水烫""猪鼻子插葱——装象"等，尽管不乏幽默、形象，但指向于被讽喻者主体，都不是好词儿。

很显然，国人对"猪"不感冒，与文化浸淫有关。看一看十二生肖，牛虎兔龙、马羊猴鸡，都有好的寓意和溢美之词，姑且按下不表。余下的鼠、蛇、狗和猪，蛇因沾了"龙"大哥的光，被尊称为"小龙"；狗因叫声"汪汪汪"，极像"旺旺旺"，有好口彩，亦可取其大义，施以礼遇。这样一来，只有鼠和猪出局。然而，鼠非猪比，猪难比鼠。汉族的《十二属相的传说》称，鼠有打开天地、化生万物的神通；彝族神话《葫芦里出来的人》称，人类起源于葫芦，而葫芦原是密封的，是鼠在葫芦上咬开一个洞，人类得以出世；瑶族神话《谷子的传说》和畲族神话《稻穗为何像老鼠尾巴》称，是鼠帮助人类取来了稻种。由此可见，鼠之与人类，有救世之功。一幅"老鼠嫁女""老鼠娶亲"年画和剪纸，在民间被视为"吉祥物"，过年贴在墙上和窗户上。《七侠五义》中的五义，个个以"鼠"为诨号，无论"钻天鼠""彻地鼠"，还是"穿山鼠""翻江鼠""锦毛鼠"，个个武艺高强、义气深重，为"鼠"名大大增光，与"猪"名比拼，真真羞煞猪也！

或有人会说，猪有天蓬元帅、猪八戒，名号同样了得。可是细细一捋，这猪八戒，在天上调戏过嫦娥，到了凡间见了美貌女子便拉不动腿，无论如何也算不上正面角色。古人择其优长，在青楼妓馆供其为保护神，那主旨也不过是希望多一些类似人物光顾，为了生意兴隆发财。因此，猪八戒很难让普罗大众都敬重起来。

正因上述种种，现实生活中，谁也不愿意自己被人比喻成猪。诚然古人有"豚儿"之说，与犬子同义，那也不过是一种谦称，并非真的以猪自喻。就连生于猪年，有学问的先生女士一般不说自己属猪，而是绕个弯儿说自己属亥。

实际上，现代人对猪的认知，存有不少误区。猪在古代曾象征财富，古人把拥有猪数量的多少来代表贫富。早期墓葬中，陪葬品中猪骨为大宗，按其数量，可判断墓主地位之高低，财富之多寡。猪还曾代表着好运，因"猪"与"朱"同音，"蹄"与"题"音谐，所以猪便成为学子金榜题名的吉祥之物。另外，猪也不笨，甚至还很聪明。20世纪90年代进行的实验找到了猪也很聪明的证据。实验中，猪要接受研究人员训练，用嘴巴移动屏幕上的指针，并用指针找到它们第一次看到的涂鸦。结果显示，它们完成这项任务所需的时间居然与黑猩猩差不多，聪明程度由此可见一斑。以此而论，笨猪之说显然是盲目的、苍白的，至少犯了以偏概全的错误。

其实，猪年说不说猪、愿不愿意说猪，无关大众生活宏旨。问题是驮载于"×年说×"中的这种喜欢唱赞歌、爱听溢美之词的膨胀心态，一旦进入社会政治生活，就会影响并左右人的思维方式，演化成为一种制导人们生活的习惯势力，这就需要引起重视并谨防了。正是从这个意义上，话题已然超出了说猪本身。

末了，牵强附会作一《运势》绝句与君共勉："运势根苗自握掌，希世准主乃空想。金猪拱门送祥瑞，人间正道是自强。"

元宵赏灯诗话

农历正月十五，是我国民间传统的元宵节，又称"上元节""灯节"。据《岁时杂记》记载，这是沿袭道教的陈规。道教把正月十五称为"上元节"，七月十五称为"中元节"，十月十五称为"下元节"。

早在汉文帝时期，正月十五就是一个传统节日了。汉文帝登基是在周勃戡平"诸吕之乱"之后，平乱之时恰好是正月十五，因此，此后每年这天夜晚，汉文帝都要出宫"与民同乐"。"夜"在古语中又叫"宵"，于是，汉文帝就把正月十五这一天定为元宵节。不过，当时还没有放灯的习俗。到了汉明帝永平十年，蔡愔从印度求得佛法，汉明帝敕令在元宵节点灯，并亲自到寺院张灯祭神，以示对神佛的尊敬，从此开启了元宵放灯的习俗。洪迈《容斋三笔》卷一说："上元张灯，《太平御览》所载《史记·乐书》曰：'汉家祀太一（天帝），以昏时祠到明。'今人正月望日夜游观灯，是其遗事。"诚然今天看到的《史记》中没有这段文字，但见诸文献的元宵张灯溯源，此为较早者。

到了隋朝，元宵节张灯习俗已经非常流行。隋炀帝有诗《元夕于通衢建灯夜升南楼》，以"法轮天上转，梵声天上来。灯树千光照，花焰七枝开。月影疑流水，春风含夜梅。燔动黄金地，钟发琉璃台"的描述，展现了隋代元宵张灯的热闹景象。

到了唐代，闹元宵活动又有蓬勃发展，唐玄宗将元宵张灯一晚延长至三晚。初唐诗人卢照邻的《十五夜观灯》："缛彩遥分地，繁光远缀天。接汉疑星落，依楼似月悬。"张祜的《正月十五夜灯》："千门开锁万灯明，正月中旬动帝京。"张说的《杂曲歌辞·踏歌词》："龙衔火树千灯焰，鸡踏莲花万岁春。"这

故园情

些诗词均反映了唐代元宵节张灯结彩的盛景。

宋代元宵灯市更为壮观，不仅把元宵放灯由三日增加为五日，民间灯火更胜于唐。宋代词人辛弃疾写道："东风夜放花千树，更吹落，星如雨。宝马雕车香满路。凤箫声动，玉壶光转，一夜鱼龙舞。"宰相王安石也有咏吟："车马纷纷白昼同，万家灯火暖春风。"宋人庆元宵的盛景跃然纸上。

元、明、清三代的元宵节依然是一个重要节日。处于金、元时代的元好问有首《京都元夕》："袨服华妆着处逢，六街灯火闹儿童。长衫我亦何为者，也在游人笑语中。"诗人以纪实的笔法，生动描写了金代京都元宵佳节人山人海的热闹景象。明代将元宵放灯的时间改为十夜，并增设戏曲表演，各地元宵前夕都开设灯市。李梦阳的《汴京元夕》写道："中山孺子倚新妆，郑女燕姬独擅场。齐唱宪王春乐府，金梁桥外月如霜。"诗中描绘了元宵夜汴梁的繁华，反映了汴京元夕戏剧演唱的热闹景况。清代写元宵夜的诗句也数不胜数，如董舜民的《元夜踏灯》，以"百枝火树千金屧，宝马香尘不绝"的记载，写出了清代元宵节的情景；姚元之的《咏元宵节》，用"花间蜂蝶趁喜狂，宝马香车夜正长。十二楼前灯似火，四平街外月如霜"的佳句，描述了元宵节的热闹与浪漫。

古代统治者何以在放灯上大音高声，民间百姓又为何喜爱张灯？除了营造节日氛围之外，这一习俗得以延续，有几方面原因。

首先是蕴含了对国泰民安的期盼与祝愿。李商隐的《观灯乐行》，用"月色灯山满帝都，香车宝盖隘通衢"，真实描写了大唐帝都长安城正月十五闹花灯，街上人山人海、香车宝马造成交通阻塞的繁荣。这与曹操在《蒿里行》中描述东汉末年董卓之乱时的情景"白骨露于野，千里无鸡鸣"相映照，令人倍感享受太平的幸福。宋代女诗人朱淑贞的一首《元夜》，用"夸豪斗彩连仙馆，坠翠遗珠满帝城。一派笑声和吹鼓，六街灯火庆升平"的诗句，表达了人们对国泰民安的喜悦之情。"后七子"领袖王世贞之子王士骐写《上元夜帝御龙舟观鳌山恭述》说："紫禁鳌山结翠游，升平故事雅宜修。春回九陌风仍暖，月出千山雾乍收。烟火楼台疑化国，高明世界正宸游。"这里所蕴含的同样也是对国泰民安的颂扬。

同时彰显天下同乐的盛况与欢乐。唐代宰相苏味道的《正月十五夜》，被称为元宵诗"绝唱"，其中写道："火树银花合，星桥铁锁开。暗尘随马去，明月逐人来。游伎皆秾李，行歌尽落梅。金吾不禁夜，玉漏莫相催。"诗歌把长安城里元宵夜官民同乐的盛况和兴致表达无遗。宋代，鳌山灯常为灯会的压轴戏，此灯气势恢宏、体量巨大、叠翠堆金、浮光耀影，寓"江山永固，长治久安"之意，帝后、嫔妃、臣僚都要在特定的时辰观赏鳌山灯，郑玉的"对簇鳌山十万人，皇都今夕几分春"（《元宵》），柳永的"十里燃绛树。鳌山耸、喧天箫鼓"（《迎新春》），都以留此存照的笔法写下了朝野共乐的赏灯场景。明代大才子唐寅的一首《元宵》，以"有灯无月不娱人，有月无灯不算春。春到人间人似玉，灯烧月下月如银。满街珠翠游村女，沸地笙歌赛社神。不展芳尊开口笑，如何消得此良辰"的特写，铺开了一幅江南民间过元宵节的生动画卷。

元宵节的重头戏闹元宵，一个"闹"字，恰如其分地道出了元宵节是新年的一个"狂欢节"，这也适应了百姓的文化需求。这一晚，禁锢于传统礼教的未婚男女可以比较自由地互相接触，有了表达爱情的机会。欧阳修的"去年元夜时，花市灯如昼。月上柳梢头，人约黄昏后"（《生查子·元夕》），朱淑真的"但愿暂成人缱绻，不妨常任月朦胧。赏灯那得工夫醉，未必明年此会同"（《元夜》），辛弃疾的"众里寻他千百度，蓦然回首，那人却在灯火阑珊处"（《青玉案·元夕》），所描

故园情

述的都是元宵夜有情人相会的情境。"猜灯谜"也是元宵节流行的一项活动。谜语悬于灯上，供人猜射，既能启迪智慧、增添乐趣，又能烘托喜气洋洋、平平安安的气氛。在缺少文娱活动的旧时，这显然也是一项颇受百姓欢迎的群体活动。

"一曲笙歌春如海，千门灯火夜似昼""通宵灯火人如织，一派歌声喜欲狂"。元宵节赏灯之魂，在于一个"赏"字，赏的是喜悦心情，赏的是盛世美景。赏的背后是对国泰民安的珍重与守望、对太平盛世的追求与奋进，而不应是久享太平的安而忘危、沉湎于安逸的乐而忘忧。欣逢虎年，发扬虎虎生气，踔厉风发，笃行不怠，这当是"万家灯火"的应有底色和精神风貌。

（原刊于 2022 年 2 月 15 日《齐鲁晚报》"青未了"副刊）

诗中寻春春亦浓

　　立春过后，万物便开始苏醒，春天气息渐浓。每逢此时，我都会择一暖日去郊外寻春，边欣赏春景边采剜野菜。多年了，一直乐此不疲。今年遭遇病毒肆虐，郊外寻春竟成了奢望。每每望着室外，就按捺不住心中的骚动。一日，猛然生出一想法：何不在古诗中觅古人绿野仙踪，领略别一番寻春情趣？于是，便有了这个题目。

　　经历了一个冬天，春姑娘妙曼的身姿、美丽的霓裳、婉转的歌喉，皆可入诗入画入梦，于是寻春便成了古代文人骚客的一种时尚，也为今天平添了若干优美的诗词歌赋。陈子昂的《晦日宴高氏林亭》，以"寻春游上路，追宴入山家。主第簪缨满，皇州景望华"的华章，留下了初唐文人寻春的热闹世相。宋代赵蕃的《同俞公择孝显王彦扩谩子游白莲庵饭于东庵而》，用纪实手法描述了宋人山中寻春的景观："幽禽鸣屋角，唤我起寻春。山径八九里，角巾三四人。侧行松偃蹇，倦憩石嶙峋。谁道春犹早，山樱几树新。"大文豪苏轼有首《正月二十日与潘郭二生出郊寻春忽记去年是日同至女王城作诗乃和前韵》："东风未肯入东门，走马还寻去岁村。人似秋鸿来有信，事如春梦了无痕。江城白酒三杯酽，野老苍颜一笑温。已约年年为此会，故人不用赋《招魂》。"这里，东坡居士既写出了江城乡间的淳朴民风，又用践诺的热情诚邀老朋友赴约，一个寻春"发烧友"的形象跃然纸上。

　　寻春，亮点在"寻"字上，蕴含了对春的渴望与追求。北宋词人毛滂，盼春心切，当春天尚在冰雪覆盖中，便去"拨雪寻春"。他在一首《踏莎行·元夕》中写道："拨雪寻春，烧灯续昼，暗香院落梅开后。无端夜色欲遮春，天教月上宫桥柳。"这位词人白天在残雪中未寻到春色，仍不甘心，索性晚上挑灯，继续在暗香流动的院子里寻觅。尽管那沉沉的夜色想把春光遮住，但月亮此时悄悄地爬上了柳梢。融融的月光下，他终于从已生出嫩黄淡绿芽苞的柳丝上，发现了春的足迹。唐代有位名唤无尽藏的女尼，用一首《嗅梅》记下了寻春的感悟："终日寻春不见春，芒鞋踏破岭头云。归来笑拈梅花嗅，春在枝头已十分。"不难看出，这女尼为了寻春，跑遍了山山岭岭，结果一无所获。然而，正当她非常失落地回到尼庵，随手折了门前一枝梅花嗅闻时，在梅花含苞欲放中猛然发现："春在枝头已十分。"内心涌出的喜悦，不言而喻。

如果将"寻"字视为行动的话，那么"春"字则是目标，亦即发现"春天在哪里"。姜夔从"燕燕飞来，问春何在，唯有池塘自碧"的诘问中，找到了春的倩影；李白从"寒雪梅中尽，春风柳上归，宫莺娇欲醉，檐燕语还飞"的物象里，觅到了春的俏丽。如同一千个读者眼里有一千个哈姆雷特，杨万里寻春发现，"春光都在柳梢头"；陈亮寻春发现，"春在乱花深处鸟声中"；孟郊经过一番寻春，则以"何物最先知？虚庭草争出"的评判，将"春天哨者"的角色给了青草。寻春自然应有所思。女词人李清照这方面堪称大家，一首《蝶恋花·暖雨晴风初破冻》词，以"暖雨晴风初破冻，柳眼梅腮，已觉春心动"的细腻，不仅绘出了春的妩媚芳香，又借思想的空灵描出了春的风情万种，赋人一种颇想一把将春天拥在怀里的心动。

那么春天是什么，到底在哪里？明代大儒王守仁有首《寻春》，文思跌宕中洋溢着心学的通透。诗句这样写道："十里湖光放小舟，漫寻春事及西畴。江鸥意到忽飞去，野老情深只自留。日暮草香含雨气，九峰晴色散溪流。吾侪是处皆行乐，何必兰亭说旧游。"诗人将发现美的眼睛尽情挥洒于湖光山色、溪流芳草之余，最后用"吾侪是处皆行乐"的禅意迪启人们：物事中无处不春天！寻春的快乐，其实就在你身边，就在你心里。只要心中有春天，你就会始终拥有一种如游兰亭美景般的乐趣。显然，此乃寻春悟道的高境界，也无疑是智慧人生的一种洒脱与快乐。

故园情

■ 柳色青青赏柳诗

"江南腊尽，早梅花开后，分付新春与垂柳。细腰肢自有入格风流，仍更是骨体清英雅秀。永丰坊那畔，尽日无人，谁见金丝弄晴昼？断肠是飞絮时，绿叶成阴，无个事一成消瘦。又莫是东风逐君来，便吹散眉间一点春皱。"（苏轼《洞仙歌·咏柳》）大地春回，柳色青青。此时，或郊外踏青，或伫立湖畔，高哦低吟几首如此美妙的咏柳诗，感受柳的风姿，品咂诗的寓意，别有一番情趣在心头。

我国是诗的国度，也是柳的故乡。古往今来，柳树一直为文人骚客所青睐，以柳为题材，留下了大量的柳诗。杜甫的《腊日》，用"侵陵雪色还萱草，漏泄春光有柳条"的佳句，描出了早春的风光：别看萱草还在遭受着霜雪的袭扰，但柳条已泄露出了春天的消息。字里行间，洋溢着"春来了"的喜悦。贺知章的《咏柳》："碧玉妆成一树高，万条垂下绿丝绦。不知细叶谁裁出，二月春风似剪刀。"把柳树比喻成了一位经过梳妆打扮的少女，亭亭玉立，楚楚动人，充沛着青春活力，让人不禁想起了那个"小家碧玉"的成语。曾巩的《咏柳》："乱条犹未变初黄，倚得东风势便狂。解把飞花蒙日月，不知天地有清霜。"将柳树写得意气风发，一副春风得意、乘势而上的精气神。而杜牧的《柳长句》："日落水流西复东，春光不尽柳何穷。巫娥庙里低含雨，宋玉宅前斜带风。不嫌榆荚共争翠，深与桃花相映红。灞上汉南千万树，几人游宦别离中！"则描绘了古人折柳相送的惜别场景。既依依相惜、愁肠百结，又缠绵动情、寓意幽深。尤显诗人丰富想象力的当推李商隐的《赠柳》："章台从掩映，郢路更参差。见说风流极，来当婀娜时。桥回行欲断，堤远意相随。忍放花如雪，青楼扑酒旗。"诗中虽然不着一个"柳"字，却句句写柳，咏吟间，眼前仿佛晃动着一位窈窕女郎的身影，婀娜多姿且多情。

诗寓画，画藏诗。在柳画上题咏柳诗，常常透着画龙点睛、诗画互融的艺术张力。如清代著名画家石涛，在《黄山游踪》画作上如是题道："明明垂柳下，春水满山田，农夫寒带雨，耕破一溪烟。"题画诗与画面浑然一体，相辅相成，大大丰富了画的意境。扬州八怪之一的李鳝在《桃花春柳图》画上题："数枝可作先生传，凭瓣曾迷汉魏来。"虽然只有两句诗，却与画作情景相辉，予人以思想的空灵：柳是旁逸斜出的疏柳，临风飘举，婷婷袅袅；桃花是屈曲盘旋的虬枝，修炼得刀枪不入，却是暗藏了侠骨柔情，它定是出自陶潜的桃花源。著名漫画家丰子恺，尤其喜爱以柳诗抒情，一幅《月上柳梢头》，把欧阳修"月上柳梢头，人约黄昏后"的诗意，体现得惟妙惟肖：画面上，粗壮的柳枝伸出院外，微风拂柳，密叶垂垂而长，一位楚楚可人的女子隔墙倚于下，惆怅忧伤。夜黑，月幽，柳凉。诗意增添画意，画意映衬诗意，给人一种思想的恍惚：心上的人儿，你现在在哪里？画已非画，而是留在心间的万般愁思。

诗人所处的境遇各异，借柳抒发的情感也往往不同。如雍裕之的《江边柳》："袅袅古堤边，青青一树烟。若为丝不断，留取系郎船。"以柳寄情，希望柳丝绵绵不断，以便把郎君的船儿系住，表现了优雅的伤怀。李峤的《柳》："杨柳郁氤氲，金堤总翠氛。庭前花类雪，楼际叶如云。列宿分龙影，芳池写凤文。短箫何以奏，攀折为思君。"大概是由于隋唐顶级门阀望族家境的熏染，诗人将杨柳写得典雅华丽，虽是伤别离情，亦显豪华非凡！白居易的《杨柳枝词》："一树春风千万枝，嫩于金色软于丝。永丰西角荒园里，尽日无人属阿谁？"却借柳树流露出了内心的不平与惋惜，表达了对当时政治腐败、人才埋没的感慨。更有意思的是，这个白乐天先生的《杨柳枝词》二："叶含浓露如啼眼，枝袅轻风似舞腰。小树不禁攀折苦，乞君留取两三条。"借柳树"含露啼眼"的诉苦与柳枝轻曼舞腰的"示怜"，发出了对古代送别折柳惯习的批评，表现了诗人超前的环保意识。

诗言志，言为心声。咏吟柳诗，我最欣赏作为诗人的毛泽东那首《七律·送瘟神》："春风杨柳万千条，六亿神州尽舜尧。红雨随心翻作浪，青山着意化为桥。天连五岭银锄落，地动三河铁臂摇。借问瘟君欲何往，纸船明烛照天烧。"在这里，杨柳不再是"柔弱""伤感""相思"等愁离别恨的代名词，而是满怀豪情的人们充满希望、活力四射的象征。一句"春风杨柳万千条"，尽现了春回大地的盎然生机，给人以勃勃向上的力量，真有"化腐朽为神奇"之妙用。同时，也显示了诗人胸中有日月、诗里有乾坤的豪迈气派，足谓千古一诗，无人出其右。

■ 古诗词里读踏青

我国是诗的国度，也是世界上最早拥有踏青民俗的国家。每当春光明媚、草长莺飞季节，人们便走出家门野外春游，谓之"踏青"。迄今，已有2000多年的历史。古代文人雅士在游赏春景时，或寄情于山水，或感怀于名胜，或把盏低吟，或引吭高歌，留下了许多脍炙人口的踏青诗句。品读古人踏青诗句，从中管窥其绿野仙踪、思想空灵，不失为今人踏青的一种文化乐趣。

踏青，亦名踏春、探春、寻春。顾名思义，首先赏的是一个"春"字。唐代孟浩然的五言绝句《春晓》："春眠不觉晓，处处闻啼鸟。夜来风雨声，花落知多少？"画面优美，春意盎然，富有生活情趣。宋代苏轼的《立春》："春牛春杖，无限春风来海上。便丐春工，染得桃红似肉红。春幡春胜，一阵春风吹酒醒。不似天涯，卷起杨花似雪花。"全词中的"春"字，首句都是从立春的习俗发端，浓郁的春天气息扑面而来。

说春的古诗，不能不提梁元帝萧绎的《春日》，全诗18句，句句带"春"，一下子用了23个"春"字："春还春节美，春日春风过。春心日日异，春情处处多。处处春芳动，日日春禽变。春意春已繁，春人春不见。不见怀春人，徒望春光新。春愁春自结，春结讵能申。欲道春园趣，复忆春时人。春人竟何在，空爽上春期。独念春花落，还以昔春时。"诗中的"日日""处处""不见"重复使用两次，每次使用皆意蕴不凡，将个"春"字描得呼之欲出。

踏青，要义在体味一个"乐"字。"逢春不游乐，但恐是痴人。"诗仙白居易的这两句《春游》诗，以"游乐"说春，以"不游"为痴，劝喻世人不负春光。张先的《木兰花》，撷取了三组踏青镜头："龙头舴艋吴儿竞，笋柱秋千游女并。芳洲拾翠暮忘归，秀野踏青来不定。"看，这些青年男女近乎玩疯了，夜

故园情

幕降临了依然流连忘返!孟郊的《登科后》,带着登科后的得意,近乎亢奋地写道:"昔日龌龊不足夸,今朝放荡思无涯。春风得意马蹄疾,一日看尽长安花。"不仅抒发了踏青的畅快,还为后世留下了"春风得意""走马观花"两个意味深长的成语。

踏青,深入人心的是一个"情"字,亦即钟爱大自然,怡情于大自然。宋代王令在与友人踏青畅饮时,有感而发作了一首《春游》:"春城儿女纵春游,醉倚层台笑上楼。满眼落花多少意,若何无个解春愁。"字里行间,透出一种踏青"解春愁"的情感。陆游踏青归来,乘兴写下了《山城》:"天晴山雪明城郭,水涨江流近驿亭。客鬓不如堤上柳,数枝春动又青青。"诗中既有踏青的景观,又有人生的感叹。

更有意思的是,唐德宗时的诗人崔护的一首《题都城南庄》:"去年今日此门中,人面桃花相映红。人面不知何处去,桃花依旧笑春风。"据《唐诗纪事》记:崔护在长安南庄踏青,因口渴到一住家求水,一妙龄女子捧水让座,暗送秋波。崔护一见钟情,恋恋不舍。第二年踏青,崔护又去南庄探访,谁知庭院如故,桃花依旧,门却上锁,空旷无人。于是,便提笔在门扉上写下了这首诗,并成了一个故事在关中被广泛流传。

古人踏青,不只是赏春、观花、纵情于山水,也进行一些文娱活动。如吴惟信的《苏堤清明即事》,以"日暮笙歌收拾去,万株杨柳属流莺",描写了古人踏青时的音乐演奏和歌唱活动;韦庄的《麟州寒食》,用"好是隔帘花树动,女郎撩乱送秋千",说明古人踏青荡秋千司空见惯;高鼎的"儿童散学归来早,忙趁东风放纸鸢"(《村居》),说明古人有早春放风筝的习俗;而钱福的《蹴鞠》,"蹴鞠当场二月天,仙风吹下两婵娟",则记下了踏青中的足球活动,证明中国"女足"早已有之。另外,还有骑马、斗草、女子拔河等。这说明,古代踏青活动中群体文娱活动同样丰富多彩,许多场景并不让今人,或者说比今人会玩多了。

想念拉露水

或许是根脉须结所系，或许是正在向老人家堆儿移动的缘故，小时候的记忆时常会走进脑海遛弯儿，故而一到端午节，我便会想起故乡胶东特有的习俗——拉露水。

那可真算得上故乡人过端午的盛景：天刚蒙蒙亮，大人们便把小孩子叫起来，穿着新衣裳，拿上早就预备好的新手帕、新毛巾，三五结伴到村外麦地里或沟坎间，在小麦、青草或树梢头上，小心翼翼地用毛巾拉来拉去。此时，清新的空气中弥漫着乡间泥土夹杂着若干草本植物分泌的特有的芬芳，大自然造化下的庄稼、草木承受一夜天露，叶梢上都积攒了分量不等的露珠。那干干的毛巾、手帕在拉来拉去中，不一会儿就变得湿漉漉的，像在水中浸过了一样。接下来，便用它们擦脸，尤其是眼睛和耳朵要擦得分外仔细。大人们说，端午节趁太阳未出之时，采集天降的甘露擦拭脸眼，可以耳聪目明，保一年不害眼病不长疮。

端午露水不仅泽润人类，还惠及牲畜。据说牲口吃了端午露水草，可以一年中不得杂病。因此，端午大清早，大人们把小孩叫起来之后，自己则牵上家里的牲口，到沟边畀旁放牧，一边拉露水洗脸，一边看着牲口啃嫩草。

拉露水最忙活的，当数那些爱美的大姑娘小媳妇。头一天，她们要做的顶要紧的一件事儿就是采集月季花，再去坡里、河边采摘艾蒿心、桃树心、柳条皮、蜡条皮等。将它们洗干净，用清水浸泡在大盆中，露天置放在院里干净空阔处，让满盆姹紫嫣红承接一夜雨露滋润。第二天清晨，捞出花草装到净瓶里。那水淡淡地泛着一点儿蓝，清香四溢。她们用这些水洗脸、洗胳膊，既可让身上散发出余香袅袅的美妙，据说还有美容效果哩！

那时，村里一位年逾古稀的清末秀才，每逢端午节都要捋着胡须向后人布道拉露水。他那花白的胡须里，不仅捋出了"五月五日，蓄兰为沐""浴兰兮沐芳华"的美誉，还捋出了汉武帝在长安建章宫承露仙人掌以求长生的故事，以示拉露水大有来头，师出有名。在老人家的播种下，敝村那些年间拉露水似乎格外神圣与虔诚。

端午节的露水是否真的可以治病，未见经典。我也亲眼见过用端午露水洗脸和眼的人，仍有害眼疾生疮疖的。然而，作为一种习俗，拉露水之所以千百年流传，如今想来，肯定有其合理的成分。在古人看来，端午是毒日、恶日，五月是五毒（蝎、蛇、蜈蚣、壁虎、蟾蜍）出没之时，需要用各种方法来提防遭受五毒之害，所以便有了各种各样的求平安、避邪祛灾的习俗，拉露水的本意与抵御五毒有关。那混合了乡野多元素气息的露水，诚然不会像人们所期待的那样神奇，但的确有着防患于未然的效果，尤其那种以具有药用价值的花草为原料炮制出的露水，是真正意义上的"花露水"。古朴的习俗，体现了乡野百姓对大自然的尊重与认识，在医学不发达的古代被奉为神明，也是合理的、自然的。

"五月五，过端午；拉露水，插艾蒲；吃粽子，系五索；戴个荷包香馥馥。"故乡这首过端午歌谣，不知已经流传了多少年。如今拉露水尽管依然烙印于我辈人的记忆之中，但在家乡的后生间早已成了"爷爷奶奶的故事"，鲜有人知晓了。于是，每每想起它，心里总有一种说不出的痛。是对旧俗的眷恋，还是故园情结使然？我说不清。但蕴藏于其中的，肯定是一种乡愁。它让我难以割舍，时常像追忆亲人一样想念它。

端午节的传说、习俗与屈原祭

五月五，是端阳。

门插艾，香满堂。

吃粽子，撒白糖。

龙船下水喜洋洋。

农历五月初五，是中国民间的传统节日——端午节。端午节，古称"重五"，又称"端五"或"端阳"。此外，端午节还有许多别称，如：午日节、重五节，五月节、浴兰节、女儿节，天中节、大长节、地腊、诗人节、龙日等。虽然名称不同，但总体上说，各地人民过节的习俗还是同多于异的，乃是我国民间传统三大节日（春节、端午、中秋）之一，受到全国各地各民族的普遍重视。

"端"是开始的意思。《风土记》里说："仲夏端午。端者，初也。"每月有三个五日，头一个五日就是"端五"。农历的正月开始为寅月，按地支"子丑寅卯辰巳午未申酉戌亥"顺序推算，第五个月正是"午月"。古人常把"五日"写成"午日"，所以，"端五"可以写成"端午"。到了唐代，因唐玄宗是八月五日生，为避"五"字讳，由当时的宰相宋璟提议，将"端五"正式改为"端午"。因古人又常把"午时"当作"阳辰"，于是端午又可称"端阳"。

端午节承载着我国民间许多传说。关于端午的起源，主要有六种说法。

一是源于纪念屈原。屈原，名平，字原，出生于楚国丹阳，又自云名正则，号灵均，楚武王熊通之子屈瑕的后代。《史记·屈原贾生列传》载，屈原早年受楚怀王信任，任左徒、三闾大夫，常与怀王商议国事，参与法律的制定，主张章明法度，举贤任能，改革政治，富国强兵，力主联齐抗秦，遭到贵族子兰等人的强烈反对，遭谗去职，被赶出都城，流放到沅、湘流域。在遭流放中，他写下了忧国忧民的《离骚》《天问》《九歌》等不朽诗篇，影响非常深远（端午节因之称诗人节）。公元前278年，秦军攻破楚国京都。屈原的政治理想破灭，虽有心报国，却无力回天，只得以死明志，于五月五日写下绝笔作《怀沙》之后，抱石沉入汨罗江而身亡。当地百姓听到噩耗，争先恐后来打捞其尸体，结果一无所获。于是，有人便用苇叶包了糯米饭，投进江中祭祀屈原，祭祀活动一年年流传，渐渐成为一种风俗。

二是源于纪念伍子胥。伍子胥，名员，楚国人，父兄均为楚王所杀，后来他奔向吴国，助吴伐楚，五战而入楚都郢城。当时楚平王已死，子胥掘墓鞭尸三百，以报杀父兄之仇。吴王阖庐死后，其子夫差继位，吴军士气高昂，百战百胜，越国大败，越王勾践请和，夫差许之。子胥建议，应彻底消灭越国，夫差不听，吴国大宰，受越国贿赂，谗言陷害子胥，夫差信之，赐子胥宝剑自尽。子胥本为忠良，视死如归，死前对邻舍人说："我死后，将我眼睛挖出悬挂在吴京之东门上，以看越国军队入城灭吴"，便自刎而死，夫差闻言大怒，令取子胥之尸体装在皮革里于五月五日投入大江，因此相传端午节亦为纪念伍子胥之日。

三是源于纪念孝女曹娥。曹娥系东汉上虞人，父亲溺于江中，数日不见尸体，当时孝女曹娥年仅十四岁，昼夜沿江号哭。过了十七天，在五月五日也投江，五日后抱出父尸。就此传为神话，继而相传至县府知事，令度尚为之立碑，让他的弟子邯郸淳作诔辞颂扬。曹娥之墓，在今浙江绍兴，后传曹娥碑为晋王义所书。后人为纪念曹娥的孝节，在曹娥投江之处兴建孝女曹娥庙，她所居住的村镇改名为曹娥镇，曹娥殉父之处定名为曹娥江。

四是源于古越民族图腾祭。吴越族以前，我们的祖先华夏族以龙为部族标志。伏羲、女娲、颛顼、禹、黄帝都是龙族著名领袖，是以龙为图腾的，认为龙是法力最大的神灵，至华夏族的后人，把这些著名的祖先也视为龙的化身。从此有祭祀龙的盛典。直到今天我们也自称是"龙的传人"，世界各国也都以"龙"为中国的象征。吴越民族在每年五月五日这天，要举行一次盛大的图腾祭，将各种食物装在竹筒中，或裹在树叶里，往水里扔，献给神龙吃。还把乘坐的船，刻画成龙的形状，配合着岸上急促的鼓声，在水面上做各种游戏和竞赛划船。这便是端午节及其习俗的由来。

五是源于去恶日。在先秦时代，普遍认为五月是个毒月，五日是恶日。《吕氏春秋》中，《仲夏记》一章规定人们在五月要禁欲、斋戒。《大戴礼》中记，"五月五日畜兰为沐浴"，以浴驱邪。《荆楚岁时记》记："荆楚人以五月五日并踏百草，采艾以为人，悬门户上以禳毒气。"认为重五是死亡之日的传说也很多。据《史记·孟尝君列传》记，史上有名的孟尝君，五月五日出生，其父要其母不要生下他，认为"五月子者，长于户齐，将不利其父母"。《论衡》的作者王充也记述："讳举正月、五月子；以正月、五月子杀父与母，不得举也。"东晋大将王镇恶五月初五生，其祖父便给他取名为"镇恶"。宋徽宗赵佶五月初五生，从小寄养在宫外。可见，古代以五月初五为恶日，是普遍现象。故从先秦以后，此日均插菖蒲、艾叶以驱鬼，薰苍术、白芷和喝雄黄酒以避疫，并相沿成俗。

六是源于夏至。其依据是在《后汉书·礼仪志》中所记载的汉代五月五日用"朱索、五色印为门户饰"的做法，是兼用夏、商、周三代有关夏至的一些习俗，一直到唐代的《岁华纪丽》对端午的解释仍是"日叶正阳，时当中夏"，意思是只有在夏至太阳才能完全合于正阳之位。端午又称天中节，所以端午始源于夏至。

这些传说，尽管都有其特定的渊源根由，但千百年来屈原的爱国精神和感人诗词已深入人心，故人们"惜而哀之，世论其辞，以相传焉"，端午节在民间影响最广最深的当推纪念屈原。而端午节的习俗，也大多与纪念屈原有关。

为了纪念屈原，这一天家家吃粽子。南朝梁代吴均在《续齐谐记·五花丝粽》中说："屈原五月五日投汨罗水。楚人哀之。至此日，以竹筒子贮米，投入江水以祭之……今世五月五日作粽，并带楝叶五色丝，皆汨罗遗风也。"最初在屈原死后，人们向水里投祭食物，是没有用叶子包起来的。可是人们慢慢这样想：屈大夫是一个好人，他在水里不会被蛟龙之类所欺负吗？万一给他投得的食物被蛟龙抢去怎么办？有了，据说楝树叶是有毒的，蛟龙又最怕这东西，不如用楝树叶包起来蛟龙就不敢来抢夺了。而屈原呢，他是一个有智慧的大诗人，自然是会打开叶子来吃的。这样人们就想出了用楝树叶包饭，外缠彩丝，发展成了粽子。人们对屈原就是这样关心周到的，后来就成了风俗。在每年的五月初五，除了个别地区如湖南，人们就不投入水中了，也不再用楝叶了，箬叶（南方）、苇叶（北方）都可以，而家家户户也就代替屈原来吃。

吃粽子，是各地很郑重的一件大事。除了大城市，粽子大都是人们自己包。这一天往往包得很多，亲人们互相馈送。粽子也有很多种，有的没有馅，外面加糖，有的有馅，枣和糖最普遍，也有用红豆、腊肉、火腿、豆沙、莲子等的。粽子的样子，在北方的较简单，大半是小的，三角形。南方的，就有大的，近于长方形的。做得最大的有浙江和广西。广西的一种大粽子，大到一尺来长，重一斤以上，样子是滚圆的，两头尖，煮要煮一夜。早年广西民间过端午，最爱吃这种粽子，在端午的前一天就煮起，好准备第二天早上吃，这可以说是郑重其事了。

为了隆重纪念屈原，每年人们又赛龙舟。赛龙舟，最初是为了打捞屈原。吴均的《续齐谐记》记："楚大夫屈原……投汨罗江死，楚人哀之，乃以舟楫拯救。"传说屈原死后，楚国百姓哀痛异常，渔夫们划起船只，在江上来回打捞他的真身。船只行至洞庭湖，终打捞不见。那时，恰逢雨天，湖面上的小舟一起汇集在岸边的亭子旁。当人们得知是打捞屈大夫时，再次冒雨出动，争相划进茫茫的洞庭湖。后来明明知道不会打捞上来了，但为了寄托哀思，还是每年举行这样一个仪式，求得心理上的安慰。白居易诗云："竞渡相传为汨罗，不能止遏意无他。自经放逐来憔悴，能校灵均死几多。"刘禹锡诗云："沅江五月平堤流，邑人相将浮彩舟。灵均何年歌已矣，哀谣振楫从此起。扬桴击节雷阗阗……彩旗夹岸照蛟室，罗袜凌波呈水嬉，曲终人散空愁暮，招屈亭前水车注。"（招屈亭是沅江边纪念屈原的亭子，至少立于唐以前。）从这些诗里可以看出，唐时已把赛龙舟和纪念屈原联系在一起，但有地区性，即地点在湖南岳州一带，这也从中可见人们对屈原的深爱到了何等地步。

北方因为水少平原多，赛龙舟的风俗不如南方。在南方，赛龙舟的热烈程度更超过吃粽子。湖南和广西，大都有一种专为赛龙舟而造的船，船窄而长，像龙身。有的还有龙头和龙尾。只可并排坐两行人，十几个人在一边划，同样数目的人在另一边划。桨随着锣鼓点，用一致的举动急剧而用力地向前划。先是锣鼓声相间，调子单纯而昂扬，朴素而健朗，越敲越快，桨也越划越快，划得最快的船在胜利中欢笑着，岸上的男女老少也欢笑着。得胜而归的船，是会在它的锣鼓声中听出来的，有一种耀武扬威、雄赳赳的气概。

赛龙舟的时间多半在正午，这是为和端午配合，取的是正午的意思。因为竞赛很紧张，划得紧张，看得也紧张，比赛完了大家就很需要休息。在福建长汀，大家在看了那青龙、白龙、黄龙——船身上挂着青或白或黄的布，上面画着龙的鳞爪，船上的人也穿着一色或青或白或黄的衣着——这表明竞赛结束了。接下来，大家就要回家去吃一种冰冻样的"水豆腐"，享受休息一番了。

为了纪念屈原，有的地方人们这一天还喝雄黄酒。据说，屈原于五月初五自投汨罗江，死后为蛟龙所困，世人哀之，每于此日投五色丝粽子于水中，以驱蛟龙。因蛟龙惧怕雄黄酒，打捞屈原那一天，有位郎中把雄黄酒倒入江中，想药昏蛟龙水兽，以使屈原的尸体免遭伤害。那雄黄酒倒下去后，过了不多时，水面上浮起了一条昏晕的蛟龙，龙须上还沾着一片屈大夫的衣襟，人们便把这恶龙拉上岸，抽了筋，然后把龙筋缠在孩子们的手、脖子上，又用雄黄酒抹七窍，有的还在小孩子额头上写上一个"王"字，意在使那些毒蛇害虫都不敢来伤害他们。从此，每年五月初五这一天，人们就喝雄黄酒，小孩子在脸上点雄黄，耳朵上也抹雄黄。蝎子、蜈蚣、蛇等毒虫最怕雄黄，这样一来，就可以避免它们的毒害了。神话中的白蛇就是喝了雄黄酒显了原形的。屈原在楚辞《招魂》里写过吃人心肝的九头蛇、像象一样大的红蚂蚁、像壶一样大的黑蜂，终于由于人类的智慧，有办法治它们，就不会再怎么害怕了。可见，喝雄黄酒，与龙舟竞渡、吃粽子的风俗一样，也是用以纪念屈原的。

吃粽子、划龙舟、喝雄黄酒都是与纪念屈原直接有关的。但端午节的习俗还不止于此。很多地方在端午这天人们用艾叶加菖蒲沐浴，为的是涤去尘垢，消除疾病。这自然让人想起了屈原《九歌》中的那句歌词："浴兰汤兮沐芳。"但笔者认为，其要义更在于清洁。因为早在周朝，民间就有着"五月五日，蓄兰而沐"的习俗。端午这一天，门上插艾叶悬菖蒲，也是很普遍的，民谚就有"清明插柳，端午插艾"之说。艾，又名家艾、艾蒿，它的茎、叶都含有挥发性芳香油，它所产生的奇特芳香，可驱蚊蝇、虫蚁，净化空气。中医学上以艾入药，有理气血、暖子宫、祛寒湿的功能，将艾叶加工成"艾绒"，是灸法治病的重要药材，人们插艾是为了去毒。菖蒲是多年水生草本植物，它狭长的叶片也含有挥发性芳香油，是提神通窍、健骨消滞、杀虫灭菌的药物。菖蒲的样子很像剑，所以又称为蒲剑，人们悬此物为的是斩邪。正基于这个原因，端午节又有很多地方有着贴钟馗像的风俗。这种对邪恶战斗的精神，也不禁让人联想起屈原《九歌·国殇》中那种"诚既勇兮又以武，终刚强兮不可凌"的英雄气概来。

在端午节这天，各地还有一些个别的风俗。如四川采百草，这是采药的意思；河南在煮粽子的时候，除了煮上鸡鸭蛋等，还要煮上蒜；湖南吃苋菜和蒜做的菜，各屋里洒蒜水消毒，见了小孩子，也往往喷一口蒜水在他身上；福建有不挂艾、菖蒲而挂桃叶的，桃叶也是相传制邪的；北京则有画上虎的兜肚给小孩们带，还有老太太们戴上五毒的绒花之类，这都是表示防治邪恶、毒害、疾病的侵害。

除了吃粽子、喝雄黄酒、划龙舟纪念屈原，以及沐艾去秽、蒲剑斩邪等风俗，小孩子们在这一天又有一种特别喜爱的节目，那就缠香囊。小孩子佩香囊，传说有避邪驱瘟之意，实际是用于襟头点缀装饰，或者像葫芦，或者像蝙蝠，或者像菱角……里面装有朱砂、雄黄、香药，外包以丝布，清香四溢，再以五色丝线弦扣成索，做成各种不同形状，结成一串，形形色色，玲珑可爱。北京有不是缠香包，而是缠一种小粽子样的东西。在河南却是用五丝线缠在小孩的手脖脚脖上，到了十二岁才不缠了。这种丝线也叫长命线，据说缠上长命。端午缠上，遇到大雨的日子才剪去，把丝线丢入河中，据说这个小孩就不会淹死了。希望长命之外，大概爱美的意义也是有的。看着小孩子们这一套香包样的玩意儿，就不禁会让人想起屈原《离骚》中的诗句："矫菌桂以纫蕙兮，索胡绳之纚纚"，"佩缤纷其繁饰兮，芳菲菲其弥章"。

古代没有卫生运动，但一年一度的端午，人们洒扫庭院，挂艾枝，悬菖蒲，洒雄黄水，饮雄黄酒，激浊除腐，杀菌防病，不啻是检查一次清洁，有一定的防病作用。特别是端午以后，天气转热，流行性传染病开始流行，饮食不小心，就容易得病，端午节民间的这些活动，可以视为古人的卫生防疫活动；古代也没有运动会，但一年一度的龙舟竞赛，也是锻炼身体的好机会。而且斩邪祛恶，又不啻是提振人们的精神，增强人们的战斗意志，一年一年鼓舞人们前进。这一切又都和伟大诗人屈原的坚强、高洁、健朗、疾恶如仇的精神不可分的。而为了一个诗人，人们自发集体地以一种节日的形式缅怀，体现了对文化的尊重。而竟然延续了两千多年，这又是一种多么难得的敬重！

尤其应当提及的是，现在国家将端午调整为国家法定的节假日，无疑有利于传承民族传统文化，因为清明、端午、中秋等节日都有着丰富的文化内涵和深厚的历史背景，是承延中华优秀传统文化的重要载体，将这些传统节日增设为国家法定节假日，有利于弘扬和传承我国优秀传统文化，发掘传统文化的丰富内涵，扩大中国文化在国际上的影响，增强中华文明的文化自信和全世界华人的凝聚力。同时，也有利于人民群众开展各种与节日主题内容相符的活动，将精神文明内容和元素融入普天同庆、普天共度之中。

千年的《离骚》《九歌》还在吟唱，千年的江水依然澎湃激动。五月的锣鼓声，又一次击痛了无数翘望的眼睛。伟大的爱国诗人屈原——那个永远不会远去的身影，又在这个日子再一次走进了我们思念的视线，融入了缅怀的心间。

■ 中秋赏月诗话

　　一年一度的中秋节翩然而至。是夜，一轮圆月，高悬中天，润如玉，凝如脂，悠悠然地俯视着人间万家灯火，天地一色，婵娟与共。沐浴在玉脂般的月色里，浪漫的心情渐渐地沉醉了，遐想的思绪慢慢地打开了。于是，清樽对月，诗兴大发，或赏月写景，或借月抒情，或托月言志。一代又一代的文人骚客留下了大量的赏月诗篇，为我们今天解读古人中秋赏月情结提供了吉光片羽的参考。

　　"中秋"亦称"仲秋"，始见于《周礼》："中春昼，鼓击土鼓吹豳雅以迎暑；中秋夜，迎寒亦如云。"唐人欧阳詹的《长安玩月诗》载："秋之于时，后夏先冬；八月于秋，季始孟终；十五于夜，又月之中。稽于天道，则寒暑均；取于月数，则蟾兔圆，故曰中秋。"这就是说，农历八月十五，正处在一年仲秋八月的中间，故称"中秋"。

　　中秋节最盛行的活动是赏月、拜月。唐代诗人王建的《和元郎中从八月十二至十五夜玩月》，以"月似圆来色渐凝，玉盆盛水欲侵棱。夜深尽放家人睡，直到天明不炷灯"寥寥数笔，描出了中秋之夜皓月当空的美景。宋人李朴的《中秋》诗写道："皓魄当空宝镜升，云间仙籁寂无声。平分秋色一轮满，长伴云衢千里明。狡兔空从弦外落，妖蟆休向眼前生。灵槎拟约相携手，更待银河彻底清。"把传说与想象交织一体，句句不离圆月，句句表现中秋，向读者呈现了一幅中秋月夜的清光丽景画。中秋赏月，始于魏晋，盛于唐宋。唐诗宋词的名篇中，不乏咏月佳句。李白的"举头望明月，低头思故乡"，杜甫的"露从今夜白，月是故乡明"，张九龄的"海上生明月，天涯共此时"，王安石的"春风又绿江南岸，明月何时照我还"等诗句，均为千古翘楚。不过，最脍炙人口的应数苏轼的《水调歌头》："明月几时有？把酒问青天。不知天上宫阙，今夕是何年……人有悲欢离合，月有阴晴圆缺，此事古难全。但愿人长久，千里共婵娟"，诗人用神来之笔描绘了皓月当空、怀人千里、神思旷远的意境，把自己遗世独立的意绪和往昔神话传说融合一起，在月的阴晴圆缺当中，渗进浓厚的哲学意味，是一首自然与社会高度契合的感怀之作，历来被公认为中秋诗词中的千古绝唱。

人们为什么要赏月、拜月？这与民间的许多神话故事有关。《初学记》引《淮南子》云："羿请不死之药于西王母，羿妻嫦娥窃之奔月，托身于月，是为蟾蜍，而为月精。"这里，一是说月宫中有个叫嫦娥的美女，二是说嫦娥进入月宫后变成了蟾蜍。屈原在《天问》中就有说月宫"蟾蜍"之说，因此人们也将月宫称为"蟾宫"。到了汉代，传说月中又添了一只玉兔，那是嫦娥奔月时从人间带走的唯一动物。晋代文学家傅玄想象更丰富，他在《拟天问》中说："月中何有？白兔捣药。"这就给玉兔安排了捣药的活儿。《淮南子》又说"月中有桂树"，这又添了一物。到了唐代，段成式的《酉阳杂俎·天咫》竟演绎出一个吴刚在月宫砍树的故事，让月宫中有了一位非常勤劳的人。这些故事丰富了人们的想象，诱发了人们的情感。每年中秋时分，月亮里的桂树和月兔隐约可见，朦朦胧胧的残缺之美让人不可抗拒地遐想着：月宫里很美吗？月宫里真住着一位漂亮的嫦娥姑娘吗？还有千年桂花的幽香，玲珑白兔的乖巧，琼楼玉宇的华贵，这哪一样不引诱着凡人神往的思绪？于是，诗人想象的翅膀张开了。诗仙李白有首《把酒问月》，堪称这类诗中的代表作："青天有月来几时？我今停杯一问之。人攀明月不可得，月行却与人相随。皎如飞镜临丹阙，绿烟灭尽清辉发。但见宵从海上来，宁知晓向云间没？白兔捣药秋复春，嫦娥孤栖与谁邻？"晚唐著名诗人李商隐的《嫦娥》，与李白对嫦娥和玉兔的想象庶几相同："云母屏风烛影深，长河渐落晓星沉。嫦娥应悔偷灵药，碧海青天夜夜心。"在他们的想象中，月宫虽然美妙，生活却是寂冷的，所以李白发问，孤独的嫦娥，有谁与之为邻？李商隐则猜想，升仙后的嫦娥肯定是后悔的。这"二李"一问一答，虽隔时空，却有着异曲同工之妙，把读者引入了神奇的境界。明代诗人边贡有首《嫦娥》，承延了"二李"的想象："月宫秋冷桂团团，岁岁花开只自攀。共在人间说天上，不知天上忆人间。"那圆圆的月宫，冷冷的桂树，岁岁花开，循环往复，孤寂有谁知？这真是身在凡间想上天，居住天上思人间。不知月圆的今夜，究竟是唤醒了月中人的思念，还是浪漫的尘思纠缠着美丽的月亮？

　　"千里明月寄相思。"古人把圆月视为团圆的象征，把中秋节称为"团圆节"，常用"月圆""月缺"来形容人间的悲欢离合。尤其是那些客居他乡的游子，仰望着玉盆般的明月，自然会联想到家人团聚。诗圣杜甫在《月夜忆舍弟》中写道："戍鼓断人行，秋边一雁声。露从今夜白，月是故乡明。有弟皆分散，无家问死生。寄书长不达，况乃未休兵。"身处战乱之中，信息闭塞，思乡念亲之情溢于言表。唐代诗人殷文圭的《八月十五夜》云："万里无云镜九州，最团圆夜是中秋。满衣冰彩拂不落，遍地水光凝欲流。华岳影寒清露掌，海门风急白潮头。因君照我丹心事，减得愁人一夕愁。"观月减愁、观月消愁，也算是诗人作诗的一种自我安慰。从古到今，月亮最能拨动羁客行人的离情别怀，皎洁美丽的圆月一直是蕴藉深广的情感具象，一代又一代的文人墨客们痴情般望月，或望出浪漫的诗情渴盼，或望出惆怅的泪水，或望出海角天涯的思念，或望出"但愿人长久，千里共婵娟"的缱绻。这方面的诗作，颇具典型的当推李白的那首《月下独酌》："花间一壶酒，独酌无相亲。举杯邀明月，对影成三人。月既不解饮，影徒随我身。暂伴月将影，行乐须及春。我歌月徘徊，我舞影零乱。醒时同交欢，醉后各分散。永结无情游，相期邈云汉。"这里，虽然只有他一人独酌，却把明月当成了友人，邀月下来一起饮酒，幻出月、影、人三者，表现了一种由孤独到不孤独、由不孤独到孤独、再由孤独到不孤独的复杂感情。赏月之幻美，以月为魂之旷达，跃然笔端。那个醉后扑江捞月而死的传说虽然大不可信，但凭借这份缱绻、这份迷醉，也足以说明李白对赏月、拜月确实雅兴十足，乐此不疲。

　　诗人思绪的翅膀自然不会止于赏月，更想自己变作鸟儿飞入太空，亲自到天上察看一番。李贺有首《梦天》，写的就是天上的景象："老兔寒蟾泣天色，云楼半开壁斜白。玉轮轧露湿团光，鸾佩相逢桂香陌。黄尘清水三山下，更变千年如走马。遥望齐州九点烟，一泓海水杯中泻。"李贺是中唐的诗坛奇才，被称为"诗鬼"，他一生抑郁不得志，只活了二十七岁，但他的诗歌却是唐诗中一座巍峨峻拔的奇峰。这首诗中的悲凉情调，是发自内心的自然流露。生不逢时，人间无望，便幻想飞上天去寻求。可是天宫的景象就真的很美妙吗？显然，他这首诗中所想象的天宫并非美妙完美：在灰暗的天色中哭泣的"老兔寒蟾"，惨白的光芒斜照着的半壁月宫，反衬着天宫的绮丽、玉桂清香，给人以凄冷悲凉的感觉。于是他亮出了观点：人间的千年万载，在天上只是走马的瞬间，而在空中俯瞰人世，那广袤大地不过是几缕尘烟，浩瀚大海只是天仙的杯中之水，生命是何等渺小。这最后四句，才是这首诗真正的绝唱。李贺的才智之奇，就在于他虽然没有飞天升空的经验，但凭着非凡的大胆想象，让思绪飞升到高天云霄，感觉自己已经成为天宫的一员，在九霄云外遥望人间，于一千多年前就有了今天宇航员的视野，实在令人叹为观止。

　　古代诗人为何偏爱吟月？这不仅仅是因为月亮的美丽与神奇，而是出于历史的局限，古人不明白月亮出没变化的科学道理，于是便编出许多神话，生发出若干联想。即使没有圆月的中秋夜，诗人也能因月而写出美妙的诗篇。宋代诗人王琪《答永叔问》，就是在一个细雨霏霏的中秋夜写成的，诗中这样写道："班班疏雨寒无定，皎皎圆蟾望欲阑。应在浮云尽深处，更凭丝竹一催看。"这首中秋诗并不像寻常诗那样大加赞美圆月，而是借中秋无月的景象，写出了人们常说的"美好的东西总是多磨难"的哲理。唐宋八大家之一的欧阳修，有首《中秋不见月问答》写道："试问玉蟾寒皎皎，何如银烛乱荧荧。不知桂魄今何在，应在吾家紫石屏。"此诗与王诗相比较，诚然意境不够开阔，但因不见月而想到家中有石雕画月，由失落到安逸，亦不失意境之妙。

古人中秋赏月诗除了多用于抒情，还时常用于言志。明代广东才子伦文叙进京赶考，与湖广名士柳先开并列榜首。为确定谁为状元，主考官请皇帝面试。当时恰逢中秋之夜，皇帝就让俩人以《明月》为题作诗。柳先开先写道："读尽天下九州赋，吟通海内五湖诗。月中丹桂连根拔，不许旁人折半枝。"柳诗运用了蟾宫折桂的典故，表示状元非他莫属。伦文叙随后写道："潜心奋志上天台，瞥见嫦娥把桂栽。偶见广寒宫未闭，故将明月抱回来。"显然，伦诗比柳诗气魄更大，且想象力丰富，意境优美，皇帝连连说好，遂钦定伦为状元。

借中秋月咏诗言志，不能不说晚清两位诗人的爱国情怀。樊增祥的组诗《中秋夜无月》其中一首写道："亘古清光彻九州，只今烟雾锁琼楼。莫愁遮断山河影，照出山河影更愁。"这首诗面对的背景，正是清王朝大厦将倾，国家人民俱在风雨飘摇之中。作者以无比沉痛的笔调，写出了有月不如无月，因为有月照出破碎的神州山河，人们见了会更加发愁。全诗紧扣"愁"字，一种深沉的爱国之情溢于言表，读来令人心碎、心痛。鉴湖女侠秋瑾的《满江红·中秋词》，更让人热血沸腾，她这样写道："小住京华，早又是，中秋佳节。为篱下，黄花开遍，秋容如拭。四面歌残终破楚，八年风味徒思浙。苦将侬，强派作娥眉，殊未屑！身不得，男儿列。心却比，男儿烈！算平生肝胆，因人常热。俗子胸襟谁识我？英雄末路当磨折。莽红尘，何处觅知音？青衫湿。"全词充盈着爱国主义精神，彰显着匡国济世的凌云之志，基调高昂，语言刚健，肝胆照人，不甘雌伏的巾帼英雄气魄感召着一代又一代的爱国志士自强不息。

"今人不见古时月，今月曾经照古人。古人今人若流水，共看明月皆如此。"曾经照过古人的明月，在高天之上无私地照耀着人间，看着人的生命一代代流水般更替。然而，不管是古人还是今人，在相距千百年的不同时空抬头仰望，看到的却是同样的一轮明月。千百万年来，月儿俯视着人间灯火阑珊，看尽了人间离合悲欢，却总是沉默不语，盈盈缺缺，淡然流年，兀自逍遥。不同的是人的心境与思绪，或赞赏，或相思，或感叹，或抒怀。于是，便有了洋洋大观的中秋赏月诗，一曲曲吟咏着，从古延至今。又于是今夜，也就在这月华涓涓的今夜，徜徉在古人赏月的诗文里，我借曾照过古人的中秋月辉，酿一杯温情的清酒，慢慢地啜饮着，思绪万千地沉醉着。人醉了，诗醉了，仿佛月亮也醉了。

（原刊于 2017 年第 5 期《前卫文学》"行吟大地"）

■ 在古诗中鉴赏秋景

不知不觉间，夏天成了故事，秋天成了风景。作为一年四时的秋天，显然是可与春天媲美的。"自古逢秋悲寂寥，我言秋日胜春朝。"春天是播种的季节，秋天则是收获的季节。得春天，可写词曲；得秋天，可写诗文。于是，历朝各代写秋的诗词便层出不穷。

秋天最抢眼的物象是金黄——黄的草，黄的叶，黄的稻谷，黄的菊花。用金黄描绘秋景，庶几成了诗人的通用选择。范仲淹的《苏幕遮·怀旧》有云："碧云天，黄叶地。"王士禛的《江上》有句："满林黄叶雁声多。"顾夐写《浣溪沙·庭菊飘黄玉露浓》说："庭菊飘黄玉露浓，冷莎偎砌隐鸣蛩。"晏殊作《诉衷情·芙蓉金菊斗馨香》道："芙蓉金菊斗馨香，天气欲重阳。远村秋色如画，红树间疏黄。"王禹偁在《村行》中，用"马穿山径菊初黄"说菊，李清照在《鹧鸪天·寒日萧萧上琐窗》中，用"莫负东篱菊蕊黄"赏菊。一个"黄"字，表征了秋天最美的景色。

秋天到处可见秋风拂过的留痕——秋风看得见吗？张籍在《秋思》中如是描写："洛阳城里见秋风，欲作家书意万重。"这个"见"字用得极妙，让秋风一下子从无形变成了有形。古代诗人说秋风，借意居多。李白借"秋风吹不尽，总是玉关情"（《子夜吴歌》）寄托情感，刘禹锡借"何处秋风至？萧萧送雁群"（《秋风引》）预报凉意，苏轼则用"昨夜秋风来万里，月上屏帏，冷透人衣袂"（《蝶恋花·昨夜秋风来万里》）喻秋风的劲吹，杜牧用"风吹一片叶，万物已惊秋"（《早秋客舍》）说秋风的肃杀。诗家尽管时代不同，视角不一，但都把秋风当成了一种富有动感的气象。

秋天自然少不了秋雨——雨落在船上，打在芭蕉上，都会敲

故园情

击出美妙的韵律。"壮年听雨客舟中，江阔云低，断雁叫西风。"（蒋捷《虞美人·听雨》）"雨匀紫菊丛丛色，风弄红蕉叶叶声。"（杜荀鹤《闽中秋思》）"雁啼红叶天，人醉黄花地，芭蕉雨声秋梦里。"（张可久《清江引·秋怀》）读了这些名句，那种"听雨"的感觉，自然便会唤出人们脑海中曾经的记忆。唐代薛昭蕴在《浣溪沙·红蓼渡头秋正雨》中云："红蓼渡头秋正雨，印沙鸥迹自成行。整鬟飘袖野风香，不语含嚬深浦里。几回愁煞棹船郎，燕归帆尽水茫茫。"这里，把听觉上的风雨声、视觉上的红蓼花，同嗅觉上的佳人与野花的芳香交汇于一体，给人一个悬念：默默地立在渡口的佳人在等谁？作者虽然不是画家，但示人一幅苍凉寂寞的秋雨渡口待人图。

秋声是秋天特有的美妙音乐。王安石有句："一派秋声入寥廓。"（《千秋岁引·秋景》）秋声是什么？朱淑真的《菩萨蛮·秋声乍起梧桐落》说，秋声是蛩吟："秋声乍起梧桐落，蛩吟唧唧添萧索。"黄庭坚的《秋怀二首》说，秋声是虫啾："秋阴细细压茅堂，吟虫啾啾昨夜凉。"施肩吾的《秋夜山居二首》说，秋声是露滴："幽居正想餐霞客，夜久月寒珠露滴。"而王维的"草间蛩响临秋急，山里蝉声薄暮悲"（《早秋山中作》）、杨万里的"落日无情最有情，遍催万树暮蝉鸣"（《初秋行圃》）则说秋声是暮蝉的鸣唱。还有，张仲素和李白更是别开生面，竟用断鸿声、莎鸡悲说秋声。有"句"为证："秋天一夜静无云，断续鸿声到晓闻"（张仲素《秋闺思二首》）；"天秋木叶下，月冷莎鸡悲"（李白《秋思》）。当合上书卷，那蛩吟声、虫啾声、露滴声、暮蝉声、雁叫声、野鸡声……会在你的耳膜里、心头上交织成一曲秋韵十足的旋律。

秋天是丰收的季节。在《唐风·椒聊》中："椒聊之实，蕃衍盈匊。"花椒香飘满园；在辛弃疾的《西江月·夜行黄沙道中》："稻花香里说丰年，听取蛙声一片。"在杨万里的《衢州近城果园》里：“黄柑绿橘深红柿，树树无风缒脱枝。”宋代诗人董嗣杲，采用“小策盘旋草舍东，东西拾穗走儿童”（《溪村晚步即事》）的画面，描述了农家儿童拾秋的场景。清代诗人暴焕章，运用“春种田苗夏籽耘，秋收大有民同欣”（《咏农人之乐》）的佳句，写下了农家秋收庆“大有”的喜悦。然而，表征秋收景象的不只是瓜果谷物，还有李白的“黄鸡啄黍秋正肥”（《南陵别儿童入京》）、赵嘏的“鲈鱼正美不归去”（《长安晚秋》）、王驾的“鹅湖山下稻粱肥，豚栅鸡栖半掩扉”（《社日》），这鸡“正肥”，这鱼“正美”，这五谷丰登、六畜兴旺，无一不是丰收在望的好气象。于是，在丰收的喜悦里，王驾在《社日》中又浓墨重彩地续道：“桑柘影斜春社散，家家扶得醉人归。”这是唐代南方村居生活的真实写照，还是诗人寄予期望的富裕景象？不得而知。但有一点可以肯定，这正是国泰民安的一个生活看点。

■ 河边的那片田野啊

那是小时候的事情了。

有一年春天，第一次跟随邻居婶婶到西河畔那片田野上剜野菜。被婶婶牵着手走的我，走到流水淙淙的西河，一下子不想走了，蹲在河边看水中游的小鱼，看在水草丛石缝中嬉闹的小虾。或许是为了催促我，婶婶猛地拽了我一把，说，快走，小心蛤蟆精出来把你吃了，边说边瞅了瞅河边的一片石崮。不谙世事又初次出村子的我，真的害怕了，望了一眼石崮，头也不敢回地跟着走了。正是这第一次听说，对蛤蟆精的好奇，深深地印在了我幼小的心灵里。

河边绿草如茵，不时可见生着一身癞疙瘩的大小蛤蟆，或在草丛中蹦跶，或在水里探头探脑。哪一只是蛤蟆精呢？西河里真的有蛤蟆精吗？那天晚上，我缠着父亲硬要弄个明白。

西河蜿蜒流过一处石崖，历经几百年乃至上千年的撞击、洗刷，冲开了一条长长的U形石罅，两侧形成了一大片凹凸不一、大小不等的石崮，其中有一块褐青色的，远远望去，鼓着眼睛，张大嘴巴，趴在那儿活像一只大蛤蟆。人们牵强附会管它叫"蛤蟆石"。

老辈人相传，这块石头就是蛤蟆精变的。

很久以前，村子有一年闹旱灾，井和河都干涸了，吃水得去七八里外的青山后去挑，一恶霸占了那儿仅有的一眼泉水，吃水得花钱买。敝村里有一位60多岁的孤寡老头，无钱买水，只好独自到山下找。一天，老人找了半桶泥汤水，坐在山坡上歇息，见一块大石下有只蛤蟆，渴得嘴一张一张的，心里可怜，就捡起来放入水桶里。回到家后，忽然发现泥汤水竟变成了清亮亮的一桶水。老人暗暗惊奇，索性把水和蛤蟆一起倒进缸里，缸里的水也满了。舀水一尝，真甜！想起乡亲们吃水艰难，就让大家都到这儿来担。神奇的是，那缸里的水总是满的。

此事传到了恶霸耳里。恶霸想把蛤蟆窃为己有，重金买通一术士，夜里施咒语用金盅罩住蛤蟆偷了出来，谁知路上却迷了方向。青山本在敝村东南，他们却神差鬼使奔了西南，一夜总在西河上打转转。天亮了，两人坐在那片古崮上歇息。恶霸担心蛤蟆跑了，让术士开盅看看，盖子一揭，只见一道光亮，蛤蟆闪了出来，身子变得小山包似的。大事不妙，两人撒腿沿着河床飞跑。蛤蟆似乎并不在意，而是蹲在石崮上犹豫，最后像下了很大决心似的，鼓起肚皮"呱"地叫了一声，如同山崩地裂，一股水直射河床，河上顿时洪水汪洋，恶霸和术士哪里还能逃脱。而那蛤蟆，此时像是耗尽了全力，瘫倒在石崮上。

这一幕，全被前来找寻的老人看在眼里，赶忙摸着渐渐变硬的蛤蟆，心痛地说："西河水来了，你赶紧跑吧。"蛤蟆说："谢谢老人家，西河水太小了，我无雨成河犯了天条，要再跑，除非青山倒，黄河眼开才行啊！"说完就变成了石头，张着嘴巴蹲在石崮上。

从此，西河的水四季不涸，河畔草木葱茏，两岸土地肥沃，种啥啥收成好，成了风水宝地。

渐渐长大了的我，参军之前曾若干次坐在蛤蟆石上，往河里扔小石头玩，有时拣那光滑之处仰面躺着，闻河边草的清香，看天上淡淡白云，听河里哗哗流水。尽管上学之后便不再相信鬼神之类，但身临其境，对蛤蟆精之说却常常浮想联翩。是源于石清凉水清凉空气清凉的环境，还是源于一种触景生情的感动，我说不清。反正，坐在那儿我总是抑制不住自己的思绪。

20世纪60年代初，西河边那片田野里的蛤蟆出奇地多。饥饿之中什么都敢吃、什么都敢拿来充饥的乡亲们，自然扑向了这些有益于人类的小精灵，满河畔满田野里逮蛤蟆炖蛤蟆汤喝。可怜那些大大小小的蛤蟆哟，架不住全村百十户人家纷纷出动围剿。不长一段时间，河上蛤蟆难寻了。蛤蟆精救人未曾见，它的子孙奉献于敝村人却是我亲眼所见兼亲力所为，想来羞愧难当。如果蛤蟆精真的有灵，今天我愿意代村里人向蛤蟆道歉，请求原谅。

一晃过去了几十年。我又坐在了儿时玩耍的石崮上。放眼望去，远处的青山，仍如原来的样子矗在那里。滚滚的黄河，兀自按自己的走向流入渤海。传说中的蛤蟆精，也一直默默地趴在那儿等待。本该属于它的水世界，静静地在石罅间淌着。

抚摸着蛤蟆石，寻找那久违的感觉，我的眼光自然瞄向了河畔那片田野，想起了那可敬的蛤蟆精和它那些可怜的子孙。河畔一侧的小树林风在呼啸，忽高忽低，如泣如诉，从石崮上飘来了"留——留——"的声音。

我诧异地回转身去看。秋色四合，石崮露出一个空隙，仿佛要对我开口说话。是要告诉我这里曾经经历的苦难吗？告诉我日子在这里怎样变化吗？还是告诉我你的向往、你的期待？

风又从石崮上吹过，依然是"留——留——"的声音。我忽然醒悟了。它是在呼唤！呼唤人们留住善良本真，留住对生灵的珍爱和美好生活的守望。

回望经过 40 多年改革开放日益富裕起来了的乡亲们、日渐美丽了的村容村貌，如果说蛤蟆石真的有所期待，那一定是期待着绿水青山成为人类的知交。它渴望获得所有目光的爱抚，并回报以美以力的滋润。如果说，蛤蟆石真的有灵气，那么它将护佑着一切热爱生活、热爱劳动的人们，用辛勤的双手创造出一个由现实和梦想纺织的充满诗情哲理的社会主义富饶新农村！

■ 消失的西河永远的乡愁

西河，是故乡村子西边流淌着的一条小河，在中国的版图上它可能比丝线还要小，甚至找都找不到它。可是打我学生时参军离村迄今将近 40 载，无论走到哪里，凡近看到小河，我总会情不自禁地联想起它，从中寻找它的影子，感觉它的存在。乡亲们说，这是一种对旧园的眷恋，一种家乡情结。信哉斯言！

西河是一条极其普通的小河，四季分明的河面，色彩迥然的河畔，不知不觉地储进了我的童年、我的学生时代记忆，每每令我在蜿蜒流淌的河水里，在鱼儿游水鸟飞的镜头里，在春夏秋冬的河边特写里，突然荡漾出心有灵犀的涟漪。然而，西河烙印于我更深的乃至梦萦魂牵的，并不是它的四季风光，而是老辈人灵智营造的依附在小河上的故事和传说，一种文化的厚重。

西河的源头，是一条长近百米、宽约十米、高达丈余的天然石涧。石涧犹如飓风从石崖拱顶豁开了一条巨大的通道，两扇大门洞开着，涧中布满了怪石，突兀峥嵘，姿态各异。有的如剑直插水下，有的如龟浮出水面，有的似蘑菇矗于涧中，有的则像狮像虎像猛兽立在壁边。石壁底下有十多块苍绿而黝黑的巨石，泉水从石下涌出，或大若碗口，或细如珠玑，一年到头，涧水湍湍，湛蓝清澈，夏天寒气逼人，冬天热气蒸腾。大雨过后，石洞犹如巨龙，张大嘴巴纳吐四野涌来的洪水，瀑布撞石，声震涧谷。更令人称奇的，涧水里有鱼有鳖有螃蟹，却不见青蛙和蛤蟆。六月天，青蛙蛤蟆在涧外那厢撒着欢儿闹腾，却硬是不进涧里鼓噪，好像有人下了命令似的。老辈人不知出于什么样的灵感，称石涧为"风仙洞"。

从"风仙洞"顺流而下 200 米，河水必经一片原生黏土质的断崖。按说，在这种适合打窑洞的壁崖上，是极少会有水渗出的。可偏偏断崖中间却有着一眼泉水，流似银链垂空，纤秀柔美，遇风儿一刮，犹如细雨从天而降。夏天我路过这儿，总要立在断壁下昂起脖子用嘴接一会儿风中甘霖，那才真叫个好玩，叫个爽。老辈人说，这里起先也并没有泉，传说有一年，一个人赶着五头白牛在河中饮水，忽听云端有人喊，赶牛人应了一声，紧接着一声呼哨，群牛立即停止了饮水，一溜烟上了一条西北去的路。赶牛人似乎不与牛争路，又像是情势特别紧急，飞身穿壁而去，断壁上硬生生留下了一人形凹陷，泉水旋即涌了出来，故敝村叫该泉为"赶牛泉"，牛群离去的那条路叫"赶牛路"。又一说，那个赶牛的人是龙神"秃尾巴老李"，五头白牛其实是五龙河的五条龙，断壁上的泉水乃是连通着五龙河的一个泉眼。一泓普通的泉水，竟演绎出了如此美妙的故事，其信马由缰、扑朔迷离，其虚虚实实、惟妙惟肖，无法不让人感叹营造者心智之灵秀、遐想之丰美。

在"农业学大寨"的年代里，敝村同样创造了战天斗地、改造大自然的壮举：依托黄土崖的坚实断壁，在西河上游筑了一道拦河石坝，不到半年工夫，截断西河水流，蓄成了千米见方的一座水库。"风仙洞""赶牛泉""赶牛路"，这些曾经让村里人引以为豪的文化符号，从此淹没在了碧绿苍茫的水底下，原来意义上的西河消失了，驮载于其上的传说也由于失去实存而鲜有人讲了。

我曾作如是想，当村里如我一辈的人们渐渐变老离去，先民们心传口授的那些堪称敝村非物质文化遗产的西河传说，还会有人知晓吗？因此，当我写下了这些文字之后，一种如释重负之感油然而生。杜拉斯说："爱之于我，不是肌肤之亲，不是一蔬一饭，它是一种不死的欲望，疲惫生活中的英雄梦想。"尽管岁月早已风化了我少年学生时代的英雄梦想，但消失的西河之于我，却是一种抹不去的永远的乡愁。记下它曾经的美丽，留此存照，乃我作为敝村后来人的一个责任，一种弄文学的安慰。唯愿一代一代敝村人会像记住亲人一样，记住它。

故园情

■ 爱国情抒怀

爱国，乃这个世界上最动人心弦的字眼之一。因为爱国，金乌西坠，玉兔东升，桃红柳绿，莺歌燕舞，一切都有了美的韵律；因为爱国，蓝天白云，高山流水，亭榭楼阁，泥土草木，一切都有了诗的灵性；因为爱国，文体科医教，工农商学兵，一切都有了生命的意义。正如一首诗所写："捧起一把泥土，我说，这是我的祖国；掬起一朵浪花，我说，这是我的祖国；翻开发黄的《四库全书》，我说，这是我的祖国；弹一曲悠扬的《高山流水》，我说，这是我的祖国。"

爱国，是人类的一种无可选择的真挚情感。那是故园的阡陌，家乡的小河，村头的老槐树；那是爷爷的旱烟袋，奶奶的土布衣，外婆的澎湖湾，妈妈的摇篮曲，爸爸的牧羊鞭……生于斯长于斯，爹娘祖宗也生于斯长于斯，自有那剪不断的血脉斩不绝的根络，让你无法不爱，也没有什么力量能阻挡住你的爱。

爱国情怀是一种精神寄托和依附。它是根的归属、故园的眷恋，有家的感觉。无论你离家多远多久，总会听得见母亲的呼唤，总能闻得到故土的芳香。祖国安危你担忧，祖国受难你流泪，祖国繁荣你高兴，祖国强盛你自豪。祖国就像一根系着你的纽带，无论你飘向哪里，你始终与她休戚相关，她始终与你紧紧相连。

中华五千年文明，积淀了中华儿女深厚的爱国情怀，一直是激荡于民心的社会主旋律。这一主旋律，嵌进了屈原投江、苏武牧羊、岳飞报国、邓世昌撞舰、张自忠捐躯、五壮士跳崖、刘胡兰从容就义；这一主旋律，融入了陆游"位卑未敢忘忧国"、文天祥"留取丹心照汗青"、于谦"一寸丹心图报国"、顾炎武"天下兴亡，匹夫有责"；这一主旋律，叠化成了中华儿女舞戈黑山白水、横跨鸭绿江、驰骋"三八线"，叠化成了钱学森星河探路、李四光矿海寻宝、王进喜浆池搏井喷，叠化成了百名将军一线抗洪、十万大军汶川救灾；这一主旋律，交汇成了雄浑的《黄河大合唱》《义勇军进行曲》《中国人民志愿军战歌》《我的祖国》……

这是一种千古流芳的浩然正气，一种万世长存的民族风骨。这是心的凝聚，情的凝聚，力的凝聚，人格的升华！

在漫长的历史演进中，中华民族屡经挫折而不屈，屡遭坎坷而不衰，久经磨难而不败，外来势力冲不散，帝国主义打不垮，一直保持坚强的团结和奋斗的生机，成为文明不曾中断的伟大民族。爱国主义基因所焕发出来的伟大凝聚力和向心力，挺起了中华民族的脊梁，铸就了伟大祖国的尊严，滋养着五千年文明生生不息、薪火相传。

一位到域外旅游的朋友告诉我，那儿对游客有一条警示："您不要忘记，您在自己的国度里不过是成千上万同胞中的一名普通公民，而您在国外就是西班牙人或法国人，您的言行举止决定着他国人对您的国家的评价。"爱国情怀无处不在。即使出外旅游，个人的言行举止也与爱国相连。遵守旅游规则，对祖国形象负责，就是一次很具体的爱国行为。

事实上，我们每一个人在许多时候甚至每一天都在具体践行着自己的爱国情怀。

爱国不是挂在嘴上的口号，而是实实在在的行动。它完全不需要刻意去做惊天动地的大事情，只要爱岗尽责、敬业精业，拿出自己的奋斗、干好"自己的那一份"，将爱国情怀融入平凡，落实到爱护环境讲究卫生文明礼貌，包括过马路不闯红灯等具体事项上，就是爱国的表现。

爱国不能停留于朴素的情感，而应成为理性常态。它既需要国歌奏响时的心潮澎湃、国旗升起时的热泪盈眶，又需要对

故园情

国足输球的宽容、对外国人赢球的理性心态；既需要关键时刻挺出来、见义勇为呵护正气巩固正能量，又需要平常时候看出来、不随地吐痰拉撒不乱扔垃圾去除负面影响。用理性权衡利弊，做出正确的抉择，转化为理性的爱国行为，这才是真正意义上的爱国。

爱国不是一种外力的作用状态，而是一种内化于心的自觉。即把与国家同呼吸共命运、做有益于国家的事情看作一种自然、一种荣誉、一种价值追求，自觉去做，热望去做，义无反顾地去做，这样才叫真正爱国。

感恩上苍，给了我们一个美丽的家园。

感恩祖先，为我们留下了一个伟大的祖国。

爱我们的国吧，爱我炎黄八百代之承袭、华夏五千年之变迁；爱我南麓灵秀北野平实、东海浩瀚西陲苍莽；爱我长城横越运河纵贯、丝路玉帛石窟雕绘；爱我百家学养千秋治鉴、诗赋华章词曲雅韵；爱我琴瑟清音笙箫律吕、皮鼓编钟霓裳曼舞。或再具体一点，就是北京人爱单弦大鼓豆汁涮羊肉，西安人爱秦陵碑林羊肉泡蒸馍，济南人爱泉水垂杨糖酥煎饼，爱你家乡那雨中石板路穿城而过，爱那尾音婉转一声叫卖吆喝……

流淌在边塞诗中的家国情怀

　　提起边塞诗，脑际间大概都会涌出一些特有的物象：黄河、落日、大漠、关山、胡天、归雁、秋月，等等，还有"黄河远上白云间，一片孤城万仞山""大漠沙如雪，燕山月似钩""前军夜战洮河北，已报生擒吐谷浑"等名句。这里所表征的是边塞诗的豪迈、壮阔与唯美，流淌于心间的却是一种不老的家国情怀。

　　爱国是边塞诗中的主旋律。无论是发于文人笔端，表现投笔从戎、赴边求功的志向，还是出自将士之手，表现碧血丹心、侠肝义胆的情怀，都放射着强烈的爱国主义光芒。如杨炯的"宁为百夫长，胜作一书生"，杜甫的"健儿宁斗死，壮士耻为儒"，王维的"忘身辞凤阙，报国取龙庭"，尽显热血报国的激昂；王建的"男儿富邦家，岂为荣其身"，刘长卿的"末路成白首，功归天下人"，高适的"相看白刃血纷纷，死节从来岂顾勋"，张扬甘愿奉献的境界；张为的"向北望星提剑立，一生长为国家忧"，岑参的"功名只向马上取，真是英雄一丈夫"，岳飞的"何日请缨提锐旅，一鞭直渡清河洛""待从头、收拾旧山河，朝天阙"，直抒杀敌报国的拳拳之心。尽管诗人身份不同、诗的格调有异，但深沉的家国情愫一脉相承，凝成戍边守塞的核心价值和精神高地。

　　边塞诗产生的历史条件是驻守边疆和守土有责，故而其深沉的爱国情怀是对入侵者的同仇敌忾。如果说屈原笔下的"操吴戈兮被犀甲，车错毂兮短兵接；旌蔽日兮敌若云，矢交坠兮士争先"，描绘的是将士奋勇杀敌之场景的话，那么严武的"更催飞将追骄虏，莫遣沙场匹马还"，岳飞的"壮志饥餐胡虏肉，笑谈渴饮匈奴血"，则直接表明对犯边之敌的切齿痛恨；王昌龄的"但使龙城飞将在，不教胡马度阴山"，陆游的"欲倾天上河汉水，净洗关中胡虏尘"，则表现了对军人价值存在的守望和重托。没有对敌人发自内心的痛恨，便没有战场上奋勇杀敌的决心。于是，"铁骑追骁虏，金羁讨黠羌（吴均）""前军飞鸟断，格斗尘沙昏（李希仲）""欲将轻骑逐，大雪满弓刀（卢纶）"，一场场披坚执锐、横槊马上、追击敌寇、骁勇善战的战斗上演了。"男儿何不带吴钩，收取关山五十州（李贺）""会挽雕弓如满月，西北望、射天狼（苏轼）""横戈息力潮头梦，锐气明朝破虏间（俞大猷）"，一番番高亢激越、斩钉截铁的铮铮誓言，将国仇家恨聚焦在敢于亮剑的英雄胆气和敢打必胜的坚定信心。

边塞诗以表现征戍生活艰险和将士思乡之情居多，难免夹杂危苦之词或悲凉情绪，但更多的是表现阳刚血性的豪情，因而其重要的审美价值在于张扬血性、崇尚荣誉。岑参的《走马川行奉送封大夫出师西征》，在写出"轮台九月风夜吼，一川碎石大如斗，随风满地石乱走"的危苦之后，笔锋一转又走进"马毛带雪汗气蒸，五花连钱旋作冰，幕中草檄砚水凝；虏骑闻之应胆慑，料知短兵不敢接，车师西门伫献捷"的画面，这无疑是一幅逼真的顶风冒雪行军图！不畏苦累、不惧艰险、杀敌建功的壮美，荡平狼烟、凯歌高奏的豪气跃然纸上。"醉卧沙场君莫笑，古来征战几人回（王翰）""人生富贵岂有极，男儿要在能死国（李梦阳）"，这是身死为国殇的坚贞之志、壮烈之情；"愿得此身长报国，何须生入玉门关（戴叔伦）""裹尸马革英雄事，纵死终令汗竹香（张家玉）"，这是知死不避、视死如归的气节风骨。正是对荣誉的崇尚，铸就英雄坚如磐石的赤胆忠魂。

边塞诗中的家国情怀，是内化于心的义不容辞，是个人与国家同呼吸共命运的担当。李白的"晓战随金鼓，宵眠抱玉鞍"，卫象的"鹊血雕弓湿未干，鸊鹈新淬剑光寒"，于谦的"营中午夜犹传箭，马上通宵不解鞍"，表现的都是戍边将士盘弓卧马、枕戈待旦、志枭逆虏的时刻准备。戚继光的"一年三百六十日，多是横戈马上行"；袁崇焕的"杖策只因图雪耻，横戈原不为封侯"；郑成功的"开辟荆榛逐荷夷，十年始克复先基"，于字里行间挥洒着报国赴难、建功疆场的英雄气概。忠贞爱国、赤胆卫国，是戍边将士根植于心的价值追求。

诗言志，词言情。积淀于边塞诗中的家国情怀，让英雄的思想和精神闪耀在民族心灵的历史天空，带给人们灵魂的洗礼、精神的升华。其强烈的感染力和穿透力，励人心志、催人奋进。

故园情

■ 今天，我们怎样爱国

公元前 278 年，年过花甲的屈原壮志不得酬，长发披散，颜色憔悴，形容枯槁，独自在汨罗江畔徘徊，嘴里唱着愤怒和悲哀的歌，抒发着他对楚国的爱。一位渔夫见了，与他有一番对话：

"您不是三闾大夫吗？为什么到这里来呢？"

"举世的人都是混浊的，唯独我是清白的；大家都喝醉了，唯独我是清醒的。所以我就被流放到这里来了。"

"那您为什么不随波逐流，何必自讨苦吃呢？"

"我宁愿跳入清流，葬身鱼腹，也绝不能让我洁白的身体，蒙受世俗的尘垢！"

言之苍凉之凛然，真乃"前不见古人，后不见来者，念天地之悠悠，独怆然而涕下"。后来，夫子真的愤然投江以保节操，行之悲壮之"秉德无私，参天地兮"，为千古不朽一人格样板。

屈老夫子的爱国，想政治改革、求变法图强，有其"苏世独立、横而不流"的爱法儿，属于政治救国之类。而屈原的弟子宋玉，以赋为刀枪，揭露社会不平，讽刺统治者骄奢豪侈，呼吁"大王雄风"能"愈病析醒"、能"发明耳目"、能"宁体便人"什么的，又有其文化救国的爱法儿。当然谁也没有把楚国爱个益寿延年。

国家总是该爱的。生于斯长于斯，爹娘祖宗也生于斯长于斯，自有那割舍不断的血脉根络，让你无法不爱，也没有什么力量能阻挡住你的爱。可怎么个爱法儿？正直的国人各有自己的一套，屈夫子宋玉见仁见智，毫无疑问他们都是在爱国。两千多年来，有商鞅变法、车裂而不更其弦，有司马迁撰史、宫刑而不易其志，有岳飞报国、蒙陷而不挟其怨，有诸葛亮血倾蜀汉、鞠躬尽瘁，有范仲淹心忧天下、民乐为先，有文天祥舍生取义、丹照汗青，有戚继光荡倭平敌、林则徐销烟禁毒、邓世昌驱寇撞舰。近代则有面对敌人的严刑和诱降坚贞不屈的革命英雄，有不畏强暴、以身殉国的抗战战士。现如今呢，没有了外敌入侵，没有了烽火连天硝烟弥漫，没有了白色恐怖地下斗争，爱的路子显窄了。义和团同盟会抗联那种爱，再难有机会了。或许有爱国者似屈夫子般感到壮志未酬，亦立于某个江畔某个河边徘徊呼喊：我爱咱们的国呀！可今天怎么个爱法呀？

真正的爱国，真正地对国家忠诚和热爱，必须发自内心的理智，因而也应是持续恒定的。类似哄洋人、骂洋人图一时之快式的爱国，顶多是一种自我麻痹性的感情发泄，于国无益、于事无补，反而暴露出了自己的素质低下，毁坏了中国人的形象；打着爱国招牌却行低俗化、商业化之实，使得"爱国"这两个字儿都有可能被妖魔化。如果这也可以算作爱国的话，那么在中国不乏这种行为，也早不缺这种豪士。当年重庆遭日机轰炸，陈诚诸将就有过这般的"壮举"：他们不敦促国府回手，也不学张自忠将军慷慨奔赴战场杀敌，却跑到昆明大吃锅巴肉片，豪然命名为"轰炸东京"，在饭桌上狂轰滥炸，以作为抗敌义举。这一"爱国"传开来，笑翻了日本兵，乐坏了"皇协军"，当时就差个天皇没下嘉奖令。

爱国，犹如人格金字塔顶尖。一个人，倘若连国都不爱，猪狗都不如！然而，怎样做才是真正的爱国？咱们的国有数，咱们的民族有数。在每一个人的心里，当然也该认真掂一掂想一想，自励前行。

行走吟

■ 师职副连长

1976年初春，我在连队当军械员兼文书。

一天，我刚进连部值班室，通信员赵兴亮便神神秘秘地告诉我：连里来了一个"师职副连长"。

"师职？"我吓了一大跳，有点不相信自己的耳朵。我们连驻地远离师团机关和营部。平时，我们见到的最高首长就是连长。

"哎哟，那么大的官儿，你唬我？我不信！"

"不信，领你去看看，就住在你隔壁！"

一条褪了色的黄军被整齐地叠在白床单之上，床上床下物品的摆放，几乎和我们战士一样有序。唯一能够显示身份的是床底下多了一双黑皮鞋，衣帽钩上挂着一件军用呢子大衣。此刻，"师职副连长"正戴着老花镜在看材料，听见我的报告声，他摘下眼镜，站了起来。我仔细地端详着他的模样：中等的个子，魁梧的身材，紫红的脸膛，50多岁的年纪。看样子挺能抽烟，牙齿熏得有点发黄。他让我和小赵坐在床铺上，先作自我介绍："我叫渠世忠，是师里的副师长，来咱三连代职副连长。从今天开始，我们就在'一个锅里抹勺子'了。你就是文书小于吧？小秀才，会写稿，连长、指导员跟我提过你。"话说着，他手拉开抽屉掏出一盒"大前门"来，让我和小赵抽。我们忙不迭地说不会，他就自己点上了一支，有滋有味地抽了起来。

我还是不相信这就是副师长。因为这副师长根本就没有我想象中那副师长的样子。至于想象中的副师长应该是个什么样子，我说不清。可总觉得这个副师长有点那个——起码没有大官儿架子，那和蔼劲儿，那待人的开朗淳朴，更像我故乡一个邻居家的大爷。

"山高皇帝远"的连队，忽然多了个"师职副连长"，不亚于一次 10 万吨级当量的 TNT 爆炸。当天晚上全连点名，"师职副连长"在全连亮相时，大家都像看新媳妇一样盯着瞅。个个的身板儿挺得倍儿直，表情特严肃。自然，他与大伙儿"一个锅里抹勺子"的一切，也成了全连关注、议论的重点。

　　这"师职副连长"也真不含糊：操课，他扎上腰带，认认真真地站在副连长的位置上，一点一滴严格按队列要领；训练场上，他教授刺杀投弹，一招一式，动作既利落又规范，连示范班班长也自叹弗如；参加农场劳动，战士们抢他的铁锹，他坚持不肯；连队组织篮球比赛，他不上场，却坐在那儿鼓掌加油，逢中场休息，替补队员练球，他也上去蹦跶几下，三步上篮时身子一腾腿儿一蹬，虽然不好看，却蛮有意思，为比赛平添了新的乐趣儿。很快，"师职副连长"与大家混熟了，许多战士他都能叫上名字，俨然成了连队的一员。

　　作为住在身边的人，我对"师职副连长"记忆最深的是两件小事儿：

　　一件是吃饭。与这么大的首长同一个饭桌，头顿饭我们都感到拘束，不好意思动筷子。谁也没有想道：面对这一沉闷场面，"师职副连长"竟伴着开饭号的调子唱了起来："开饭了，开饭了，开始吃饭——大米大米，干饭干饭，菠菜菠菜，汤——"这一唱，他自己先笑了起来。早已忍俊不禁的我们，更是哈哈大笑，饭桌上的沉闷一下子消失了。

　　再一件是上厕所，令我最难忘。那时，我们连队只有一个露天厕所，100 多号人共用 10 个蹲坑。早晨 6 点起床时，这里最为繁忙，使用频率特高，时常有人"等坑"。"师职副连长"到连队的第二天早晨上厕所，遇到了这样一个尴尬局面：我的几个可爱纯朴的战友看到首长驾临，憋着内急纷纷相让，窘得"师职副连长"很不好意思。

翌日凌晨，连队官兵还在梦乡。我听见隔壁有动静，一会儿门响了，"师职副连长"出去了。我以为首长有事，赶紧穿衣服跟了出去。透过薄雾淡霭，望见"师职副连长"的背影进了厕所。一天，两天，三天，我明白了其中的秘密：原来，"师职副连长"为了避免与大家争厕，有意识改变了自己的习惯……

一个月后，"师职副连长"结束了代职生活，在全连官兵列队欢送中坐上吉普车回师部了。

那一年，连队官兵似乎特争气，打靶全连打了个"满堂红"。那一年，连队士气特高昂。我们自编自演的节目，上了团里的舞台；我们的篮球队，参加师里的比赛夺了冠。那一年，连队的卫生格外整洁，各个角落都收拾得有模有样、有秩有序。那一年，连队养的猪、种的菜，似乎也长得比以往好。而这一切一切，大伙儿都认为，与"师职副连长"的影响和帮带分不开。

30多年过去了，虽然再也没有见到我们的"师职副连长"，但他那平易近人的作风，那自觉与官兵打成一片的"五同"精神，那严于律己的品格，一直镌刻在我的脑海里；那"大米大米，干饭干饭，菠菜菠菜，汤——"的唱腔余音绕梁，仿佛犹在耳畔。

■ 走近党代表

这里所说党代表，不是京剧《杜鹃山》或芭蕾舞剧《红色娘子军》中那样的战斗在如火如荼大革命年代里的党代表，而是和平年代共和国军人中的一对党代表夫妇。丈夫是党的十三大代表，妻子是党的十五大代表，俩人都是 20 世纪 60 年代毕业于清华大学的大学生，在同一个部队从事国防科研工作，眼下双双都是高级工程师，都是肩扛两杠四星的技术大校军官。

1990 年那个杨柳吐絮、乳燕呢喃的初春，我奉命参与接待从首都来军区采访的记者团。采访对象是一对军人夫妇。尽管当时自己没能参与采访，但为军区部队拥有这样一对夫妇而感到脸上有光。那年，这对夫妇成了《人民日报》《解放军报》《光明日报》《中国青年报》和中央人民广播电台等七大新闻单位"5·4"期间联袂宣传的新闻人物。打这，我记住了这对夫妇的名字，也记住了他们的事迹。

后来我担任了军区机关宣传处处长，因对这对夫妇心仪已久，就想挖掘一下新素材作个后续报道，却未能如愿。原因是他们"不配合"：采访丈夫，他总是说："我们那个年代的人都是这样做的，我只不过幸运一点儿而已，时代不同了，没啥宣传价值了。"硬是不谈自己的事儿。采访妻子，她拒绝得更委婉更干脆："我没啥可宣传的，这都是沾了他（丈夫）的光。"其实，他们夫妇 60 年代响应国家号召各奔祖国东西，70 年代听从国防科研召唤相聚军旅，90 年代不为高聘所动潜心科研事业，奉献人生，忠诚人生，所体现的道德伦理精神，始终为时代所崇尚。然而面对夫妇俩固执的婉拒，亦不好强人所难。

再后来，我担任了夫妇俩所在部队的政治部主任，在经常运用其事迹教育官兵的同时，又萌发过再组织力量宣传的念

行走吟

头。焉知，找上门去的新闻干事，依然吃了闭门羹。我不解，借到部队蹲点专门与之交谈。由于相互已很熟悉了，丈夫诚恳地对我说：请组织上不要再宣传我们这些老同志了，用更多的精力推推年轻人吧，未来是他们的，军队的希望在他们。我们用不了几年就要退休了，现在最希望的是多给些时间，多搞几个东西，这比什么都重要。"事业重如山，名利淡如水。"原来这才是党代表夫妇不愿接受宣传的真正原因！从所在部队政委那儿，我还听到了这样一个情况：夫妇俩为了抓紧时间搞科研，常常晚上到工作室加班；碰到妻子不在家，丈夫就吃方便面，为的是多节省一点儿科研的时间。为此，每逢安排妻子出差，领导都要专门安排好丈夫的吃饭问题，尽力保证他们的科研时间。是啊，面对这等"老牛自知黄昏晚，不用扬鞭自奋蹄"的老科技工作者，谁还忍心再让什么采访呀座谈呀去挤占他们那本来已经十分有限的科研时间呢?!

"多推推年轻人！"不仅是夫妇俩淡化个人名利的理念，也成了他们一项最倾注心血最投入精力的事业。这几年，他们利用科研岗位倾尽所学、竭尽所能，培养了不少优秀的科研人才，以品格力量营造了浓浓的"师承效应"；为了扶植提携青年后生，他们研制的 50 多项科技成果，有不少署名让先于青年人，有的还无私地让给了兄弟单位的同行。2000 年，由丈夫担纲、妻子参与的一项科研成果告捷，本来夫妇俩商议，在成果署名上依然让先于青年同志，但由于该项成果在国际上居于领先地位，需进京接受全国全军知名专家作权威鉴定，复杂的技术数据、高难度的技术原理，非担纲主创人难以说明。无奈，丈夫只好领衔前往。这一去，获得了军队科技进步奖二等奖。之后，又获得了国家科技进步二等奖，参加了 2001 年的全国科学技术奖励大会。有人说，科技人员最看重的就是成果署名——"成果难出，名更难署"。因为它直接涉及个人诸多切身利益！然而这种"看重"，到了他们夫妇这儿为啥却不重了？《解放军报》著名记者饶洪桥在一篇题为《忠诚不会改变》的报告文学中这样写道：他们干事业，就像蚕不能不吐丝，蜂不能不酿蜜那样，只要看蜂房里有自己酿出的一滴蜜，他们就心满意足了！

我常常想，革命战争年代，共产党员的先进性很明显——吃苦在前，享受在后；冲锋在前，退却在后；有了饭先让群众吃，自己饿肚子。那么和平年代里，共产党员的先进性又体现在哪里？在庆祝建党八十华诞那年，我又想起了这对"党代表"夫妇，在从对他们的种种不解中找到答案之后，"爱你没商量"地拿起了笔，写出了新一篇宣传他们夫妇俩的文章。

行走吟

■ 走进汶川张家坪

　　在 2008 年汶川大地震之前，或许很多人还不知道中国有一个美丽的地方叫汶川，更不知道漩口镇或张家坪。自从她的躯体中钻出了个大地震，冠上了"震中"的名头，她便成了举世瞩目的地方。作为抗震救灾部队的一员，地震过去半个月后，我来到了这儿——被专家们认定为震中的汶川县漩口镇张家坪谷口。

　　张家坪是一个羌族村寨。这里，曾经山川秀美、风景如画：一座 500 多米长的大桥飞架谷口，天堑变通途。山谷深处，壑深径幽，一条泛着浪花儿淙淙而下的河流，像绕在大山身上的腰带，又似一条银色的巨蟒，窜入湍急的岷江，打了一个旋涡便不见了。河拥在山的怀抱中，山倒映在河水里，山色如黛，水澈如碧。河畔茵茵，芳草萋萋。河水边、山坡上，到处见牛羊。参差于山坡上的木屋、竹楼，或簇拥在花丛中，或掩映在竹林里。楼前屋后，种瓜种豆，瓜菜飘香。弯弯山道旁，"农家乐"的旗幡随风飘动；身着羌族服装的姑娘和老人，悠闲地坐在那儿候待上门的游客。毫不夸张地说，取其任何一隅，都是一幅精美的图画。

　　而今，初夏的美景，转眼间成了记忆中的童话。顺着山路走近谷口，首先映入眼帘的是那座曾经雄伟非常的大桥，扭曲着断裂着痛苦地趴在那儿呻吟，就像一条被抽走了筋骨的长蛇。苍翠的山谷，不再是诱人满眼的绿色，而是山体滑坡造成的狗啃似的斑秃裸露。灵动的河流不见了，原本五六米宽的谷底河床，鬼斧神工般地凸出了 10 多米，有的地方竟拓宽了近百米，大小不等的石块堆砌着，硬软不一的泥浆凝结着，到处弥漫着一种无以名状的气味。可怜的河水啊，失去了行走千年的古道，漫无边际地在石缝中、在低洼处流浪。曾经在游客的照相机中留下精彩瞬间的木屋、竹楼，悲惨地瘫在那儿，掩埋在石块淤泥中，似乎在向人们诉说着主人的不幸，控诉着震魔的罪恶！

沿着山谷，踏着石块、泥沙垒起的河道逆流而上，五六里的路程，我们竟用了一个多小时。与其说在走，不如说在爬。山谷拐弯处，有一个五六十米见方的堰塞湖，泛着幽幽的粼光。扔下一块石头，老半天冒上一点涟漪，给人以莫测的神秘。羌族老乡告诉我们，这以前像一个张着大口的窟窿，不知出现于何时，也不知形成于何因。地震那天，好像最先从这儿发出了震耳欲聋的吼声，犹如千百万铁骑奔腾，峡谷颤抖，山峦欲倾；随之喷涌而出的飞石、泥浆，排山倒海，铺天盖地，河道塞满了，楼屋坍塌了；滞留在谷底的一切一切，全部消失了、被吞噬了。这当儿，似乎只有几秒钟的时间，就像做了一个梦。

在一座几乎被河床掩埋的竹楼里，几位武警战士在一位羌族兄弟的指点下，正从废墟中往外挖掘桌椅、沙发等家具，我们也赶紧搭手相助。这里，曾经是一处"农家乐"酒家。竹楼悬在半山腰，背依竹林葱茏，脚下波光跃动，楼内微风徐徐，更兼有一条式样别致的栈道，可从谷底扶梯而上，颇受游客青睐。小老板做梦也没有想到，那个祖辈儿司空见惯的黑洞，会突然发疯似的怒吼号叫；更没有想到，那儿喷出的石头、淤泥，竟会把整个河道垫高了10多米。幸运的是，地震发生时，游客已人走楼空。而他，恰巧上山撵羊去了。描述那天的情景，他仍然一脸惊恐。

返回谷口的路上，见一位羌族大嫂拿着一瓶矿泉水，坐在倒塌的木屋旁，眼前是一小块玉米地，地里搁着一把小锄。很显然，她是在歇息。与之攀谈得知，坐落在半山坡上的这处废墟，曾经是她幸福的家园。一家四口人，丈夫体贴，儿子孝顺，婆婆慈祥。丈夫和儿子在谷口 10 里的映秀镇上打工，她和婆婆在家里养猪养羊种苞谷，小日子过得很滋润。地震那天，她正在院子里侍弄蔬菜，只觉得昏天黑地、山崩地裂。困在木屋中的婆婆，离她只有五六米的距离，她想跑过去搭救，可怎么也挪不开步子。她拼命地跑啊，跑啊，但婆婆离她还是那么近却又是那样远。就这样，眼睁睁地看着婆婆被掩埋在了废墟中。婆婆被解放军战士救出时，已奄奄一息，还没有来得及救治，便痛苦地永远闭上了眼睛。与此同时，她家放养在山谷里的两头猪和 25 只羊，也一下子不见了。丈夫死里逃生，从几乎夷为平地的映秀镇回来了，而她那 19 岁的宝贝儿子，却失踪了。幸福的家园、田园牧歌般的生活，转眼间毁掉了、破碎了，她的心也碎了。

噩梦过去半个多月了，大嫂几乎天天都要来这里，看废墟、看玉米、等儿子。她不相信儿子会离她而去，她怕儿子回来找不到家，她总以为儿子有一天会突然回到自己的家园。她逢人便讲，家没了，可党和政府还在，亲人解放军还在，爸妈还在，儿子会回来的，我们还会重建一个幸福家园的！

大嫂眼里充满了期待。

时光过去这些年了，羌族大嫂那憔悴的面孔，那悲伤的眼泪，还有那期待的目光，一直烙在我的脑海里，每每涌出。

如春风般的记忆

那是 2008 年 6 月 1 日的早晨。

东方露出鱼肚白。在多雨的都江堰，这是一个难得的好天气。这是"抗震救灾科技服务队"走上街头的第一天，老天挺给面子。

汶川大地震发生后，我随原济南军区直属队赴四川抗震救灾。科技服务队是汶川地震后转入恢复生活生产阶段，我和军区前指直属保障部（分）队几位领导策划成立的一支家电维修队伍，也是汶川地震后巴蜀大地上出现的唯一一支科技服务队。

大地震过后的都江堰满目疮痍，处处残垣断壁，大批受灾群众挤住在狭窄潮湿的帐篷里。为便于我部在抗震救灾阶段任务转换后能够精准帮扶，我带机关人员沿帐篷区分头做过调查，发现几乎家家户户都有电饭煲、电视机、电脑或电冰箱、洗衣机等物件遭地震毁坏。有的家庭地震后拥有的唯一值钱的东西，就是没有影像了的电视或不能用了的电饭煲。

不要小看这些物件，对劫后余生的群众来说，其价值远远超出了器物本身。然而，此时的都江堰，家家店铺无法营业，家电损坏了，既没有地方修，也没有地方买。这时，一支可以修复家电功能的科技服务队便应运而生了。

在科技服务队成立的思想动员会上，我阐明的主旨就是：我们是人民子弟兵，在受灾群众需要的时候，要当"及时雨"，充分发挥专业技术人才优势，组成一支家电修理队伍服务群众，让受灾家庭的电饭煲能煮饭烧水，恢复正常生活；让居民的收音机有声、电视机有影，听得到党中央的声音，坚定与震魔作斗争的信心。

为了打响第一炮，我们挂起了"抗震救灾科技服务队"横幅，以壮声势，并特意把地点选在了都江堰最有影响的企业——普什宁江机床集团的大门口，扩大效果。

开局不错。震坏了的电视机、电脑，拉来了；不好使的电饭煲、电冰箱、洗衣机，运来了；没有了动静的收音机、录音机、DVD、VCD，送来了；破摩托车、坏拖拉机，推来了；修电话、测手机的，更是一拨儿接着一拨儿……

活儿多得有点应接不暇，可官兵心里都很高兴。尤其是当修复的第一台电视机出现影像时，群众围观的现场响起了热烈的掌声。

都江堰的温差变亿很大。临近正午，是太阳最毒的时候，街头气温高达 40 摄氏度，地面滚烫。一阵南风刮来，从地上卷起一股热浪，直扑人脸。服务队用 5 个铁皮战备柜一溜排开组合而成的修理工作台，热得如同火焰山的石头，摆放在上面的电脑，刚开机一会儿就死机了。此时在工作台上操作设备、修理电器，人就像闷在烤箱里，脸上发烫，身上冒汗。可是我可爱的战友们，尽管个个汗水浸衣，却无一人懈怠。

目睹热浪笼罩下的子弟兵，坐在树荫下的人们心疼了。有的搬来了太阳伞，有的送来了落地扇，有的拿来了自己舍不得喝的矿泉水，有的力劝我们停下来，躲避一下正午的阳光。那股真诚劲儿，淋漓尽致地显现了"帐篷人家"所能够给予的全部关爱。

"嘣，嘣……"又一辆三轮"摩的"开过来了。车上跳下一位姑娘，搬着一个兰大纸箱子，放到了修理工作台上。

我以为她也是来送修家电的，示意负责登记的小战士问明情况。

哪知姑娘放下箱子，一声不吭，转身就走，风儿一般跳上没有熄火的三轮"摩的",飞驰而去,只留下了一个远去的背影。

这是怎么回事?我感到很诧异。

纸箱子用透明胶带裹得很严实。打开一看,原来是满满一箱子的雪糕。

那姑娘是谁,来自何方?是志愿者,还是经我们修好了家电的群众?

那姑娘青春几何,长得啥样?是青年学生,还是公司职员、工厂工人?

这一切的一切,都是模糊的;这一切的一切,却又是清晰的:

她是纯朴善良的都江堰人,是知恩感恩的都江堰人,是都江堰人民心灵美的缩影。

受人木瓜,报之琼琚。那天,科技服务队冒着酷暑为群众修理了上百台(件)家电和农机。这"第一炮"打响了!

从6月1日开始到抗震救灾部队撤离灾区,科技服务队设立的电视机、电冰箱、电脑、汽车等12个修理小分队,一直活跃在都江堰街头,先后修理、修复各类电器、车辆和农机8000多部(台),既为受灾群众恢复生活和生产秩序解了燃眉之急,又为灾区减少了地震损失,受到了当地政府和群众的真诚欢迎和广泛好评。

我们可爱的队员们都十分珍惜这一为灾区群众提供技术服务的机会。从闻名全军的高级工程师,到初出茅庐的修理所战士,队里的每一个人能干什么就认真干点什么,能为群众服务点什么就努力地付出点什么。

大家的行为,是纯洁的、真挚的、自觉的。在突如其来的大地震面前,在惨烈的苦难面前,每一个人的心灵都被净化了、升华了,任何一点私心、杂念,在大家的认知中,都是对自觉奉献的亵渎。而大家心中只有一种发自内心的、融入血液的大爱,一份让群众发自内心地认识到"共产党好、解放军好"的沉甸甸责任。

十几年过去了，我还不时想起那个姑娘的背影，想起那个夏天留在心底的难忘记忆。它们没有随着岁月的逝去而模糊，而是越来越清晰，常常如春风般穿过巴山蜀水，在思绪中回放着、延伸着，无声地生发着爱的能量。

西瓜的故事

上小学时，语文课本上有一个故事叫作《西瓜兄弟》。说的是兄弟二人都种着一地好西瓜。先是国民党军队路过哥哥的瓜田，把满地西瓜糟蹋得瓜秧不剩。后来，解放军队伍路过弟弟的瓜田，秋毫无犯。弟弟大受感动，切开西瓜摆在地头上，但战士们无一人去吃。

多少年了，故事一直在流传。一茬又一茬的部队官兵，一直在延续和保持着这一红色基因。2008年，我带部队官兵赴川抗震救灾，在都江堰街头开展科技助民活动，也演绎过一个类似的西瓜故事。

对抗震救灾期间的群众纪律，上级有一条明确规定：不准接收灾区群众的东西。我向官兵强调这一纪律时，专门用《西瓜兄弟》的故事，讲了遵守这一纪律的重要性。未曾料想，这事儿连小战士都做到了，而我自己，却违反了——收了帐篷户一个大西瓜。

那天是端午节。大地震过去半个多月的都江堰，依然余震频仍，户户人家住帐篷，个个商家无经营。

一大清早，一对六十多岁的夫妇推着三轮车，把在地震中损坏了的一个电视机和一个电饭煲，送到了我们科技服务队在都江堰街头设点服务的地方。

对一个受灾家庭，对一个帐篷户来说，这两样东西都是极其珍贵的，其功能已远远超出了物理本身：

电视机，是打发帐篷生活寂寞、消除内心郁闷的依托，更是增强抗震救灾、重建家园信心的信息平台。特别是党和国家对地震灾区的关怀、抗震救灾的进程、抗震救灾的新闻等，包括当地政府发出的通告、通令，都能够及时从电视上了解。没有了电视，情势可想而知。

人活着就要吃喝。地震初期，交通中断、供应中断，大家可以吃方便面、吃袋装食品，可以喝饮料、喝矿泉水，但这只能是权宜之计。转入正常生活，还需要热汤热饭、烧水煮饭，电饭煲的作用就凸显了出来。

然而，他们送来的两件电器都是极难修复的：

电视机的线路主板断裂了。除了几十个电阻、电容，需要一一测试、修复，主板必须用一种俗称"哥俩好"的强力胶黏合固定。而这种胶水，都江堰买不到，得到140多里远的成都去寻。

电饭煲的外插头烧坏了。由于这种情况很少见，商店一般不营销，只有去生产厂家才能解决。

听了修理人员对两件宝贝的技术检测，夫妇俩似乎失望了，商量着要拉回去卖废品。

看着老人失望的表情，我心里十分不忍，执意劝他们把两件家什留下来"修修看"，并让他们在本子上登个记，留下联系方式。

或许是老夫妇的善良感动了上苍。电视机的线路主板，经高级工程师陈修华精心粘连、焊接，通了。电饭煲呢，本来属于"死马当作活马医"，修理工杨磊土法上马，搞了个替代品，竟神奇般好使了。

接到两件宝贝都修好了的电话，老夫妇几乎不相信自己的耳朵，专门带来了个大西瓜，非要让登记的小战士收下不可。

小战士坚决不收，两位老人又找到了当时也在现场的我。

"心意我们领了，可西瓜不能收。因为部队有纪律，收了就违纪了。"我婉言请他们理解。

"你们不是叫'人民子弟兵'嘛，你们的大标语上不是写着'视人民如父母'嘛，吃父母的西瓜，怎么能叫违反纪律呢？"老爷子振振有词，说什么也不听。

见此法行不通，我灵机一动，使了个眼色，让战士暂且收下。

当两位老人如释重负，用三轮车推着两件宝贝往回走时，我立即让战士尾随其后跟至帐篷，趁他们卸电视机的空当不留神，放下西瓜就走。

小战士气喘吁吁地跑回来报告"完成了任务"，我心里很高兴，接着讲了这西瓜为什么不能收的道理。

话正说着哩，小战士指着帐篷方向："看，他们又把西瓜送回来了。"

可不，正是他们。老夫妇俩还搀着一位白发老奶奶，老奶奶怀里抱着那个西瓜，步履蹒跚地走过来了。

我赶紧跑着迎上去。

"我说孩子啊，今天是端午节啊，你们大老远地从济南来帮我们，吃个西瓜就怎么了？一报还一报，你们一定要吃，吃！你们不吃，就是不理我这个情，看不起我这老婆子！"老奶奶故作生气状，硬把西瓜往我怀里塞。

面对祖母般的老人，冲着这份真情，这西瓜还能不收吗？

那天晚上，我在帐篷中又说起了《西瓜兄弟》的故事。

后来，我和战士们分吃了奶奶的西瓜。

那西瓜特甜。是因抗震救灾近一个月未曾吃过西瓜，还是源自内心的感动？

那西瓜吃了心里特不好受。是因为"违反"了纪律，还是源自内心的不忍？

我分辨不清。

但眨着眼睛的月亮，似乎读懂了我们！

■ 都江堰街头一老兵

人生故事，故事人生。昨天发生的有情节有意义的事儿，在今天便成了故事，且年代愈久愈具有传播价值。10 年前，我在军区司令部直工部副部长岗位上，奉命赴都江堰地震灾区组织部队抗震救灾中的思想政治工作。在抗震救灾转入重建家园、恢复生产生活阶段，策划组建了地震灾区首支"抗震救灾科技服务队"，专门在都江堰街头为受灾群众修理被地震毁坏的家用电器。其间，一位年过八旬的老兵给我的感动，常常走进我的记忆，仿佛仍在眼前。

那一天傍晚，科技服务队回到帐篷宿营地，负责维修登记的小战士告诉我，这两天有个年纪很大的老头儿，天天凑到科技服务队人员身边，故意搭讪打听团长的情况。问他修东西不，他说不修。看情形挺可疑。

我让小战士留个神。并叮嘱：若老头儿再来，及时告诉我，我去会会他。

第二天，我正在帐篷中处理一份对上级的情况报告。小战士跑来说，老头儿又来了。

我赶忙放下手中的笔，顾不上着迷彩服，穿着迷彩汗衫就走出了宿营地。

远远望见老头儿仍然坐在那儿。

看上去，老人的年龄确实很大了，头顶光秃，胡须灰白。不过，脸色还好，紫黑中带红。因为对我带着笑容，眼角的纹络像两把打开了的扇子。老人的身板挺硬实，但好像有点耳背，和他说话不得不加大分贝。由于我对都江堰的方言不熟悉，与老人交流起来有点困难，因而对他的情况，只知道了个大概。

老人姓唐，四川彭州人，那年 86 岁，住在都江堰开发区滨河小区。23 岁那年，他被国民党军队抓了壮丁，说是当卫生员，其实是随军抬担架的。队伍在豫南与刘邓大军交火，部队被击溃，他便随着大家起义了（我猜想，这个起义，准确说应是投诚，碍于面子，老人不愿实说），在刘邓大军中当战士。1950年，随部队到了朝鲜战场上，当了中国人民志愿军。1952 年回国，因斗大字不识一箩筐，又回乡务农。他有两个女儿，都是从医的。一个在都江堰红十字会工作，一个在医院当护士。老伴早就去世了，孤身一人，年龄又大了，就把户口迁到了都江堰，跟着女儿住。

正说话间，天边飘过一块云彩，下雨了。雨不大，群众送修的东西又多，忙于修理的官兵，谁也没有停下来的动作。我把老人拉进太阳伞下，继续说话。

他说，这次地震死伤了好多人，他居住的小区里也有。很幸运，他的两个女儿家因为房子较新，只是裂开了缝，没有伤着人。他当时吃低保，每月 308 元，政府给志愿军老战士每人每月补贴 250 元，加在一起将近 600 元，在都江堰属于中等水平，他说自己生活得还可以。因为闹地震，当地政府已经有两个月没有发钱了。不过，他自己还有一点小积蓄。说到这里，他露出了满足的笑容。

我问他为什么天天到这里来。他说，就是为了来看战士。一看到部队上的人，心里就感到有一种说不出的高兴。

他跷起大拇指，夸奖科技服务队的小伙儿们有技术、态度好，说看到你们天天在这儿义务为老百姓服务，就知道部队上的老传统没有丢，他作为一个老兵，觉得脸上很光彩。他还说，可惜，自己没有文化，也不会技术，要不，他要和大家一起修哩！

说着说着，他忽然指着通信连连长小姜问我：那个"一杠三星"的高个子，是连长吧？我说是，并告诉他，现在部队官兵中已经没有文盲了，士兵中有大学生也不稀奇。在我们的科技服务队里，不少人都是硕士、博士、高级工程师。尽管现在部队的人员成分变化了，但为人民服务的宗旨没有变；官兵的文化程度高了，部队的好传统更没有丢。

老人在用心地听，好像若有所思。

"你是教导员吧？"老人突然问我。

我不是教导员，可又不便向老人解释。

"您怎么看出我是教导员？"我故意问道。

"我是一个兵啊，我知道教导员是文化人，官职比连长、指导员大。"老人不无自负地回答。

我笑了。

老人也会心地笑了。

雨下了一阵子，停了。我因情况报告还没有写完，起身向老人辞行。老人好像生怕我走了似的，急忙抓住我的手说："你知道咱们张团长吗？"

他问的张团长，是和我一同参加抗震救灾、一起住在帐篷里的通信团团长张桐春。老人大概是从修电器的战士不经意的言语中，知道了团长姓张。可我误以为老人问的"咱们张团长"，是他当志愿军战士时的张团长，便老实地回答了一句：不认识。

这回轮到老人笑我了："你不是教导员吗，教导员还能不认识团长？"那口气，有点狡黠。

老人这一问，令我恍然大悟："噢，您说的是我们通信团的张团长啊，我这就去请他出来！"

"噢——"老人用都江堰人满意时特有的口头语，目送我进了帐篷宿营地。

临近晚饭时，张桐春团长回来了。

张团长告诉我，那老人一见了他，就"呼"地站起来立正，恭恭敬敬地打了一个敬礼。

老人说，我是一个兵，能见到团长很高兴。他找团长，没有别的事儿，就是想捐 2000 块钱，可又不知道捐给谁，怕捐没了。他不相信别人，就相信部队，想请部队首长帮他捐。这几天，他一直想让战士请团长，可又怕请不出来。恰巧遇到"教导员"，就提了出来。

张团长告诉老人：刚才进去的那位不是教导员，他是我们的师长（军区机关的二级部副部长，相当于部队的副师长，张团长怕老人听不懂，故意称我为"师长"）。

老人听了一脸惊讶，马上不好意思起来，连连说"没有想到""没有想到"。

一个尚吃着低保、每月全部收入不足 600 元的八旬老人，为了抗震救灾，一下子要捐出 2000 元！我不禁为之肃然起敬，可心里又十分不忍。

我告诉张团长，在老人钱没有捐出之前，我们不相问、不诱导、不炒作，全凭老人家自愿。

离开都江堰一周之后，仍坚持在第一线的张团长打电话告诉我：老兵又来了，带来了自己省吃俭用积攒的 2000 元钱，请团长代捐给上级。他说，我是一个兵，在老百姓有难时应当站出来，并说他的两个女儿都支持他。他还说要见见我这个"师长"，张团长告诉他，"师长"有新的任务回济南了。老人请张团长一定要向我转达一下他的问候。

听到这里，我的眼窝不由自主地一热。直到 10 年后的今天，想起那天的情景，我的心房还在颤动，仿佛又看到了那光秃的头顶，灰白的胡须，折扇一样的纹络。可敬的老兵，始终不忘"我是一个兵"的老兵，已深深地嵌入了我的记忆。

行走吟

■ 难忘的"尴尬"

或许你也曾有过这样的经历：当你置身于公共场所，突然感到内急需要解决，急忙跑进厕所。不巧得很，里面位置不空，且每个位子还有在等候的人。遇到这种情况，即使"克己复礼，唯此唯大"的圣人，内心里恐怕也会暗暗叫苦。倘若这种情形有可能成为一种常态性"尴尬"，相信任何一个人都会设法去认真应对。这种事儿说起来似乎有点不雅，然而在突如其来的天灾面前，当地震、洪水、海啸恶魔破坏了人们正常的生活空间，它却往往会成为一个实存，具体考量着人的应对能力。不好意思，下面我要讲的就是这样一个真实的小故事：

那是在 2008 年汶川地震发生半个月后，正在军区机关二级部副部长岗位上的我，奉命带机关干部赴都江堰组织抗震救灾部队战地政治工作，与先期投入抗震救灾的上百名官兵一起住在帐篷里。我们的营区，是制药厂一块不足 100 平方米的草坪，可谓"一声吆喝，全营皆知"。不过，在大地震过后的都江堰，置于到处残垣断壁的城区，这可算得上是一处极好的营地啦，既可以防余震，又便于部队集中统一。美中不足的是：这儿仅有一处厕所，男厕只有四个便坑，在部队早晨起床这个时间段，使用频率超高，"等厕"司空见惯。刚到都江堰的翌日，早晨起床后，我像往常一样上厕所，首次遇到了始料不及的"尴尬"：四个便坑，五六个人拿着手纸等候在那里。见我进来，战士们主动退了出去，一位班长竟然催促一位战士抓紧倒位置，"请首长先用"，真是让你既好笑又感到很窘。多可爱的战士，多好的兵啊！面对此情此景，恐怕无论换了谁都不会无动于衷。

为了避免这种"尴尬"，我首先想到了另寻其他厕所。然而，眼前的客观现实是：除了我们这一百多号人，周围的五六户受灾群众也要来这里方便，也就是说另寻或另建场所皆无可能，在抗震救灾枕戈待旦的情形下，最好的办法就是拨快自己的人体生物钟，赶在部队起床之前先解决"问题"。所谓人体生物钟，乃是每个人不同的饮食起居规律，由于其工作节奏往往不受周围环境影响，"拨快"短时间内并不像拨机械表那样容易，需要以刚性的意志去改变。那么怎样才能有效"拨快"呢？我采取的方法是：改变多年来6点起床晨练的习惯，每天提前一小时起床，先喝下一杯凉开水，然后倒不影响战士睡觉的地方跑步锻炼，使体内的循环系统工作节奏加快，进而实现预期目的。

我在地震灾区工作生活了一个多月，由于天天坚持"未雨绸缪"，有效地避开了在部队起床后如厕的时间段，再也没有出现与战士争厕的尴尬。尤令我释怀的是，这期间，还发现了一个心照不宣的小秘密：同住帐篷的几位团以上干部——军区通信部的曾部长，通信团的张团长、张参谋长，通装大队的丁副大队长，自动化站的孙总工等，也都不约而同地拨快了自己的生物钟，显然大家都是为了避免与战士"争厕"。大概也正是由于各部队各级干部类似的模范律己精神，影响和筑起了汶川抗震救灾十万大军的众志成城。这正是："东方欲晓，莫道君行早。踏遍青山人未老，风景这边独好。"

回望10多年前的汶川大地震，诸多感人情节一幕幕浮现在眼前。但令我莫名其妙的是，这件微不足道的小事竟然也在其间。

是什么赋予了它如此顽强的生命力？也许，它根本算不上什么防患于前的故事，更难以入急中生智的法眼，但表现于其中的那种官兵患难与共的纯真，战士们尊干所表现出的那种真挚朴素，干部爱兵所表现出的那般自然，常常在我的眼前闪耀着亮光；身体力行的切身感悟，更是烙在脑海里挥之不去：作为生物的人,吃喝拉撒睡,乃是维系人体能量守恒的基本环节,这在日常生活中,大可按照个人的生物钟去自然循环。可在突如其来的天灾面前,生存时空骤然变化,这种平时不起眼的小事儿,往往也会成为抗灾能力的一个考量。尤其当你处于特殊环境、特殊群体,行为更须理智和恰当。"物竞天择,适者生存。"或许,正因为你的理智与方法得当,在你自身适应特殊环境变化的同时,也为你所置身其中的社会群体应对并最终战胜灾难创造着条件,发挥着自觉不自觉的积极作用。自然,其现实意义也就超出了具体事物的本身。

■ 遥想火牛阵

从我故乡即墨店集镇后洪兴西去 10 公里许，有村曰"牛齐埠"。公元前 279 年，燕齐两国交兵，即墨守将田单，在这里用"火牛阵"出奇制胜，一举击溃强大的燕军，创造了中国军事史上首个以少胜多、以弱胜强的战例，该村因此而得名。

牛齐埠村旁有座海拔不足 100 米、面积约 1.5 平方公里的土山，名叫"万化山"，传说是火牛阵的发生地。乙未年白露时，我站在万化山上，迎着猎猎的西风，衣袂如战旗逆着时光招展，心神也随那长空的流云荡开了去。

山坡上的蒿草茅叶已经泛黄，野藤蔓弃下的小红果，草丛中撒落的羊屎蛋，随着肃杀的秋风，沁进 2200 多年前驻扎过军帐的土层里。秋意在午后的空气里明明灭灭，呼吸间已嗅到历史风烟的味道。当年，燕国大将乐毅驱兵南下，大举讨伐齐国，一路势如破竹，短短半年间，连下齐国包括都城临淄在内的 70 多座城池，最后只剩下了莒城和即墨（今平度市古岘镇朱毛村一带）两座孤城。齐王逃于莒城，乐毅攻打数月不能下，又转攻即墨。揣摩当时乐毅的心思，或许以为这是个软柿子，没想到在这里竟会遇到劲敌，燕军踏平齐国的梦想从此化作泡影。眼下，站在万花山之巅，西北望，即墨故城迄今尚存的城墙遗址，坍塌残破，但依稀可见昔日之规模，在秋光里的剪影黝黑如铁，凛然不可侵犯。

那该是多么悲壮的一幕：燕国大军压境，即墨大夫战死，城中失去了主将，城池眼看不保。曾经在临淄市场上担任过小吏的田单在想什么？我猜，他最初的想法，或许与从临淄逃往安平一样，让族人将车轴两端的突出部分锯掉，包上铁箍，在人们纷纷争城门而溃逃中顺利出逃，再投奔他处。然而，山河破

行走吟

碎，乡关何处是？他在沉思。恰在此时，即墨父老纷纷请他站出来领大家御敌。面对信任的求助的目光，保家卫国的责任与担当，升华了田单的良知。"国家兴旺，匹夫有责。"一个人连国都不爱，猪狗不如！他毅然决然地举起了令旗，即墨城有了新的守将。

肯定有这么一天，已然带领即墨军民顽强守城三载的田单，登上了熟悉的城楼。城外9里处，是燕军搞怀柔之计刚刚从城下撤离而新搭起的座座军帐。那厢旌旗在望，秩序井然，一派威武景象。乐毅，这个令田单敬畏的敌军统帅，此刻又在他脑子里打转：有这样的智慧将军统领着虎狼之师，孤城即墨最终难逃一劫，一定要想离间计赶走乐毅。这个念头，成了田单的心事，常常彻夜难眠。

机会终于来了：信任乐毅的燕昭王死了，燕惠王即位。田单利用乐毅半年打下70多座城池，而攻莒城、即墨两地却三年不下的机会，派出细作到燕国造谣——"这是乐毅故意所为，是为日后自己当齐王留后手"。本来就对乐毅心怀芥蒂的燕惠王，果然中招，大将骑劫取替了乐毅。

恰如田单所期，骑劫压根儿无法与乐毅这个将门虎帅比肩，充其量是个自以为是的草包。骑劫一接帅印便改令，立马毁了乐毅的怀柔之策，将燕军大营全部拨至即墨城下，形成了铁桶式包围。

离间计成功，田单心中窃喜，又接连出了三招：第一招，派人潜入燕营传言："齐人就怕把俘虏割去鼻子，押到阵前恐吓。"骑劫不知是计，下令照此办理，守城官兵见被俘的人鼻子被割掉，个个怒不可遏，誓死不当俘虏。第二招，让人在燕军中散布："齐人就怕挖城外的祖坟，那将使城内心惊胆战。"骑劫又照单全收。城上的军民远远望见祖坟被掘，人人捶胸顿足，恨不得当即跳下去与燕军拼命，城内士气陡增。紧接着，田单又使出了第三招，一边派使者到燕营中求降，一边打发人装作城内富翁，偷偷向骑劫行贿，央求保全自己家小，制造城内真要投降的假象。好大喜功的骑劫，自然深信不疑。骄傲的燕军都沉浸在了即将胜利的喜悦之中。

一番攻心之计，此长彼消，决战的时刻到了。田单又登上了观敌瞭阵的城楼，面对燕军铁桶般的围困，他在苦苦思索大破燕军的招数。突然间，不知谁家的牛炸了蹶子，在城里街巷间疯狂。看着纷纷躲避的行人，田单眼前不禁一亮，灵感之神瞬间接通了他苦思的心闸。古代战争史上第一个神奇的进攻样式——火牛阵，诞生了。

不知道那个夜晚，天上有没有月亮，是否有寒风刮着，但我敢断言的是，喧闹的燕军大营已经静了下来，人和马都睡熟了。而此时，经过一天的精心准备，即墨城里一千多头牛，身上披戴五彩布匹、牛角上捆着两把尖刀、尾巴上缠着浸透油脂的麻线和芦苇，被五千名扮成天兵神将模样的士兵，悄悄地从城墙隐蔽处挖开的几十个通往城外的豁口赶了出来。只听一声梆响，牛尾巴上的麻线芦苇悉数点燃，烧疼了的牛，疯了一般冲向燕军营帐，"天兵神将"挥舞着大刀紧随其后，喊杀声划破了午夜的沉寂，四野都在颤动。睡眼蒙眬中的燕军将士，但见火光飞腾，神兵怪兽从天而降，大多数头蒙了、腿软了。且不说那一千多头牛两角上的尖刀扎死了多少人，那五千名士兵砍死了多少人，就是燕国军队自己乱窜狂奔，被踩死的也不计其数。尚未来得及披挂的骑劫，慌忙坐上了战车。想杀开一条生路，无奈被杀红了眼的齐兵紧紧围住，最后死于乱刀之中。

这一仗，弱小的即墨城守军完胜，既打破了燕军不可战胜的神话，也在整个齐国竖起了风向标。当得田单率兵乘胜追击燕军，那些被燕国占领了城池的军民，纷纷起兵，杀了燕国守将，迎接田单。田单领兵打到哪儿，哪儿的百姓便群起响应，几个月的工夫便收复了被占领的全部城池，几近灭顶之灾的齐国，仰仗田单出奇制胜转危为安。当田单把齐王从莒城迎回临淄，念他安国平难建有奇功，齐王任命他为国相，封为安平君。就这样，一个起先在临淄市场上从事管理营生的小吏，一下子成了名噪列国的一代英杰。

家国天下时代的战火已随烽烟飘逝于历史，风雨侵蚀了几多城垣，湮没了几多遗址，留下了几多被酒和酽茶酿成的故事与传说。

在万化山顶上，曾经有过一座不知年代的土冢，人们猜说，那儿掩埋的是火牛阵中阵亡的火牛，被"礼而葬之"，牛齐埠的村民，至今仍然有每乍供牛的习俗。又有一说，火牛阵一仗，燕军将士尸横遍野，田单不忍，命人将他们一起埋葬在这里。倘若如是，当年战殁那么多人，需要造多大一个冢啊？我不敢再猜想。

或许，在这金戈铁马、马革裹尸、铁马冰河啸西风的古战场上，它只是当时若干土冢中的一座，历经了上千年风雨剥蚀而最后消失的一座。或许，那些战死沙场的将士，他们生前个个都是诗人，"醉里挑灯看剑，梦回吹角连营"，编织着书生报国的英雄梦。然而，"醉卧沙场君莫笑，古来征战几人回？"抛家舍业一命至此，连忠骨竟也无法还乡，就留在了那座座早已消失了的土冢之中。兵戈止息的而今岁月里，置身古代烽烟之地，我们不经意间就有可能踏在掩埋忠骨的坟头上，大大失敬了！"秦时明月汉时关，万里长征人未还。"那些逝去的灵魂流萤般飞升，不起眼的毫光汇集成星空的壮丽，向我们传达着为国家意志而上战场的爱国力量。他们才是谱写千古绝唱的爱国诗人，他们理应受到社会的敬仰和礼遇！敬仰和礼遇爱国精神，我们真正要维护的是我们的明天，而不是昨天！

关于万化山上的土冢还有一个说法，那是田单的墓地。田单虽然贵为齐相，生前不居功自傲，身后也不愿张扬，叮嘱家里人悄悄葬在那里，他要看着他的"火牛阵"，守卫着他所挚爱的这片土地。《即墨乡土志》中就有这样一句："田单墓在万化山巅。"现在看来，这或许是人们对英雄的美好构想。众说纷纭，只会增加神秘的美感。许多神秘就是这样，从模糊中来，朦胧中出。这其实也是一种美。有时候，我们需要个人思绪的信马由缰，需要体验神秘的伟大存在。谜底一旦揭开了，往往就会平淡如水，亦即宣告了美的毁灭。这，恰恰是现代考古探幽对于若干神秘传说所面临的一个带有普遍性的两难选择。

田单成就了火牛阵，火牛阵成就了田单。它让我们再一次见识了弱势被智慧灌注后的威力，见识了人的创造力有时会被困境激活的奇迹。也再一次告诉我们，思想使人伟大，思想是比任何东西都坚固的城墙。只要你有思想、有担当，就会生发出神秘的力量，创造出精彩的故事。历史正是在这样的力量驱动下，奔涌向前。

行走吟

■ 耳边又响扫墓歌

"山鸟啼，红花开，阳光照大路，少先队员扫墓来。墓前想烈士，心潮正澎湃，意志如长虹，气节像松柏。头可断，身可碎，钢铁红心色不改……"

这首《少先队员扫墓歌》，将我的思绪一下子带回到半个世纪以前。那时我上小学，每年清明节前夕，学校都要组织我们少先队员戴上红领巾，唱着这首歌，抬着用松柏枝扎成、上面缀满我们亲手制作的小白花的花圈，到距离学校5里路的烈士陵园扫墓。那里，长眠着上百位抗日战争时期牺牲的革命烈士。

清明节为革命烈士扫墓，是我们那一代人感到特神圣的一件事。那场景，庄严而肃穆：我们挺直小脖颈列队，静静地听老一辈革命家站在战友墓前讲英雄故事；我们集体朗诵毛主席语录；我们举起小拳头，向烈士宣誓"头可断，身可碎，钢铁红心色不改"。那时，在我们小小的心灵里，涌动的是对人民英雄的敬仰，感知的是美好生活来之不易——它是千千万万革命先烈用生命和鲜血换来的，迸发出的则是做共产主义接班人、誓将革命进行到底的决心和意志！

半个世纪过去，已经成了退休老兵的我，对当年的场景仍念念不忘。每逢清明时节，那一幕幕镜头都会浮现于眼前，每每情不自禁，耳边仿佛又听到了这首歌。

50多年了，这首歌一直在撩动我的英雄崇拜。学生时代，无论是读刘胡兰、董存瑞、邱少云、黄继光的故事，还是听雷锋、欧阳海、王杰、蔡永祥的事迹，眼里常常闪着泪光，立志做一个像英雄一样的人。学校组织为烈军属家抬水扫地，我总是踊跃地出现在队伍里。入伍后，我虽然未能成为英雄，也并无气壮山河的故事，但身上始终充沛着英雄之气。每当看到诋毁、抹黑英雄的人和事，我总是义愤填膺，毅然拔剑，多次写下富有正义感、满满正能量的文字。

今又逢清明，翻拣旧事，绝无"先前阔"的炫耀之心，而是旨在现身说法一个事实：能让一个人从少年到青年、从中年步入老年，历经半个世纪的风沙吹刮始终赤诚不改的英雄崇拜，得益于"小小少年"时的灌输教育，得益于"从娃娃抓起"的思想奠基。这是一种信仰的力量！这种力量在共和国的土地上常在，为国捐躯的革命烈士有幸；这种力量在中华民族中长存，实现伟大复兴梦有望！

然而，这些年让我感到痛心的是：就在我们这片无数革命先烈用鲜血染红的土地上，在衣食日渐丰足的现代人中间，这种对革命烈士的缅怀、对民族英雄的崇拜，却在互联网上出现的罔顾事实、抹黑英雄、丑化先贤、诽谤领袖的历史虚无主义诬蔑中，在不尊重英雄和历史、粗制滥造"雷剧"的胡编乱造中，在拜金主义、享乐主义的社会浮华和数典忘祖的傲慢轻蔑中，面临着被淡化被丢弃的危险。植根于爱国主义教育的英雄情结、英雄崇拜，常常成了一声无奈的叹息，映衬的往往是被阻断的孤独、被恶搞的尴尬和无助。但是一个古老文明的伟大民族的良知又告诉我们，现代人无权阻断中华民族传统文化的脉息，绝不容许摧毁我们伟大民族的精神支柱，我们要随时想到该为子孙留下点什么、烙印于这个时代的精神文明应当是什么。

正是从这个意义上，党的十八大以来，以习近平同志为核心的党中央高举革命精神，弘扬伟大的长征精神，把褒扬英雄、捍卫英雄，大力宣传英雄烈士的事迹、形象和精神价值，作为中华民族共同记忆和民族感情的重要组成部分，作为社会主义核心价值观及中华民族精神最宝贵的财富，彰显着远瞻和英明——从隆重举行抗战胜利 70 周年纪念活动及阅兵仪式、颁发"中国人民抗日战争胜利 70 周年"纪念章，到建立党和国家功勋荣誉表彰制度；从立法设立烈士纪念日，到制定和实施《中华人民共和国英雄烈士保护法》，等等，一件件重大举措，一桩桩鲜亮事实，让人民英雄扬眉吐气，让共和国正气凛然、正义昂扬！

今天，我们尤其需要优秀的文艺作品，需要文学家担负起塑造英雄形象、讲好英雄故事、让英雄因子注入民族文化血脉的重任，培植学英雄的土壤和环境。

今天，我们必须对丑化英雄、诽谤烈士的恶劣行为依法查处、依法惩治，义正词严地维护英雄形象，让法律成为捍卫英雄的坚强后盾和利器。

今天，我们不能将对英雄的崇敬仅仅停留在口头上，而是需要更多关爱英雄的鲜亮事实，拿出切实办法厚待英雄，在全社会形成人人关爱英雄的氛围。

青少年是民族的未来。眼下我们的社会必须高度重视对青少年的英雄文化教育，厚植崇尚英雄、敬仰烈士的环境土壤，让学生自觉用英雄人物为镜映照自己，从英雄人物的道德财富中汲取营养。

诚然，并不是每个人都能够成为英雄，但铭记英雄、崇尚英雄、捍卫英雄、学习英雄、关爱英雄是每个人应尽之义务。让英雄精神与我们一路同行，必将凝聚起 14 亿多人民团结奋斗的巨大力量，在勠力同心实现"两个一百年"奋斗目标、实现中华民族伟大复兴的征程上，催生新的英雄，谱写新的英雄篇章。

82 烈士榜：那 66 个空白

从大胡庄连回来有些时日了，我却一直迟迟没有动笔。

准确说，是不敢动笔。

岂止不敢动笔，甚至不敢去想。因为我不知该怎样安放大胡庄战斗留给今天的吉光片羽，不知道该怎样回答心中的诘问，怕辜负了 82 烈士榜那至今尚有 66 个空缺的英灵。这或许就像当年黄克诚老将军作临终嘱托时的心情一样，大胡庄战斗触及了我心中最柔软的那一部分。

但当我每次面对我党我军从苦难走向辉煌的奋斗历史中那些让我们感动的篇章，当我肃立在英雄山高高的人民英雄纪念碑下沉思时，又欲罢不能，总想把大胡庄战斗的英雄故事和其身后令人唏嘘的境遇告诉今天的人们。那么今天的人们能真正听得懂吗？能理解当年领导这支部队的首长在安放英灵时处于两难的所思所想吗？好像很难。因此也唯有把它真实地写出来。

1986 年，晚年已双目失明的开国大将黄克诚，临终前专门找来几位知情的老部下作郑重嘱托。老将军的自责，令人泪目。

老将军在抗日战争时期曾担任过新四军第三师师长兼政治委员和苏北军区司令员兼政治委员、苏北区党委书记的共和国大将，已不是第一次作这样的嘱托、提出这样的要求了。

1980 年，原中央党史资料征集委员会主任王阑西看望老将军时，老将军要他一定让苏北地方党委把 1941 年春天发生在高（荚）陵大胡庄的那场战斗调查清楚。

1981 年，担任中央军委顾问、中央纪律检查委员会常务书记的老将军，对来京参加中央重要工作会议的江苏省委主要负责同志讲："三师成建制被敌人'吃'掉的两个连队都发生在江苏，其中一个连队的牺牲地大胡庄，至今还没有一点纪念设施。"

　　1986 年，苏北淮安县建大胡庄烈士陵园，淮安县党史办致信老将军，请他为纪念碑题词，此时老将军已经双目失明，亲自委托当年三师八旅政治部主任、后任中国人民解放军炮兵司令员的吴信泉将军，代写了"大胡庄战斗八十二英烈永垂不朽"纪念碑文。

　　1986 年 12 月 28 日，84 岁高龄的老将军在北京病逝。但在他的一再推动下，一个被历史尘封着的大胡庄战斗，终于在沉默了半个世纪后走进了人们的视野。

　　大胡庄战斗，无疑是我军历史上一次令人荡气回肠的激烈战斗——

　　1941 年 4 月 26 日的苏北大胡庄。拂晓 4 点多，担负保卫地方机关和师团前哨任务的新四军第三师第八旅第二十四团一营二连正准备转移。文书高建国到一、二排驻地检查准备转移的情况，走出连部不远，借着微弱的晨光，他发现庄外有许多人影在移动。同时，哨兵也发现敌情并鸣枪示警，大胡庄战斗就此拉开。

　　二连是二十四团一营的主力连，辖三个排，配有轻机枪两挺，每个战士除了老套筒步枪外，还配备四颗手榴弹和一把刺刀。据这次战斗幸存者刘本成的回忆录中记载，二连原来是 82 人，在大胡庄战斗打响前一天，当地一名孤儿参了军，所以是 83 人。但他们面对的敌人，是当时驻涟水日军华北派遣军第二一一师团的 200 多日军及 400 多伪军，数量是他们的 8 倍之多。即便如此，二连官兵在连长晋志云的指挥下，顽强还击，敌人的多次进攻均被击退。

　　毫无人性的日本侵略者，除了再次集中步炮和轻重机枪一齐向二连猛烈射击外，竟然向二连阵地投放了瓦斯毒气和燃烧弹。大胡庄战斗持续了近 7 个小时，二连官兵虽然顽强战斗，终因寡不敌众，除战士刘本成被敌人毒气弹熏昏，倒在战友的遗体下才得以幸存，其余82人全部壮烈牺牲，当中包括那名刚参军的江苏淮安籍小战士——他家里很穷，穿的衣服很破，连队发给他的一件新军装还未舍得换上。

大胡庄战斗中，新四军第三师第八旅第二十四团一营二连，以有限的兵力消灭日伪军200多人！这无疑是我军战争史上一个惊天地、泣鬼神的壮丽诗篇。

然而在中国人民解放军军史上，人们却找不到他们。

80年后，当我站在大胡庄连连史室烈士名录前，看着那82个位置的烈士榜，迄今还有66个空白。我的心一下子被揪紧了，有一种说不出的痛。

由于不知英雄们的名字，他们的英雄事迹无可追溯，大胡庄连荣誉室的历史荣誉也虚位以待。

此情此景，令我不禁想起了大胡庄战斗两年后的另一个情景：1943年3月18日，在同一个地方——淮安地区，同一支部队——新四军三师七旅十九团二营四连82名指战员在淮阴区刘老庄战斗中壮烈殉国，当地人民隆重为四连烈士忠骸举行了公葬，修建了"新四军抗战八十二烈士之墓"的墓碑，并选送82名优秀子弟补入重建该连。八路军总司令朱德元帅在《八路军新四军的英雄主义》一文中把"全连82人全部壮烈殉国的淮北刘老庄战斗"与平型关大捷、阳明堡火烧敌机、百团大战、狼牙山五勇士的壮烈跳崖等并列，称它们"是我军指战员的英雄主义的最高表现"。曾为新四军代军长的陈毅元帅赞叹："烈士们殉国牺牲之忠勇精神，固可以垂青史而励来兹。"为表彰四连82烈士忠勇殉国的英雄主义精神，新四军第三师第七旅命名四连为"刘老庄连"，并决定3月18日为"刘老庄八十二烈士纪念日"。作为一个连队，可谓荣耀至极，崇高至极。

大胡庄战斗和刘老庄战斗均地处苏北平原上的江苏淮安市，两地直线距离不到50公里，同一支部队、同样的牺牲、差

行走吟

不多的战斗惨烈，且从时间上大胡庄战斗比刘老庄战斗要早将近两年，为什么两个连队烈士的哀荣，竟会有如此差别呢？

陪同参观荣誉室的部队政治部领导告诉我，这里有一个重要的历史原因，即如黄克诚老将军所说，1941年皖南事变后，新四军刚刚重建军部，三师八旅刚刚由八路军改编过来，部队立足未稳，加之战时环境复杂，一个有着丰富战斗经验的八路军连队被敌人吃掉，师部当时担心部队士气受影响，因此有意未作大张旗鼓地宣传。

另外，由于大胡庄战斗惨烈，生还者极少，当年的见证和知情者如今差不多都已离世，战斗中唯一的幸存者刘本诚，新中国成立后转业在河南安阳某设备厂做厂长，也于1987年去世。这些都给追溯大胡庄战斗带来了客观上的难题。以至直到2012年6月2日，大胡庄战斗烈士的遗骸才在大胡庄被发现。

显然，是战时需要和历史条件的局限，湮没了在大胡庄战斗中英勇牺牲的先烈们！

那天晚上，星汉灿烂，繁星点点，闪闪烁烁。我仰望着浩瀚的星空，联想大胡庄连82烈士榜那66个空白，脑海里猛然生出了一个回应星汉的感知：从中国共产党成立，到抗美援朝战争结束，在不停地转战中，若干革命先烈像大胡庄战斗牺牲的英雄们一样，没有留下名字。共和国960多万平方公里的广袤大地上，无名烈士到底有多少，根本无法统计，如果非要用一个数字，那只能用"无计其数"。他们就像夜空中那些汇成星汉壮丽的不起眼的无数毫光，虽然没有名字，却在默默地向中华大地传达着为人民而战、为祖国而牺牲的伟大力量。

由是，我想起了一则报道：位于大巴山深处的四川省巴中市通江县沙溪镇王坪村的川陕革命根据地红军烈士陵园无名烈士纪念园，始建于1934年，2011年对陵园进行改建和扩建，将原来的35亩陵园核心区扩展到350亩。在这个全国安葬红军烈士最多、规模最大的红军烈士陵园里，长眠着 25048 名红军烈士，其中无名烈士 17225 位。

民政部公布资料显示，20 世纪 90 年代，全国有名可考、收入各级《烈士英名录》的烈士为 160 多万名。到 2000 年，上升为 170 多万名。2011 年，上升为 180 万名。到 2014 年 9 月，收入各级《烈士英名录》的烈士已达到 193 万名。保守推测，至 2020 年，全国至少有 2000 万名烈士为民族独立、人民解放和国家富强、人民幸福而捐躯。但由于战争年代条件有限，其中有名有姓的只有 196 万名，不足十分之一。全国 90 多万座烈士墓中，无名烈士墓为 29 万多座。

如同大胡庄战斗一样，每一座烈士墓都有一段感人至深的故事。英烈们用热血浇开了胜利之花，将短暂的生命化作了永恒。时光飞逝，烈士的背影渐行渐远，在历史长河的冲刷下逐渐模糊。他们的名字可能会被遗忘，但他们的功勋永远被人铭记。为了让烈士从史册走进人们心中，自新中国成立以来，各地民政部门一直在采取各种措施，持续寻找无名烈士，但由于种种原因，无名烈士的名字和事迹实难确认，最后只能像"大胡庄战斗八十二烈士"一样以数字命名，如"五十四烈士""七十二烈士"等。

大胡庄有幸埋忠骨。应当向苏北人民致敬！他们一直没有忘记大胡庄战斗。经过他们的积极作为，大胡庄烈士陵园建设列入了江苏省"慰烈工程"项目。陵园占地 32 亩，分纪念碑、陈列馆和市民广场三大主体部分，项目总投资 800 万元。大胡庄战斗烈士纪念碑高达 6 米，碑基约 100 平方米，基台四周四季青翠，象征着为国牺牲的英烈们万古长青，寄托着人民对英烈的深切怀念，也让今日青年与先烈们进行"时空对话"有了载体空间。

应当向为大胡庄战斗留痕的人们致敬！据现有可考材料，眼下记述大胡庄战斗的文字已有多种：原新四军三师八旅二十四团团长胡继成将军与大胡庄连唯一幸存者刘本成联名发表了《大胡庄战斗》和《不应忘却的抗日英雄们——记气吞山河的大胡庄战斗》；解放军出版社原社长朱冬生写出了《大胡庄战斗八十二烈士》；还有，邵景元发表的《淮北原平两丰碑——记大胡庄、刘老庄战斗》，焦林正发表的《大胡庄战斗纪实》和《解放军开国将军悲情回忆：82 勇士血战大胡庄》，施向平发表的《铁骨铮铮气壮山河——纪念大胡庄战斗 82 烈士殉国 76 周年》，丁兆文著作的《大胡庄 1941》等，以及秦九凤等人就大胡庄战斗发表的研究文章。是他们让大胡庄战斗走进了今天，将大胡庄战斗镌刻在了历史的天空。

尤令人欣慰的是，大胡庄连后继有人。大胡庄连一代代官兵接过先辈们的旗帜，用新的奋斗，在先辈们血染的旗帜上又增添了新的风采：先后涌现出四大功臣高铁飞、战斗英雄林维藻、甲等模范马文标、模范党员任炳信、"守得顽强"三班等一大批英模人物和英雄集体；2017 年整编组建以来，连续四年被旅、集团军评为"基层建设先进连"，并荣立集体三等功。他们让"大胡庄连"的英雄旗帜高高飘扬！擎旗已有后来人，先烈回眸应笑慰。

就在我思考该如何为大胡庄战斗牺牲的烈士们写点什么的时候，网上搜索，一则讯息深深鼓舞了我：2021 年 9 月 29 日，山东省政府新闻办举行新闻发布会，山东省退役军人厅联合省委网信办等单位发起"让思念发光　帮烈士回家"倡议，两年多时间，已为 1102 位烈士找到了亲人。有条件的地方，正在探索对无名烈士 DNA 采样，为寻亲查询、比对、确认提供可靠证据。仅济南市提取 685 份无名烈士 DNA 样本，首批完成 39 份样本鉴定，28 份具备寻亲条件，已为 6 位无名烈士找到亲属，确定了姓名和籍贯。

这无疑是一个可以告慰英魂的好消息。只要大家不忘英雄，时刻想着让更多烈士魂归故里，随着时代科技的发展，相信会有更多的英烈找到亲人，大胡庄战斗的英雄们也会陆续归队归位。共和国不会忘记大胡庄战斗，不会忘记为国捐躯的英雄；享受和平与幸福时光的人们，也一定会记住英烈们的青春！

行走吟

■ 奉献无憾

2008 年的汶川大地震中，我奉命赴地震灾区组织军区前指直属任务保障部（分）队，开展战地思想政治工作。抗震救灾阶段任务转换后，根据灾区群众生活、生产之所急，我自认干了一件很有意义的事情——策划成立了巴蜀大地上首支也是唯一一支抗震救灾科技服务队，带领部队的技术人员，组成电视机、电冰箱、电脑、汽车等 12 个修理小分队，在都江堰市街头和周边农村，义务为群众服务，帮助群众迅速恢复生活、生产。

从 6 月 1 日开始到抗震救灾部队撤离灾区，科技服务队一直活跃在都江堰街头，先后修理、修复各类电器、车辆和农机8000 多部（台），既为受灾群众恢复生活和生产秩序解了燃眉之急，又为灾区减少了地震损失，受到了当地政府和群众的真诚欢迎和广泛好评。

然而，如是一件很具意义的事情，却基本上"声不出川"——除了《都江堰快报》、都江堰电视台几次跟踪报道外，基本无其他媒体反映。就连中央电视台的播报，也是我们自己的新闻干事发的稿。于是，有人说我们选的地点不抢眼，当时首都各大媒体大都聚集在板房区抓新闻，而我们的服务点却设在灾民集中的帐篷区；也有人说我们缺乏新闻意识，没有主动去拉记者、抢新闻。尤其是中央电视台"心连心节目组"在都江堰向全国直播演出时，许多部队都十分珍惜在央视上宣传的机会，纷纷在现场打出了自己的旗帜，而我们抗震救灾科技服务队的旗帜却没有出现，因为那时我们的旗帜正插在都江堰街头招徕群众前来送修……

总之一句话，大家为这件有意义的事情，没能得到有力的宣传，感到惋惜和遗憾。

10多年过去了，回望那些难忘的时光，作为科技服务队的发起者和组织者，我自然又想起了此事。我扪心自问：这事真的该遗憾吗？虽然我也承认时下流行的那句"能干会说真把式"有一定道理，但我仍然坚定地否认了自己的设问。

　　我想起了抗震救灾进入灾后重建阶段的都江堰：帐篷遍及街道市区，受灾群众一户挨着一户，挤住在闷热潮湿的帐篷里。从我们宿营地到军区前指，要经过一公里多的帐篷区，我和组织处孙杰干事曾专门对帐篷户作过调查，几乎家家都有电饭煲、电视机、电脑、电冰箱、洗衣机等物什遭地震毁坏。有的孤老，地震后拥有的唯一一件值钱的东西，就是没有影像了的电视或不能用了的电饭煲。不要小看这区区物件，对劫后余生的群众来说，其功能远远超出了物体本身——

　　电视机，是打发帐篷生活寂寞、消除内心郁闷的寄托，更是增强抗震救灾、重建家园信心的信息平台。特别是党和国家对地震灾区的关怀、抗震救灾的进程、新闻等，包括当地政府发出的通告、通令，都能够及时从荧屏上了解。看不上电视，其情势可想而知。电饭煲呢？似乎更重要。地震初期，交通中断、供应中断，大家可以吃方便面等袋装食品，喝饮料和矿泉水。但这只能是权宜之计，转入正常生活，还需要热汤热饭。烧水煮饭，电饭煲的作用就凸显了出来。可是那地震后的都江堰，家家店铺无法营业，家电损坏了，既没有地方修，也没有地方买。我们的科技服务队，就像那知时节的"好雨"，确实急了群众之所急。

　　当时我们的服务初衷就是：让受灾户电饭煲能煮饭烧水，让他们的收音机有声、电视机有影，知道党中央、国务院和全国人民的声音，坚定与震魔作斗争的信心。基于这一初衷，当然应该是哪里活儿多、哪里方便群众修理，就把服务点设在哪里。倘若我们为了出什么"新闻"，置"家门口"群众之急于不顾，却跑到一公里外的板房区设点，姑且不说当时板房区的修理活儿不多，即使与我们住邻的帐篷区一样多，舍近求远，这"服务"未免也有了作秀的成分。将心比心，不仅我们的"近邻"会有看法，就是我们自己的良心上，也感觉过不去。要是当初我们真是那样做了，才是真正的遗憾呢！

至于没有主动去拉记者、抢新闻，这里有一个思想指导问题，就是我们组织科技服务是为了什么，是真心实意地为群众修东西，还是为了单位和个人出彩头？在这一点上，我们有个共识：带黄金的翅膀飞不起来，想彩头的做好事不真实。诚然，一边做好事一边出新闻亦应称道，但这样出新闻，似乎总给人以"金有一分铜铁之杂"的感觉。河南那位原县委书记，一边给孤寡老人发救济棉衣，一边问电视台记者"是否再来一遍"，让人连其动机都怀疑起来，这不能不说是一种新闻悲哀。因此，面对满目疮痍的城池，面对灾区人民那渴望的眼神，面对群众对解放军的那份信任，我和我的战友们，想得最多的就是为他们修理电器和机械，第一是修理，第二还是修理。无论是闻名全军的高级工程师，还是初出茅庐的修理所战士，大家每一个人能干什么，就认真干点什么，能为群众做什么，就自觉地做点什么。除此之外，无任何杂念。在大家的善良认知中，附加任何东西都是不应该的，都是不足挂齿的。

其实，在突如其来的大地震面前，在惨烈的苦难和牺牲面前，14亿人的心灵都净化了、升华了。从幼儿园的孩子捐出储蓄罐里的钢镚儿，到百岁画家义卖自己的画作和珍爱的古玩；从公职人员临危受命积极担当，到"草根志愿者"义无反顾奔赴灾区，每一个人的奉献，都如行云流水般自然。没有空洞的语言，没有情绪化的口号，没有做作之态，更没有遗憾和后悔。大家的行为，是纯洁的、真挚的、自觉的，源自内心深处，融入了沸腾的血液。正是这种自觉真诚的奉献，才有了子规啼血、江猿恸情；才有了万众一心、众志成城；才有了凤凰涅槃、禹乡新生。"天不言而人推高焉；地不言而人推厚焉。"也正是这种在国家罹难之际毫无私念地挺身而出，铸造了中国人民战胜任何困难之坚强，令世界惊叹我们这个民族所蕴藏着的巨大战斗力、凝聚力。这也正是我们中华民族自强不息、延绵不绝的根本之所在。

行走吟

■ 遥远的英雄

公元前 202 年秋，距洛阳 30 里的尸乡（今河南偃师）驿站。

利刃抹在脖子上，那该有多痛？

比田齐 300 年基业毁于一旦还痛吗？

比自己轻信汉使欺骗、自动解除历下防卫以致韩信大破历下军还痛？比汉军攻入临淄、齐王被杀、国破家亡还痛？比 20 万精兵仅余五百士逃至弹丸小岛还痛吗？

剑锋起，一颗不屈的头颅跌落尘埃，田横的身躯轰然倒下。接下来，他的两名从客自杀，逃亡海岛上的五百士集体蹈海，曾一度繁荣昌盛过的田齐国至此彻底消失了。

50 年前，正上高中的我们同学几人，一起去美术老师那儿学画，翻看老师从画报、杂志上取下来留作资料的油画。那可都是一些堪称精品的油画，有董希文的《开国大典》，刘海粟的《北京前门》，还有吴冠中的《义务劳动》等，当翻到徐悲鸿的代表作《田横五百士》，我的目光留住了。

画面上红、黄、蓝三原色占主导地位，背景衬以明朗素净的天空。横贯画幅三分之二的人物组群，以密集的阵形传达出群众的合力。右侧有一身着绯红衣袍、腰佩长剑的汉子，正在向大家拱手告别。他昂首挺胸，目光坚毅，表情凝重，眼望苍天，好像在与青年壮士作对答交流，又似乎在对茫茫天地发出诘问。整幅画面，营造出一种悲壮、肃穆、震撼的感觉。

老师说，此画取材于西汉时的一个历史故事，身着红袍的汉子叫田横，他与战国时期齐王田氏同族。秦二世元年，陈胜、吴广大泽起义，群雄继起，田横与堂兄田儋、胞兄田荣一起举兵反秦，平定齐地，延续了田齐基业。公元前 202 年（汉高祖四年），刘邦遣郦生（食其）赴齐陈说利害，劝齐归汉。诚实的田横听信了郦生，解除了历下防卫，汉将韩信此时却乘机攻齐，破了齐国的历下军，攻入齐都临淄，齐王田广（田荣之子）被杀，田横自立为王。西汉统一后，田横带五百人逃亡到海州东海县（今山东即墨区东北）一个海岛上，刘邦恐日后有患，特派使者召他去京城洛阳收降。为了保住岛上众人的性命，田横毅然只带两人去京城，但在离洛阳30里的地方自刎身亡，表示自己决不投降的意志。画面选取的就是田横赴京城前，与五百壮士和岛上居民诀别的场面。

老师还说，《田横五百士》最可贵的是其现实醒世意义。这幅油画用时三年，于1930年完成。当时日寇开始在我国横行，民族危机迫在眉睫。这幅作品意在通过田横的故事，讴歌富贵不能淫、威武不能屈的民族精神，批判国内投降主义，表现一种宁死不当亡国奴的凛然正气。

我们在听老师说。听着听着，我听见一个懵懂学生心里有一个声音：田横是一个大英雄，我崇拜他。

那时候，故乡靠山麓的南窗吹进来一阵一阵秋凉，混合着从青山南边飘过来的海水的气息。那时候，我还没有去过离我家乡仅有40里的田横岛，不知道田横岛上有一个周长30多米的五百壮士墓，更无法想象与田园风光迥然的金戈铁马、逐鹿中原的时空。可是就从那个时候起，由于感动于那幅油画中告别、相送的场面，感动于田横那"我以我血荐轩辕"的大义凛然，感动于那"风萧萧兮易水寒，壮士一去兮不复还"慷慨赴死的豪迈，我开始找寻关于田横的故事、传说包括有关他的诗句，想知道2200多年时光隧道那厢自己所崇拜的英雄的一切。

田横与五百士的故事，最早见于《史记·田儋列传》。《史记》中是这样记载的："汉王立为皇帝，以彭越为梁王。田横惧诛，而与其徒属五百余人入海，居岛中。高帝闻之，以为田横兄弟本定齐，齐人贤者多附焉，今在海中不收，后恐为乱，乃使使赦田横罪而召之。田横因谢曰:'臣烹陛下之使郦生,今闻其弟郦商为汉将而至贤,臣恐惧,不敢奉诏,请为庶人,守海岛中。'使还报,高帝乃诏卫尉郦商曰:'齐王田横即至,人马从者敢动摇者致族夷!'乃复使使持节具告以诏商状,曰:'田横来,大者王,小者乃侯耳;不来,且举兵加诛焉。'田横乃与其客二人乘传诣洛阳。未至三十里,至尸乡厩置,横谢使者曰:'人臣见天子当洗沐。'止留,谓其客曰:'横始与汉王俱南面称孤,今汉王为天子,而横乃为亡虏而北面事之,其耻固已甚矣。且吾烹人之兄,与其弟并肩而事其主,纵彼畏天子之诏,不敢动我,我独不愧于心乎?且陛下所以欲见我者,不过欲一见吾貌耳。今陛下在洛阳,今斩吾头,驰三十里间,形容尚未能败,犹可观也。'遂自刭,令客奉其头,从使者驰奏之高帝。高帝曰:'嗟乎,有以也夫!起自布衣,兄弟三人更王,岂不贤乎在哉!'为之流涕,而拜其客为都尉,发卒二千人,以王者礼葬田横。既葬,二客穿其冢旁孔,皆自刭。帝闻之,乃大惊,以田横之客皆贤。吾闻其余尚五百人在海中,使使召之。至则闻田横死,亦皆自杀。于是乃知田横兄弟能得士也。"(《二十四史·史记》)

文末,司马迁感慨地写道:"田横之高节,宾客慕义而从横死,岂非至贤。余因而列焉。不无善画者,莫能图,何哉!"

从司马迁的这段记载中,不难看出,汉高祖刘邦的意思很清楚:你田横前来投降,乖乖臣伏于我,我就给你个机会——"大者王,小者乃侯耳",视情赏你个王侯当当;你要是不来投降,就不要怪我不给机会了——"且举兵加诛焉",发兵杀你全家,诛你九族,把你的小海岛来个一锅端。

面对皇权的威胁,为了五百士免受屠戮,也为了小小海岛避遭刀兵连累,田横只带着两名从客随同汉使上路了。他是一个从不低头的硬汉子,一个以豪迈著称的伟丈夫,一个当年和刘邦一样南面称王的响亮人物,此刻却要去向昔日比肩之人叩头臣伏，去当亡国投降的俘虏。一路上，他会想什么？他能想什么？

我猜想，田横首先会想到进洛阳的结果。说是"大者王，小者侯"，其实不过一顶帽子一个虚名而已，精通帝王术的刘邦不可能给你以相应的权力，并且这种徒有其名的王侯，主动权完全掌握在君王手里，你侍候他舒坦、开心，你就是人才，如果你让他不高兴，你就成了杀才，随时都可以拿你的脑袋当球踢。更何况还有一个与自己有杀兄之仇的郦其商，纵然他惧怕皇诏不敢明里报复，可谁能保证暗地里他不寻仇阴我？再想那刘邦，未发迹时，"贪于财货，好美姬"，光吃白饭，爱说大话，好酒好色，时常以泗上亭长的身份赖吃赖喝；彭城兵败，为了自己逃命，三番五次把两个亲生孩子（后来的惠帝和鲁元公主）推下马车。尤令人倒胃的是，楚汉荥阳相争，刘太公被项羽缚住威胁下锅烹煮，众目睽睽之下，他竟玩起了幽默："吾翁即若翁，必欲烹尔翁，则幸分为一杯羹。"个中固然有一个在与项羽斗智的说辞，但这种置高堂命悬他人一念之差的游戏，一点儿也不好玩，倒给世人以心里只有"天下"而没有父亲的不义。留此存照，似这等"薄骨肉之恩"、不知恩义为何物的流氓兼无赖，焉能指望着他对你讲道义？即使天下初定之时，他为收买人心，会故意装一下宽容大度，但受"子系中山狼，得志便猖狂"的本性所决定，长期大权在握、号令天下，其江山是绝不可能容下异姓称王的。如其面北称臣、受尽屈辱之后等待挨宰，不若今日作个了断，落个大义凛然、堂堂正气！

或许，田横此时想起了宁愿饿死不食周粟的伯夷、叔齐：他们是我学习的榜样，"宁为齐人而死，不为汉人而生"，岂不是我最美的归宿？或许，他想起了海岛上留存的那五百士：他们是齐国的种子，只要种子还在，希望就在。为了希望而死，死得其所。

......

无法穿越两千多年的时空，更不是田横肚子里的蛔虫，后来人的一切解读都是苍白的。但田横最终做出的抉择是：宁愿站着死，不想跪着生；宁为齐国鬼雄，不做降汉侯王。于是，在离洛阳城30里的地方，他拔剑自刎了。这种行为，代表了那个时代人们推崇的一种义为生命之要的价值取向：当生与死、义与利二者不可得兼的时候，选择舍生取义，从而实现了一个古代英雄志士的完美人生。

然而，田横没有想到是，或许是为了作秀，抑或真的为田横的这种舍生取义所感动，刘邦见到田横的首级后，竟流下了眼泪，他说："田横自布衣起兵，兄弟三人相继为王，都是大贤啊！"遂下令以王礼葬他，并封那两个从客做都尉。

田横更没有想到的是，两个从客在埋葬田横时，也自杀在他的墓穴中；他意欲舍命保全的五百士，竟制造出了惊天地泣鬼神的举动：当刘邦派人去岛上招降时，五百士知道了田横自刎的消息，集体蹈海而死。

田横和五百士的故事不胫而走。当地居民感怀他们的气节，将此岛命名为田横岛，在岛的最高处修筑了田横五百义士墓，称田横顶，并修起了一座四时奉祀田横庙。现五百义士墓尚存，墓前的田横庙已毁，只留下一块石碑，上书"齐王田横暨五百义士之位"。至于何时所建则无从考证。

我对田横的崇拜，不仅仅是因为他的舍生取义的高节、他的宁死不屈的精神，更重要的还是他的仗义，他那如我学生时代所崇尚的英雄董存瑞、邱少云、黄继光一样的自我牺牲精神。他是那个不需要厚道、不需要纯情、不需要真理的年代里最讲义气最重情感的汉子，也是古今史上最有人格魅力的伟男子，至少应为之一。

五百士追随一人而集体自杀，这等惊人之举古今中外罕见，也让今人匪夷所思。其中除了价值观上发生的变化之外，也在于对当时的情况不够了解，尤其对田横与五百士的关系不清楚。

　　齐国从姜太公于西周初期立国，到康公二十六年（公元前379 年）康公死，姜齐政权结束，其间最辉煌的成果，莫过于齐桓公在管仲协助下创立的霸业，留下来的是管仲的光照千秋的治国方略，而取代姜齐政权的田氏新兴贵族集团，从平公元年（公元前 480 年）田常任相国专擅齐国大权起，到最后一个诸侯王田横英勇就义，前后不过三百年。司马迁在《史记》中为什么对田横会给出"田横之高节，宾客慕义而从横死，岂非至贤！"这种高度评价？所谓至贤，就是说田横乃是一位非常有道德、有才能的人，也是非常得人心的人。那么田横的"贤"表现在哪里呢？司马迁在总结齐国的经验时说："由于太公的圣明，树好立国根基；由于桓公的盛德，施行善政，以此召集诸侯会盟，成为霸主。"这里讲了两条，一条是盛德，一条是善政。所谓盛德，很重要的一条是重视人才、爱惜人才。齐桓公不报一箭之仇，重用管仲的故事，齐威王与魏惠王比宝的故事，都被传为历史佳话。所谓善政，就是重视发展经济，关心民生。而姜氏齐国的这两条德政，都被田齐政权继承下来。田横利用楚汉战争之机，迅速收复齐国的失地以后，仅用 3 年的时间，就把原来被战争破坏得千疮百孔的海隅之地，重新变成一个拥有千里沃野、20 万精兵的强大诸侯国。田横重视恢复经济，重视赈济灾民，每遇饥荒，便用大器具向饥民出贷粮食，而用公家较小的量器回收灾民的借粮，使人民得到好处，人民拥护他、跟他走不是很自然的吗？

　　或许有人会说，汉高祖刘邦不是已经答应"田横来，大者王，小者侯"吗？既然田横仍然可以为王，他同样可以善待他的人民，为什么还要选择自杀呢？

　　这显然是一种利与义、生与死的考验。如果择生趋利，他和随从门客们不但免受杀戮，而且衣食无忧，体体面面地做王做侯，不过其中有个前提，田横看得很明白：这种"王侯"，必须以"来"为前提。亦就是说，必须具备甘当亡虏的无耻——"横乃为亡虏而北面事之，其耻固已甚矣"。刘邦要的就是他的这种屈服、臣伏和无尊严的苟活。这是大丈夫之能为吗？决不！田横是顶天立地的英雄，宁死不屈、慷慨赴死，成了摆在他面前的不二选择。

　　还有一点，田横似乎也想通了，刘邦许诺的"王侯"是以"不来，且举兵加诛"为注脚的，不难看出其中的虚伪。这种重兵下面的承诺，自然骗不了田横，因为齐国灭亡的直接原因也是田横的刻骨之痛，就是之前听信了郦食其的欺骗。一次上当是轻信，再次上当是傻人。田横是堂堂正正的汉子，但绝不是脑袋进了水的憨瓜！

　　果不其然，后来发生的于兴汉重臣名将韩信、英布、彭越等人身上"飞鸟尽，良弓藏；狡兔死，走狗烹"的事实，一再证明了田横对刘邦的最终认识是正确的。尤其司马迁这段记载中所说的梁王，那个曾为刘邦最终击败项羽立下赫赫大功的彭越，稀里糊涂被以"造反"之罪诛杀并夷灭了三族。之后，刘邦竟连他的尸体也派上了用场，令人将肉剁成酱煮熟后遍赐诸侯，以致有的王侯接过皇赐的食盒，看着那混混乎乎的一团，想想这就是当日威风凛凛的梁王，再想想自己不知什么时候也许同样会成为这么一盒东西，连腿都站不直了。

　　大概也正由于旁观者清、后世者醒，明代即墨县丞周番的《吊五百义士》诗写道："山函巨谷水茫茫，欲向洪涛觅首阳。穷岛至今多遗骨，汉廷未许有降王。断碑卧地苔痕重，古庙无人祀典荒。积得灵旗生气在，暮潮风卷早朝扬。"清代诗人龚自珍在《咏史》中也鲜明指出："田横五百人安在，难道归来尽列侯？"均道出了君王不可信的事实。

那天，西下的太阳是模糊的，失去了光彩，仿佛是悲伤的，像萎谢了的向日葵花一般。想通透了的齐王田横，自刎前表现得很平静，还专门洗了一次澡。他轻轻地说，我来了，刘邦就没有什么心病了，齐国也不会有什么刀兵之灾了，你们都回去好好过日子吧。刘邦想见我，无非是想见见我的面貌（言外之意：如果我死了，他会认为田横岛上群龙无首，五百人的性命也就保住了）。此地离洛阳30里，此时拿着我的人头快马去见刘邦，我的面貌还不会改变，他也能看清楚。说完，不顾从客再三跪求，遥拜了齐国山河，看了一眼他人生的最后天空，便挥剑自刎了。

田横倒下了。田横的死，缘由是一种对义或气节的坚持，而两名从客和五百士的死，一则源于对田横的感恩，是一种"士为知己者死"的气概，二则源于对气节的坚守，是一种宁死不屈、拒不受辱的爱国精神。他们的故事，不仅惊动了当时，也成了后世文人墨客笔下的典故与主题。

据说，安葬海岛死者之日，齐人作《薤露》悼之："薤上露，何易晞！露晞明朝更复落，人死一去何时归！"复作《蒿里》："蒿里谁家地？聚敛魂魄无贤愚。鬼伯一何相催促，人命不得少踟蹰！"齐国故地之士闻之，无不悲泣，竟有多人自刎以殉之……

45岁那年，在某部政治部主任岗位上的我，借到青岛为转业干部联系调整工作岗位之机，专程来到了田横岛，踏上了已与海岛融为一体掩映在林海之中的田横五百士墓，拜谒我心中那遥远的英雄。

"史家是非置勿诧，中华千秋浩气存，田横五百殉此岛，海潮如诉告来人。"（贺敬之）

"田横五百殉此岛"，是田横岛的幸运，也是我这个"来人"的幸运。由于多年的军旅生活锻造，我对程颐那个"以诚感人者，人亦诚而应"的理论颇有心得，因而与学生时代对田横的认识和理解更加深了若干。而现在，我离他这么近，中间就隔着一堆土，一些空气，或者一阵风而已。一阵风吹过来，墓地上一棵青草微微晃动，我想起了那幅《田横五百士》油画，田横与五百士又一次从我学生时代的印记中走出来，似乎就站在我面前。

我的眼睛湿了。

谁说"不无善画者，莫能图"？司马迁的叹息和遗憾，终于在徐悲鸿大师的神来之笔下实现了。在这些并无盛名的人物里，田横和他的追随者群体，像流星一样悲壮，以他们殉道般的史诗般的行为，在历史的浩渺夜空里划出了短暂微弱却动人心魄的毫光。

站在田横五百士的墓前，追寻齐国兴衰的历史，我陷入了深思：两千多年前田齐政权，给后人留下的不仅仅是千里沃野、渔盐兴旺的物质基础，而且也留下了一笔惠及子孙万代的精神财富。这恰是穿越了两千多年时空真正值得回味的东西。

又过了几年，从报纸上看到消息说，即墨田横岛旅游度假区已经建成并对外开放。作为在即墨这片古老土地上出生的人，我回故乡探亲，再次登上了遍植黑松的田横岛，于青山绿水间问候我心中遥远的英雄。岁月早已风干了学生时代的激情和梦想，我的眼睛告诉我，如今，这繁华喧嚣的真实世界里，这各种思潮相互激荡的复杂的社会环境和舆论环境下，一些人仅仅满足于当下感受，钝化了曾经恪守的英雄主义和理想主义情结；"玩世不恭"和"怎么都行"两大"现代病"给社会文化带来肤浅和粗鄙化，"躲避崇高""娱乐至死""解构理想"，乃至"恶搞英雄"一时间成为时髦；一些"灵魂工程师"以"大嘴巴"骇世甚至以西方价值观"做大众政治焦点"，粉墨汉奸、为卖国贼喊冤叫屈的"汉奸文化"成了公开叫卖，前所未有地挑战人们的理想信仰，对功名利禄的贪求日益凸显地挤压着大众树立信念的空间。

显然，这是一个需要用正确的理想为社会提神塑体的时代，一个需要用坚定的信仰聚魂励志的时代，需要以令人信服的传统文化坚定人们的理想信念、引领人们超脱肉体的羁绊走向崇高。

2023年秋天一个周末，一群中学生站在当代大书法家沈鹏题名的"齐王田横"像前，听导游说田横与五百士，说那段令人荡气回肠的故事。如今，他们崇拜的英雄是谁？他们心中的偶像又会是谁？

行走吟

■ "四世宫保" 坊凭吊

从古齐都临淄东去 60 里许，便进入山东桓台新城镇。该镇城南有座始建于万历四十七年（1619）的砖砌牌坊，名曰"四世宫保"坊。

与其他牌坊相对照，此坊有三个显著不同：其一，"四世宫保"，气贯长虹；其二，坊名书法大气磅礴，为明后期大臣、著名书法家董其昌所写；其三，正楼前后两面檐下居中处各砌一块竖形匾额，上镌镏金"圣恩"二字，以示敕造，象征着坊主的显贵和荣耀。故被誉为"华夏第一砖坊"。

何谓"宫保"？宫保乃明、清各级官员的虚衔，最高级荣誉官衔为太师、少师，太傅、少傅，太保、少保。凡大臣加衔或死后赠官，通称宫衔，如太子太师、太子少师，太子太傅、太子少傅，太子太保、太子少保等。"四世宫保"坊主，是明代中晚期兵部尚书王象乾。届时，王象乾 71 岁，因"总督蓟辽""威名著九边"保明有功，明万历帝御赐追封上三代，其曾祖父王麟、祖父王重光、父亲王之垣，皆诰赠为"光禄大夫柱国太子太保兵部尚书"，并特许建造牌坊表彰，故称"四世宫保"，亦寓含着王家四代保卫国家的意思。

在新城王氏宗祠，导游员的讲解让我走近了王象乾：隆庆五年（1571），年方 24 岁的他中进士，从出任闻喜令起，一直到崇祯二年（1629），在兵部尚书加少师兼太子太师任上因病乞归止，为官 60 载，长期守卫边关，位高权重，声名显赫，对明中晚期军事具有十分重要的影响。在山西右参政任上，统兵驻宣府 7 年，他与外敌斗智斗勇，确保了北方稳定和京畿安全，蒲松龄的《聊斋志异》中曾记载过他的故事；在兵部右侍郎任上 7

年，他先代替尚书总督川、贵、湖广军务，兼右都御史巡抚四川，后总督蓟辽保定等处军务兼理粮饷、节制顺天、保定、辽东三抚，分别平息了播州土司叛乱和东北少数民族骚乱；万历三十九年（1611），他晋升为兵部尚书，召理部事，以清播州地及平贵州苗乱的功劳，被朝廷加太子太保；万历四十二年（1614），他因病告归。此后，因边事紧急，他不顾罹患病痛，分别于天启二年（1622）、崇祯元年（1628）两次出任兵部尚书，以原官提督九边，累加太子太师，总督蓟辽兼制宣府、大同等处。崇祯二年，已84岁高龄的他，因病疴日益沉重，上疏乞归。翌年，在新城故里病逝。由此而知，王象乾为守卫大明江山贡献了毕生，嵌镶于"四世宫保"坊的两副楹联，似乎还在向世人诉说着他的赫赫功绩——"佑滋岳牧公孤，世表勋名于中外；底定獐苗蛮貊，赞襄威伐于昌明"（前联），"缵旧惟牙，恩锡表毂治于克绍；庆贤有涉，荣名耀竹册以弥光"（后联）。

400年后的一个秋日，我站在了"四世宫保"坊前。遥想王兵部的爱国戍边情怀，抑制不住思绪火花飞溅：作为一个封建士大夫，王象乾历任5朝，三次出任兵部尚书，以"世表勋名于中外""赞襄威伐于昌明"等功绩荣膺"四世宫保"，实现了光耀门楣的唯美；作为一个古代将士，王象乾不避艰难，五次出守边关，堪称"哪里需要哪里去"，体现了强烈的家国情怀和战士品格。尤其是其晚年，在国家需要、朝廷召唤之时，坚持以国事为重，抱病戍边，最终病倒在岗位上，生动诠释了戍边将士的社会价值。尽管明代中晚期，皇权政治极端腐败，士大夫"济世拯民"壮志难酬，但穿越时空隧道，刺透历史浓雾，用公道的眼光品评昨日，王象乾身上所彰显的"国家兴旺，匹夫有责"的使命感，仍然像阳光穿透乌云一样喷射出来，散发着历久弥新的光芒。

一个人的德行及生活方式，既取决于他所处时代的氛围与习气，也取决于他骨髓和血液中所传承的种种特质。说"四世宫保"，让人不能不说王象乾的家门。其曾祖王麟，是一个喝着儒家文化乳汁成长的知识分子，14岁被保送入国子监，先后出任永平训导、鹿平教谕、颍川教授，他劝学兴所，广励功令，是新城王氏一脉家国情怀的奠基人；祖父王重光，嘉靖二十年（1541）进士、官至户部左侍郎，多次统兵镇守边关，在贵州戍边期间，积劳成疾、以身殉职，嘉靖皇帝亲书"忠勤可悯"四字表彰，追赠太仆寺少卿，并在永宁为他建造了忠勤祠，他是新城王氏一门家国情怀的带路人；父亲王之垣，明嘉靖四十一年（1562）进士，官至户部左侍郎，总督仓场，他一生为官严于律己、不徇私情，素有清名，因不愿沉湎于当时朝廷奢华和官场混乱，万历九年（1581）上疏请归，专注于王氏一族家风建设，培育出了新城王氏"象"字辈以王象乾为首的一门九进士。可以说，王象乾的家国情怀发端于其家族忠勤保国的暝霭苍烟润养。他以出身于"新城王氏"为豪，"新城王氏"以养育出了他为傲，"四世宫保"则是一个显著标志。

历史是顽强的。它的车轮虽然有时会穿过沼泽泥淖，有时会隐入谷壑山林，有时会驶入兵燹与战火，有时会碾过天灾与人祸，但它在行驶中总能留下或多或少、永难抹去的履痕。尽管明代中晚期，官场腐败、朝廷丑恶甚嚣尘上，让人不堪回首，但类似"四世宫保"这般对卫国戍边功臣的褒扬，却为当时的社会留下了一抹值得称道的文化亮色。它昭示世人，保家卫国的将士，永远是谱写千古绝唱的爱国诗人，理应受到社会的敬仰和礼遇！我们今天尊崇英雄，敬仰功臣，不是为了维护昨天，而我们真正要维护的是明天！故而个中所彰显的价值看点，在任何时候都是一种社会公义，一种社会良智，支撑和激励着江山代有英雄出，不断续写着新时代的爱国诗篇。

离开"四世宫保"坊时，一阵秋风吹过，牌坊檐角的风铃在丁零作响。它是在述说这座古坊的昨天和现在？还是在告诫世人莫忘英雄、褒扬英雄、造就未来英雄？我说不清。但查阅淄博市史志，我知道，新城闻名遐迩的古牌坊曾经有 72 座，历经过 400 年的风雨，而今，"四世宫保"是唯一的幸存者。

行走吟

■ 千古苏公祠

　　蓬莱阁上有祠，曰"苏公祠"。苏公即宋代著名诗人苏东坡。蓬莱乃传说中神仙聚集的地方，苏东坡缘何会列班于绿野仙踪的蓬莱阁上？原来，这里珍藏着一个令人荡气回肠的故事：

　　宋神宗元丰八年（1085）10月，苏东坡由黄州调任登州（今蓬莱）知军州事，成为登州最高军事和行政长官。然而，他10月15日到任，20日却又接到调任礼部员外郎的任命，11月初便离开登州。也就是说，他在登州任上仅仅5天。就在这短短的5天中，他深入地方，了解民情，视察海防，居然为蓬莱做出了3个重大贡献。

　　其一，两次登临蓬莱阁，留下了《望海》《登州海市》《海上书怀》等多篇诗文佳作。其中，《登州海市》独领风骚，诗云："东方云海空复空，群仙出没空明中。荡摇浮世生万象，岂有贝阙藏珠宫。心知所见皆幻影，敢以耳目烦神工。"诗中描绘的"海市蜃楼"，恣肆汪洋，仙气回荡，为蓬莱仙境平添了迷人的色彩。如今，当你漫步于蓬莱仙境，站在丹崖山之巅，凝视着大海的浩渺烟波，吟咏着那烁古震今的美文华章，焉能不深深烙下苏东坡的名字？

　　其二，针对登州海防形势，上了一道《登州召还议水军状》奏文。登州乃北方著名的海军要塞，是海上丝绸之路的起点之一，故自古便是兵家必争之地。苏轼深知登州对于大宋王朝的重要，因此奏文中客观分析了登州在国防中的重要战略地位、百余年来的防卫情况和存在的问题，鲜明指出太平中潜伏着危机，建议朝廷加强蓬莱沿海防务，固定驻军，教习水军。这道奏文很快引起了朝廷的重视，在蓬莱阁下建成了刀鱼寨，为不久后发生的边患提前做好了准备。以宋代为基础，明代又大兴土木，将蓬莱扩建为备倭城。不难看出,苏东坡虽然只当了五日登州府,却对巩固蓬莱海防做出了十分重要的贡献。

其三,顺应民意为民请命,上了一道《乞罢登莱榷盐状》奏文。那时,灶户(煎盐之人)煮盐为生,老百姓的食盐本来可以从灶户那里买。而榷盐制度规定,灶户所产的盐只能卖给官方,由官方再转卖给百姓。盖因官方低价购入,高价卖出,灶户无利可图,纷纷破产走他乡;而百姓从官家买盐,价格昂贵,经济负担极重,普通百姓买不起盐,只好少吃或不吃盐,以至身体因长期缺盐缺碘导致虚弱患病。发现这一祸国殃民的制度弊端后,苏东坡不畏触及一些权贵既得利益,疾愤上书请求免除登州榷盐制度,准予蓬莱沿海一带"灶户以煮盐为生,百姓赖灶户食盐",亦即让灶户直接把盐卖给百姓,官家收税即可。由于奏章分析有理有据,也很快得到了朝廷批准,为蓬莱百姓争得了不食官盐的优惠政策。

担任登州最高长官的苏东坡,任上虽然只有短短的5天,却为蓬莱打造了名扬千古的胜景名片,给百姓留下了功在当时、利在长远的鲜亮政绩。为了报答和颂扬这位心系百姓的好官,表彰其为民请命的功德,登州百姓集资在蓬莱阁东侧修建了一座苏公祠,祠内供奉着苏轼的拓本画像,民间则传扬着"五日登州府,千古苏公祠"的佳话。如清代盐政碑记中载:"苏文忠公,莅任五日即上榷盐书,为民图休息,土人至今祀之,盖非以文章祀,实以治绩也。"

我曾几次游过蓬莱阁,每每站在苏公像前,联想和品咂"五日登州府,千古苏公祠"之说,便会陷入一种沉思:作为一代文学大家,苏东坡的文学成就斐然,给世人留下了若干奇文妙诗。作为一位封建士大夫,苏东坡虽然为官艰难坎坷,数遭贬谪,仕途失意,但他勇于为民担当,始终关注百姓、重视民生,每到一地都留下了一些兴利除弊、功在百姓的实绩。在凤翔,他努力改变"民贫而役重"的状况；在密州，他拿出官府粮食收养贫民遗弃的儿女；在杭州，他疏浚西湖，筑堤引水，灌溉农田达千亩；在徐州，他率领百姓防洪护城，"庐于城上，过家不入"，颇有大禹治水之风；在颖州、黄州、琼州等地，也都做出了一些令百姓称道的好事。因此，当他病死在常州时，"吴越之民，相与哭于市"。

记得苏东坡在《前赤壁赋》中感叹："寄蜉蝣于天地，渺沧海之一粟，哀吾生之须臾，羡长江之无穷。"人的一生极其短暂，尽管从秦始皇坐龙墩时起，就不乏至蓬莱寻仙求长生之人，可悠悠几千载，有谁见过真正的神仙？又何曾有人寿齐天地？然而，在蓬莱阁上，在苏公祠的故事里，我似乎找到了人的一个"长生"之道，这就是："长生不老"在人民心中，在老百姓的纪念和敬仰之中。只要具有家国情怀，心里装着百姓，装着国家，实实在在地为国为民做好事，人们就会记着你。你有限的生命，就会被无限加长；你的名字，就会像那绵绵不断的长江之水，千古流淌；你的精神和品格，就会穿越时空，与天地共存，与日月齐辉。苏公祠之所以被冠以"千古"之谓，最根本的原因就在这里。

壮哉，五日登州府！美哉，千古苏公祠！

站在即墨大夫雕像前

上中学时，就知道即墨大夫是古时候的一个好官，位列即墨"九贤"之首，《史记·田敬仲完世家》《资治通鉴》均记载过他的故事。然而，当我与朋友一起游即墨著名景点马山，站在即墨大夫的雕像前，友人问我即墨大夫姓甚名谁、仙乡何处的时候，作为即墨人的我竟一时语塞。及至回到栖居地济南，重读《史记》和《资治通鉴》，仍找不到线索。

作为生于即墨长于即墨的即墨人，我希望即墨大夫是即墨人。尽管我知道，那时的即墨与今日即墨不是一个地方，那时的即墨，在今天的平度境内，城址在古岘镇大朱毛村一带。

站在即墨大夫雕像前，映入我眼帘的首先是一个勤勉为官、刚正不阿的形象。这应该感谢齐威王的那一次正反典型调查。

当时，齐威王下了一道求谏令："所有的大臣、官吏和百姓，能够当面指责寡人过错的，得上等奖赏；上书劝诫寡人的，得中等奖励；能够在公共场所议论指责寡人，让我听到的，得下等奖励。"朝野上下谏声鹊起。其中，一些近臣多次在耳朵边吹风的两个典例自然引起了齐威王的格外重视：一是即墨大夫不作为，百姓痛苦；一是阿大夫有作为，百姓幸福。

齐威王不为传言所左右，而是派出心腹之人实地考察。实情恰恰相反，在即墨看到的情形是：庄稼丰收在望，百姓安居乐业，社会秩序井井有条，士民们对即墨大夫交口称赞。阿地却是另一幅景象：田地荒芜，仓库空虚，百姓生活困苦，士民们敢怒而不敢言。那么齐威王身边为何有那么多人颠倒是非呢？原因很简单，即墨大夫为人正直，从来不行阿谀奉承和贿赂之事，得罪了齐威王身边的小人；阿大夫为了升官发财，大肆压榨民财，并行贿齐威王身边的人为己美言，所以齐威王耳朵里才灌满了赞美他的好话。

弄清了事情原委，齐威王将朝廷大臣和地方官员全部召集到一起，命人在大堂中摆放了一口锅，里面盛着煮沸的水。齐威王说道："诸县令长七十二人，赏一人，诛一人。"（《史记·滑稽列传》）

"即墨大夫！"即墨大夫自知在朝中得罪了不少人，这次又被第一个点名，恐怕凶多吉少。不过，从齐威王脸上却看不出杀机，倒是笑意盈盈："自子居即墨也，毁言日至。然吾使人视即墨，田野辟，民人给，官无留事，东方以宁。是子不事吾左右以求誉也。"话毕，给予即墨大夫"封之万家"（即把一万户的租税作为俸禄）的嘉奖。

诛谁呢？齐威王点了阿大夫的名，厉声喝道："自子之守阿，誉言日闻。然使使视阿，田野不辟，民贫苦。昔日赵攻甄（甄，一作鄄邑，在今鄄城北），子弗能救，卫取薛陵（在今阳谷东北），子弗知。是子以币厚吾左右以求誉也。"齐威王一声令下，瘫倒在地的阿大夫被扔进了锅里，几个受贿替他说好话的近臣也被一块煮了。

齐威王这招好厉害！从此官员人人不敢饰非，务尽其诚，齐国一时大治。

站在即墨大夫的雕像前，我脑海里总会交叠出三个即墨大夫：第一个就是上述被齐威王"封之万家"的即墨大夫。第二个是齐湣王时，燕军围攻即墨，为守护即墨城和即墨百姓而战死的即墨大夫。《史记·田单列传》记："燕引兵东围即墨，即墨大夫出与战，败死。"第三个是齐王建时，面对秦始皇横扫六合，劝说齐王不要投降，并为齐国献上保全计策的即墨大夫。因此说，即墨大夫是一个组合、一个群体，他们清正贤能、舍身为国、义气高洁的事迹，感动了即墨百姓，也感动了史学家司马迁，将他们的故事载入了不朽的《史记》。

遗憾的是，史书中并没有留下他们的真实姓名，只有代称"即墨大夫"。而供奉他们英灵的九贤祠也因为战乱，湮没在了历史的长河之中。或许，恰因为此，即墨大夫的故事愈加历久弥新，广为后世敬仰，一直教育和影响着一代又一代的即墨人，并让即墨这座古城在历史中留下了深深的印记。

行走吟

■ 英雄崇拜永不过时

如果不是得以窥见域外世界，我不曾料想西方国家如此看重英雄崇拜。

在欧洲城市的空间形态中，英雄纪念碑、英雄雕像似乎成为装扮城市的一道独特风景。凡是为国家作出贡献、赢得过荣耀的人，无论是政治家、军事家，还是文学家、艺术家、音乐家，甚至普通士兵和平民，都有耸立的雕像加以纪念。通过这些雕像，人们一睹大批杰出人物的风采，也更深刻地烙下那些城市的印记。

意大利首都罗马市中心的威尼斯广场上，有座气势恢宏、洁白耀眼的巨型建筑——维克多·埃曼纽尔二世纪念堂。16根圆柱形成弧形立面，大老远便吸引着人们的眼球。走近它，台阶下两组寓意深刻的喷泉更令人赞叹：右边的象征第勒尼安海，左边的象征亚得里亚海。中央一座人物雕像骑着高头大马，他就是完成了意大利统一大业的维克多·埃曼纽尔二世。纪念堂上端两座巨大的青铜雕象也匠心独具：右边的代表"热爱祖国的胜利"，左边的代表"劳动的胜利"。无论日晒雨淋，总有两名士兵纹丝不动地守护在此。这座纪念堂是意大利国家独立和统一的象征，意大利人称之为"祖国祭坛"。每年国庆节，都要在这里举行隆重的纪念仪式。外国元首和政府首脑到意大利访问，也大都要应邀来这里敬献花圈。

在佛罗伦萨，米开朗琪罗广场与圣母百花大教堂相映生辉。这里，矗立着根据文艺复兴时期雕塑巨匠米开朗琪罗的代表作《大卫》而铸成的大卫青铜像，它是佛罗伦萨的象征。大卫是圣经中的少年英雄，曾经杀死侵略犹太人的非利士巨人歌利亚，保卫了祖国的城市和人民。在米开朗琪罗的雕刀下，大卫是一个肌肉发达、体格匀称的青年壮士形象，他英姿飒爽、充满自信地站立着，左手抓住投石带，右手下垂，头向左侧转动着，炯炯有神的双眼凝视远方，仿佛正向地平线的远处搜索着敌人，身体中积蓄的力量似乎随时可以爆发出来，随即准备投入一场新的战斗。该雕像被西方美术史称为最值得夸耀的男性人体雕像之一。不过，《大卫》给予我的震撼，并不只是创作的功力，而是作品所张扬的一种强烈的爱国主义精神和英雄气概。"国家兴亡，匹夫有责"，保家卫国，无分老少。这正是大卫雕像成为佛罗伦萨市民心目中抵御外敌、保卫祖国的英雄化身之要义所在。

法国巴黎，更是一座融合了历史、艺术和政治等英雄雕像的城市。且不说集中陈列在卢浮宫里的 30 座人物雕像各具特色、精彩纷呈，仅以分散坐落在城市空间的雕像而言，也示人以人杰地灵的张力。如巴黎圣母院广场上有查理曼，凡尔赛宫军队广场上有路易十四，旺多姆广场上有拿破仑，等等，都象征着法兰西曾经的辉煌。然而令我尤为关注的，还是那些在国家危难之时站出来的英雄，如法国元帅霞飞、加利埃尼，总理克列蒙梭，军事家戴高乐，还有法国国民军总司令拉法叶和圣女贞德。站在这些人物雕像面前，除了肃然起敬，更有一种英雄情结在胸中孕育升腾，这是一个民族的骄傲，这是属于国家的荣光。人们用雕像来纪念英雄，是对英雄精神的张扬和尊崇。

去卢浮宫的必经之路上，有一尊身披甲胄、手握利剑、高举旗帜的女性雕像，深深地吸引了我的目光。她就是被称为"法国花木兰"的贞德。英法战争中，这个出生于法国农村的 17 岁女青年，在"法国最后一道防线"奥尔良城几近被英军攻陷之际挺身而出，主动请缨带领法军 7000 人在奥尔良大败英军，扭转了百年英法战争的局势，成为无数人心中的平民英雄。法国人尤其是奥尔良人民，珍重地把贞德的形象和不朽业绩铭记在心，称之为"奥尔良的女儿"和"奥尔良的英雄"。而将其雕像高高地矗立在被称为"世界艺术殿堂"的卢浮宫必经大道上，让英雄形象存留于永恒，则凸显了政府对英雄的礼遇。

瑞士不像法国、意大利等邻国，村村都有一战、二战的烈士纪念碑。该国自1815年后200多年未卷入过国际战争，一直保持武装中立。但为了尊崇英雄，他们塑造了一个名叫"退尔"的民族英雄，并编织了他忠贞爱国、正义为民的系列故事。在著名的阿尔特多尔夫村，有一座退尔博物馆，一进门的墙壁上，凿刻着一排人物雕像，如拿破仑、马丁·路德·金、戴高乐、曼德拉，等等。而另一面墙壁上，则是他们自己的英雄退尔头像。博物馆员告诉我们，瑞士人崇拜退尔，就像崇拜对面墙上那些实实在在出现过的英雄一样。

荷兰首都阿姆斯特丹，是我们欧洲13天之旅的最后一个城市。旅程最后一个景点，是荷兰国家英雄纪念碑。尽管二战爆发时，荷兰郑重宣布自己是中立国，但依然没有摆脱被法西斯侵略的厄运。面对长驱直入的德军，荷兰军队使用陈旧的武器奋起阻击反抗，虽然造成了德军4000人的减员，但也付出了约7500名士兵、900名平民伤亡的代价。荷兰最终被德国占领，直至1945年5月才获得解放。

荷兰国家英雄纪念碑，是一座仿古埃及方尖碑样式的石头建筑，通体用白洞石筑造，高达22米，气势恢宏地高耸在市中心的水坝广场上。底部刻着"De Vrede"意为"和平"的铭文，四周有4名姿态各异被锁铐的男性雕刻，正面中段有抱着婴儿、被和平鸽环绕的女性雕刻，前者表现出战争中的苦难，后者象征着和平与新生。这座于1956年建立的纪念碑，是为了铭记国耻和纪念二战期间受纳粹迫害的牺牲者。荷兰政府规定，每年5月5日为解放纪念日，全国举行追思活动，女王也来这里参加二战停战纪念仪式。5月4日晚8点，举国为二战死难者集体默哀 2 分钟。

看完荷兰英雄纪念碑，回望游历意、法、瑞、荷 4 国一路见闻，一个思考久久地在脑海中萦绕：尊尚英雄，无分西东。一个国家、一个民族在特定的历史条件下造就的一切英雄，都是国家坚硬的脊梁、民族最闪亮的坐标。他们的事迹和精神永远是激励人们前行的强大力量。"崇尚英雄才会产生英雄，争做英雄才能英雄辈出。"正是从这个角度认识，矗立于城市空间的英雄雕像，绝不仅仅是一座城市的点缀和地理标志，更体现着对英雄的尊崇，对英雄共有的历史认同、价值认同、情感认同。它们见证着这座城市的历史，叙说着这座城市曾经的荣光与辉煌，驮载的是人们一种最深沉的情感和冀望。

也正基于此，联想我们的英雄文化这些年不断受到冲击和考验，英雄精神也逐渐被一些人所淡忘，包括出现的那些不伦不类的雕塑、那些与城市文化和历史毫不相干的所谓现代派艺术，我心里总有一种堵闷和隐痛。对英雄崇拜可以造就出英雄来，一个没有英雄文化的民族，是没有灵魂的民族。打着时尚的招牌割断民族历史和英雄文化的行为，更像是一种文化公害，令人担忧。弘扬英雄精神，我们还有很长的路要走，而对英雄的崇拜，永远不会过时。

■ 界碑前的沉思

我看见你了，我终于走近你了，界碑！让我盼了许久常让我梦萦情牵的有生命意义的石头！

那天，出了牡丹江机场，我们一行径直驱车奔赴黑龙江边境绥芬河口岸。汽车在绥满高速上飞驰，车轮亲吻着柏油路面，不断将公路两旁的黑土地、桦树林和俄式小城堡甩在身后。但我感觉车速还是太慢，一种急切在心头冲撞。

可是当边防连梁班长引领我们一步步走向边界，走近界碑的时候，我却禁不住放慢了脚步。尽管曾多次在电视上看到过界碑，可真正面对它，用手触摸它，我却紧张而激动。这就是我们的国界吗？映衬着湛蓝深邃的天空和苍翠葱郁的青岭，在正午的阳光照射下，界碑上鲜红的国徽熠熠闪光，"中国"二字分外夺目。"357"号像一个赳赳武士，威严地伫立在那儿，宣示着独立、自由、民主国家的尊严，令人不敢逾越。

界碑的对面，有一绛红和浅绿相间成格标的立柱，梁班长告诉我们，那是俄方的界碑。不远处，有幢白墙蓝顶的小房子，侧旁随风飘扬着一面俄罗斯国旗。恰巧，这时有一辆从绥芬河开来的大客车经过那儿，小房里走出一个身着铅灰色警服的胖女子上车作例行检查。一会儿，又从车上下来走进小蓝屋。显然，女警已经完成了对车上人员身份、证件、携带物品等事项的相关检查。

目睹这一幕，我的心忽然一阵刺痛。我知道，这并非身体上的原因，而是来自一种穿越时空的疼痛。准确地说，是100多年前的那个时代记忆刺痛了我。因为历史知识告诉我，俄方的界碑，原本并不在这儿。

世人皆知，界碑是国土分界的标志，又是一个国家主权的象征。然而，对于100多年前的中国，界碑何在？界碑何用？国强是维护国界尊严的前提，只有在国家强大的条件下，界碑才有意义。在一个腐败落后、任人宰割的国家，界碑只能是摆设，没有尊严，也没有荣耀……我再次端详界碑上鲜红的国徽，分明听见一个声音：界碑，之所以能够耸立在这里，那是因为它代表着一个有尊严、有国防的国家。

于是，我眼前不禁叠化出这样一些场景：中国人民志愿军跨过鸭绿江，抗美援朝，保家卫国；中印边境自卫反击作战，我军赢了"天堂门口的战争"；珍宝岛自卫反击战，我军击退了苏联军队入侵；中越边境战事、西沙群岛自卫反击战，我军皆以捍卫了疆土安全而告捷。与历史形成鲜明对照：新中国成立以后，我们再没有丢失过一寸土地！面对界碑，我感受到祖国母亲心脏的跳动，感受到一名战士对国家、对民族所承担的责任，更加坚定了实现中国梦、强军梦的决心和信心。

面对界碑，我有一种自豪和激动，那是站在国门的自豪，是亲吻界碑的激动。我想呐喊，是高旷的天空给了我豪放，是富有生命意义的界碑给予了我一名战士的担当。猛然间，耳边仿佛响起了《强军战歌》："将士们听党指挥、能打胜仗、作风优良。不惧强敌敢较量，为祖国决胜疆场。"我为歌词中所传递出的万丈豪气而激动，并想补充说：是的，为了祖国，我们不惧强敌敢较量。我们将永远不再给任何侵略者越过界碑的机会！

行走吟

坐上火车去拉萨

车过格尔木

坐上去拉萨的火车，期待的小鸟儿便飞出了心窝。想去巍峨的布达拉宫，想去神秘的大昭寺，想看滚滚的拉萨河，想看大美林芝、诱人的纳木错、挑战身体极限的阿里……

然而，期待的小鸟又有一个恐惧，怕心跳加快、气喘如牛，怕高原反应的头晕和失眠缠住飞翔的翅膀。

为了让期待的小鸟战胜高山缺氧，进藏前一个周，我就吃开了据说对预防高原反应有特效的红景天胶囊，并特意选择由西宁坐火车进藏，人为地增加了一个适应过程。在西宁期间，听说日月山的高度与拉萨差不多，专门前往测试反应，感觉无虞，才决定上青藏线。因为在这之前，脑子里装的尽是谁谁到拉萨一出机场便栽了跟头、住进医院之类的负面信息。

青藏高原的景色果然美极了。框进车窗的每一个镜头都像一幅美丽的风景画：湛蓝的天空，悠悠的云朵，绿的草原，黑的牦牛，白的羊群，盛开着的油菜花，还有那挥动着鞭儿似在歌唱的姑娘，那远眺与蓝天一色的湖水……

真是个美景时光短，车到格尔木，我却浑然不知。此时，太阳正在西下，仿佛向烧得通红、像深化了的黄金似的山口飘落。山边逶迤着几块白丝条般的云彩，涂上一层晚霞，宛如鲜艳夺目的彩缎，血红、琥珀、绛紫，装饰着碧蓝的天空，和青山绿水媲美，映衬出高原的风光。我问自己，那个可怕的高原反应该来了吧？当火车再驱动时，车厢里忽然出现了"哧——哧——"的声音。原来，火车上有专门的氧气阀，一过格尔木便全部打开了，也意味着从这里开始，旅客正一步步走向高原。不知咋的，有了氧气保驾，心中一直挥之不去的不安消失了，先前预想的头痛心慌、胸闷气短并没有出现。

列车沿着高峻的世界屋脊飞驰，昆仑山、唐古拉山，连绵的雪峰，纵横的河流，林立的冰塔，凹显的绿洲，星罗棋布的湖泊，渐次被"巨龙"甩在了身后。

我惊讶地看了一眼矗立在风中的唐古拉无人车站。高原风在这海拔5068米的车站上劲刮，隆隆声惊醒着曾经只有鸟兽盘桓、逡巡的荒原，大山依旧是亘古的沉默。透过白色小平房的窗户，或可窥见房间里的自动操作台上显示屏闪烁着亮光，红绿线、蓝红亮点告诉世界，线路现正处于安全、有序运行状态。

列车响起了鸣笛，是向这个无人值守却忠实承担着保障路线平安的小站表示敬意？还是向它临时话别？或许兼而有之。

夜幕中的那曲

午夜时分，火车到达那曲。因停留时间较长，旅客纷纷下车观看高原夜色。

那曲，藏语中意为"黑河"，整个地区在唐古拉山脉、念青唐古拉山脉和冈底斯山脉怀抱之中，西边的达尔果雪山，东边的布吉雪山，形似两头猛狮，守护着这块宝地。

夜幕中的那曲，星月交辉。放眼望去，成百上千的帐篷，构成了一座奇异壮观的城市，犹如碧波上大朵大朵的白莲开放。帐篷之外，篝火片片，依稀可见，男男女女围成一个个圆圈，按顺时针方向绕圈歌舞。男唱女应，女唱男和，且歌且舞，歌舞一体。男舞豪放潇洒，铿锵有力；女舞轻柔含蓄，婀娜多姿。或许是夜空中声波传递远的缘故，歌声直飘到海拔4513米的站台上。

常走青藏线经商的李先生热心介绍说，帐篷群是由散处在那曲草原上的藏族同胞汇集而成的。每年的8月，是当地的黄金季节，一年一度的赛马节在这里举行，观光群众、各业商贩、嘉宾游客纷纷云集而来。夏日的那曲草原，一幅由蓝天、白云、彩虹、牛羊和绿色织就的锦缎画，人们在这里会尽享大自然的美妙。那曲赛马会驰名中外，它融这片草原上的政治、经济、文化、人情风俗为一体，是当地沟通外部世界的一扇窗口，集中体现了这个民族奋发向上的进取精神和发展商品经济的强烈愿望。

最能吸引人的是骑马捡哈达。骁勇的骑手们在飞奔的骏马上俯身拾起一条条洁白的哈达，淋漓尽致地展现了高超绝伦的骑技。群马奔腾是赛马会的高潮，那情景极为壮观，扣人心弦。穿红着绿的牧童，跨着骏马，从20里外的起点开始，向着初升的红日，争先恐后奔驰而来。人群中的呐喊声、助威声响彻云霄。拔河、摔跤、举石头则是牧民们显示力量的壮举，令人情不自禁地为牧民们力拔千斤的雄风所折服，为这个粗犷剽悍的民族而喝彩。赛马会上还要表演"羌姆"，这种宗教艺术从神秘的庙门走向赛马会，成为一枝独具风采的奇葩。

李先生绘声绘色的描述，将四座带进了赛马会，带向了篝火旁，我的思绪小鸟儿抑制不住飞出了车窗。"呀拉索——"，仿佛听到了歌声在风中游走。呵，多美的草原，多美的草原夜色！

可可西里

可可西里，多好听的名字。一听名字就令人心驰神往。然而，在我的期待里，更诱人的是这个被各国学者和专家称为"生命的禁区"的地方，在天地间自由地活泼生长着的精灵：成群的野马，珍贵的藏羚羊，还有鹿、藏野驴、野牦牛，甚至狼和熊。我希望他们先出现在我的视野里，或在悠然觅食，或在撒欢、争斗、嬉戏甚至交配，然后消失在远方……

月亮还挂在天上，晨光尚在灰色中，期待的小鸟儿促使我瞪大眼睛看着车窗外的沟坎谷壑，试图辨认视野中的黑乎乎是不是期盼的它们。

太阳光营造的朝霞映红了大地，视野渐渐开阔，小鸟儿更加激动了。嗬，今儿个运气不错！首先映入眼帘的是几个黑家伙。野牦牛，藏野驴，还是笨笨熊？可惜有点远。待按下照相机快门，只留下了几个黑点。遗憾！那是什么？一只、两只，共有五六只，不，那儿还一只，身着红褐色、土黄色的它们，悠闲地啃着草，呼吸着可可西里清晨的空气。是藏羚羊吗？没错，这就是被称为"可可西里的骄傲"的藏羚羊，一种中国青藏高原特有的珍稀动物。早已准备好了的摄像机，准确地将它们摄进了镜头。不过，我心里有一种不甘，确切地说是期待，期待着数量更多一些的它们再次出现。这并不只是一种得陇望蜀的贪心，更出自对这个古老特种生存环境的忧虑。

从山峰中跃出来的太阳，让天地瞬间更加开阔了，也揭开了可可西里羞涩的面纱，示人以惊艳的盛装、撩人的风情：蓝天和大地的色彩对比强烈，空气透明度很高，一切看起来都很清晰，在距离上给人以错觉，感觉好像不在地球上。这片位于西藏西北部的地方，平均海拔5000米，除了高山、湖泊、草原和野生动物，几乎荒无人烟。恰恰因为无人，才成就了一个巨大的天然野生动物园。然而，自从看过陆川的《可可西里》之后，我在关注可可西里大美的同时，也听到了可怕的枪声，听到了偷猎者的罪恶杀戮，听见了小藏羚羊凄惨的哀鸣。有资料说，1990年青藏高原约有藏羚羊100万只，到了1995年，便锐减到了7.5万只，近几年无人再看到集群数量超过2000头的羚羊群，这个古老的物种正在走向灭绝的边缘。

行走吟

我趴在车窗口上，眼巴巴地往外看着，心里忽然生出了一种痛，我知道这并非高原反应，而是一种作为人类的羞耻。人啊人，你本应是藏羚羊的朋友，为何竟成了它的最大天敌？面对那可爱活泼的小精灵，你怎么下得了狠心下得去手？难道你不知道当生存在这个地球上的野生动植物陷入困境的时候，最大的受害者将是人类自己？可是我是谁，我该去问谁？面对像书一样翻过去的藏羚羊身影，我茫然了。

当雄路上的朝圣者

"十里不同天，一天不同季。"用这个说法来描写西藏的天气变化，再恰当不过了。列车刚进入当雄界，天便下起了大雨，远山、河流，统统锁到了雨幕中，车窗前一片朦胧。不大工夫，过了一座山，仿佛进入了另一个世界：缕缕白云依着黛青色山壁横向飘移，飞天壁画似的。与白云纯然一色的羊群散布在绿茸茸的山坡上，仿佛是从白云里坠落下来的一颗颗露珠，羊群下绿意渐浓的草地上是黑色的牦牛，牛之黑与羊之白各成阵势，比照分明。阳光照耀中，车窗视野可及的房屋、寺庙、碉楼、尼玛堆，松散地坐落在草原上；飘舞着的经幡、开放着的格桑花、烟囱上的炊烟、公路骑摩托车的居民，处处清晰能见，构成了一幅特有的风景画。

一片乌云在列车前方流动，忽然又下起了冰雹。冰粒滚在地上，落在河流里，肯定也砸在列车上。公路上没有往来的汽车，却有一个影子在动。那是什么？我用相机拉近，原来是一位身着藏袍的妇女，她张开双臂，合十，伏身，屈膝，额头点地，一动接一动地匍匐前行，不知她来自哪儿，不知她翻越了多少山岭，不知她已经匍匐了多远的路，但我能猜想到，她此行的目的地肯定是纳木错，她要去那儿朝圣，还上她内心里的愿望。纳木错，在蒙古语中称作"腾格里海"，是天湖的意思。它依偎在当雄境内终年积雪的念青唐古拉山脚下，面积1920平方公里，湖面海拔4718米，也是世界上海拔最高的大型湖泊。那是一个令人神往的地方，每年都有来自青海、甘肃、四川、云南、西藏各地的佛教徒到此转经朝拜，也吸引着众多的中外旅游者前来游历。

列车飞驰而过，藏族妇女在冰雹中用身体丈量大地的身影，却刻进了我的脑海里。不知她还要匍匐多少天才能亲吻她心中的神湖，但我相信，一个拥有着信仰的人，心中就有一颗有生命的种子，只要种子还在，希望就在；希望在，就会聚合生命的力量，义无反顾地前行，最终走进自己的梦想。在青海塔尔寺，我见过一些同样的朝圣者，他们个个的神态是那样郑重，叩拜是那样虔诚、那样一丝不苟，仿佛金色的梦和幸福就在前方。从他们身边走过，我猛然想，一个人不能没有信仰，一个民族不能没有共有精神家园，倘若中国梦如是成为我们整个中华民族的坚定理想和信念，那该多好？那将是一种什么样的"当惊世界殊"的伟大力量！

神奇的天路

列车穿过青藏铁路最后一座隧道——羊八井一号隧道，飞出全长3345米被称为"世界屋脊第一长隧"的黑暗，眼前一片耀眼的光明。我知道，距离目的地拉萨只有80公里了。此刻，列车广播又响起了韩红那首令人百听不厌的《天路》："黄昏我站在高高的山岗，看那铁路修到我家乡，一条条巨龙翻山越岭，为雪域高原送来安康。那是一条神奇的天路，把人间的温暖送到边疆。从此山不再高路不再漫长，各族儿女欢聚一堂……"

青藏线的确是一条"天路"。格尔木至拉萨1142公里的路程，海拔 4000 米以上路段就有 960 公里，翻越唐古拉山的铁路最高处海拔 5072 米，是世界上海拔最高的铁路，也是世界上穿越冻土区最长的铁路。坐落在海拔 4905 米以上的风火山隧道，雄居世界冻土隧道高峰之巅；全长 1686 米的昆仑山隧道，名冠世界高原冻土隧道长度之最；全长 11.7 公里的清水河大桥，是世界最长的高原冻土铁路桥……从空中鸟瞰，青藏线宛若一条游龙，飞舞于世界屋脊。

列车经过青藏线第一座隧道时，我有意识作了记数，记着记着，越记越多，大概在数到一百二十几时，因为拍峡谷景色，忘了继续而中断。查了一下资料方知，全线计有隧道 430 座，总长 340 多公里，还有近千座桥梁，总长 100 公里。据此，与其说青藏线"像一条巨龙翻山越岭"，倒不如说是"穿山越岭"。将歌曲中那个"翻"字改成"穿"字，似乎更准确、更形象。

我曾在工程兵部队当过教导员，特等功臣、筑路英雄韦江歌所在的"劈山开路先锋连"就在我的营队里。尽管我没能赶上 1950 年奋战二郎山的光荣，可我深知"二郎山精神"就是开山辟岭、穿山凿石，就是战高寒、战缺氧、流汗流血、挑战生命极限。尽管时光流转、条件已非昨日，但在世界屋脊上修铁路，需要攻克"高寒缺氧、多年冻土、生态脆弱"三大世界性难题，其艰苦程度同样难以想象。正是基于这个认识铺垫，让我对高原隧道更有着特殊的敬畏，我仿佛看到了隧道工程指挥者坚守岗位那红肿的眼睛，看到了在昆仑山地震时冲进隧道与塌方作抗争的班长身影，看到了隧道中接过孩子的电话就忍不住流泪的母亲脸庞……谁说牺牲奉献是军人、战士的专用词？十万筑路大军同样用"艰苦不怕苦，缺氧不缺精神，风暴强意志更强，海拔高追求更高"的牺牲奉献精神，用军人的要求、战士的姿态，历时 5 年，创造了"可与长城媲美的伟大工程"，创造了在平均海拔 4000 米以上修建高原铁路的人间奇迹，将挑战极限、勇创一流的精神镌刻在地球之巅，激荡于江河之源，感动了中国，震撼着世界。

　　"登昆仑兮四望，心飞扬兮浩荡。"两千年前的屈夫子，留下了脚踏祥云游览昆仑的梦想。"而今我谓昆仑：不要这高，不要这多雪。"1935 年，长征中的中央红军翻越岷山，面对如海的雪峰，毛泽东写下了《念奴娇·昆仑》，抒发了改造中国与世界的理想和抱负。而今，作为共和国的后来人，有幸乘坐上飞驰于雪域高原的列车走一趟青藏线，于云端中感受古老而现代的昆仑文化，完全拜筑路大军所赐。正是他们的无私奉献，才使得包括我在内的成千上万的游客梦想成真。也正因为走上了青藏线，丈量了中华民族的精神海拔，才对"天路"有了更加深刻的解读，更使得我由衷地赞叹、感佩他们。敬礼，神奇的筑路英雄！敬礼，为"把祖国温暖送到边疆"搭起神奇天路的神奇人们。

行走吟

■ 让我们心中充满阳光

　　那虽然仅是一次偶遇，却让我至今难以释怀；那或许只是一个特例，却让我好长时间心中隐隐作痛。

　　在乌鲁木齐到喀什的火车上，我携妻带子一家三口与一位小伙子同坐一包厢。这小伙儿，浓眉大眼，中等身材，虎背熊腰，皮糙肉厚，看起来很有些蛮力。他的饭量更是惊人，上车坐到铺位上不久就开始吃东西，一块足有三四斤重的馕（一种烤制成的面饼），不到半天就被消灭光了。

　　邻包厢有一位大个子，是这个汉子的同乡，很健谈。从他口中得知，他们都是边城叶城县人，同住一小县城，相互都认识。

　　这位小伙子显然平时极少坐火车，自打从南山矿区上了火车后，一直感到不舒服，他与大个子交谈表露，后悔没有乘坐汽车。大个子则好言相劝，让他沉气凝神，"既来之则安之"。

　　列车沿着天山山脉飞驰，过依连哈比尔尕山，穿额尔宾山，犹如行走于云里雾里，人明显感觉到了呼吸不畅，脑袋也感觉到了发胀，传说中的高原反应来了！生平第一次遇到这种情况，难免有些心慌。幸亏包里带着一板西洋参含片，不管是否管用，一人先含上了两片。也许是这西洋参真有点补氧的功效，或许是心理的作用，含上后确实感到舒服多了。那位小伙子虽然生长在新疆，但高原反应似乎比我们厉害。起先他只是在车厢过道里走，后来便抱着头坐在铺位上。此情此景，尽管我们的西洋参含片也不多了，但出于内心的不忍，我把剩下的四片全部给了他，并告诉他，我们一家三口含上了都很管用。他接下了，拿在手里，没有说什么，可也没有马上吃，我们也不好再说什么。哈尔克山山口到了，高原反应更加强烈了，可手中的洋参片没了，也只好忍耐，但内心里为自己一家方才的奉献之举生发了一种崇高感。

再说那位小伙子，头疼得可能更加厉害了，竟然嚷着要砸玻璃下车，大个子赶忙上前相劝。好歹挨到了一个叫五团场的小站，善良的大个子赶紧陪他一起下车了。从这里改乘汽车到叶城，还要走好远的路哩！

望着他们下车的背影，我蓦然发现，车厢的过道里遗失下了点什么东西——噢，那是我送给小伙子的四粒洋参含片。原本以为，小伙子在头疼得最厉害的时候，会含上我们一家自己舍不得用而奉送的洋参含片，没有想到他却没有含，确切地说是不敢含。

象征着善良爱心的四粒西洋参含片，静静地委屈地被丢弃在那儿，我的心却比高原反应更加难受。

是什么造成了善良之心被误解？怨那小伙子疑心太重？不能！因为不止一次从报上看到有人喝了陌生人送的饮料，人被迷昏了、钱被搜光了。"一朝被蛇咬，十年怕井绳"，不由你不小心、不警惕。因为现实生活中确有一些"甜蜜的陷阱"，令不少人有过吃亏上当的惨痛经历。比如某公司说你的手机号中了头彩，公司购买往返机票免费旅游，实际上是把你骗到旅游点后，带你到宰人的黑店狠狠地宰你一把，羊毛、羊血还是出在羊身上。还有一些商家的所谓让利大行动，其实是商家赚钱的连环套。诸多的事实，自然让人们不得不对"好心""好事"的动机产生怀疑，不得不多长个心眼。这位小伙子的"不敢含"，很显然是因为"一只老鼠坏了一锅汤"，从一些不良社会现象中得到了错误的抽象，形成了心理阴影。

失真的思维是可怕的，直接的结果是让爱心遭疑、挨憋，使英雄流血又流泪。然而更可怕的是这种意识的蔓延、流行，成为惯性思维、普遍心态，那必将产生社会性的诚信危机，成为社会性的悲哀。值得警惕的是，这种诚信危机，眼下已经在不少行当、不少场合、许多时候露出端倪。孔融让梨的故事，我们大都在孩提时就知道。这是一个教人知礼、勇于吃亏的千古佳话。但如今的网络、媒体上却作了这样的戏说：其一，孔融让出的大梨是坏的，所以他做了个顺水人情；其二，孔融看出大梨尚未熟肯定是涩果，而小梨又红又熟，于是既做了好人又得了好名；其三，孔融知道爷爷是试探自己，如果得到爷爷的信任和器重，没准能钓到丰厚家产；其四，孔融惧怕哥哥的暴力行为，为了求得平安和爷爷的爱怜，表演出一种"高风亮节"……

年方四岁的孔融、一次让幼儿园孩子们学习效仿的让梨，竟然被赋予了这么多的质疑，驮载了这么多的狡猾！这让单纯的孩子们怎么去理解？我们能用这样的心态去教育我们的孩子吗？再试想一下，在这种心态下培养出的孩子，能以光明磊落、襟怀坦白立世做人吗？以这种心态行世处事，我们的中华民族能够屹立于世界民族之林吗？依此推想下去，这简直是太不可思议、太可怕了！

在世事纷繁、百态沉浮的当今社会，多长个心眼，保持必要的警惕，不被表面现象所迷惑，不轻信免费的午餐，不盲目地相信一切人，是对自己的保护，是理智的表现。但"噎死者不可讥神农之播谷，烧死者不可怒燧人之钻火"，因噎废食，因社会上少数骗子的存在而怀疑一切，失去对任何人的信任，以阴暗的心态处事，就未必明智了。诚实守信，是我们中华民族的传统美德。哲人的"夫不信者，有不信焉"，诗人的"三杯吐然诺，五岳倒为轻"，民间的"一言九鼎，一诺千金"，都极言诚信的重要和人们对诚信的崇尚。正因此，几千年来，曾子杀猪、季布一诺的佳话不绝于史。这种深厚的道德传统，直到现在还深刻地影响着我们的民族性格、民族心理和民族精神，影响着中国老百姓的生活方式和精神追求。无论一时的社会风气发生怎样的变化，崇尚真、善、美，向往诚、信、实的美好心理世界和精神追求，在我们这个文明古国的绝大多数人中间始终没有变；阳光看人、处世、做人，依然作为中华民族的一种传统美德代代传承，这是主导我们整个社会风气最深厚最扎实的根基。让心中充满阳光，阳光看人，阳光处世，阳光做人，内心向善、富有爱心，任何时候任何情况下都是文明人、文明的社会的一个衡量标准。唯有心中充满阳光的人，才能真正享受阳光的温暖；唯有阳光处世、阳光做人，才能真正成为一个阳光的人。这一条，是真理，我们任何时候都应当坚定不移。

行走吟

公冶长书院一瞥

安丘市西南城顶山中，掩映于绿荫葱茏间有座距今两千多年的书院，名叫公冶长书院。

公冶长（前519—前470），公冶氏，名长，字子长、子芝。春秋时齐国人（亦说鲁国人），孔子弟子，七十二贤之一，名列二十。同时，他还有一个特殊身份——孔子的门婿。没有颜渊那般见诸经典的常受孔子表扬，没有子路那般为守护孔子而战死的忠勇，也没有子贡那种治世经商的才华，却能成为圣人在七十二名弟子间亲自选中的女婿。单凭这一点，想这公冶子长，绝非泛泛之辈。

据手中有限史料，可窥者三：其一，公冶长有好德。自幼家贫，勤俭节约，聪颖好学，博通书礼，"为人能忍耻"，因而即使其被误坐了牢，孔子亦有"虽在缧绁之中，非其罪也"之说。其二，公冶长有奇才。学识过人，并懂鸟语，留下了不少神奇的传说，诸如书院周围青蛙因遭其训斥而不鸣、失信而遭鸟耍弄入狱，等等。其三，公冶长有大志。终生治学不仕禄。鲁君多次请他为大夫，但他一概不应，而是继承孔子遗志，教学育人，最终成为著名文士。书院相传为其隐居读书、授徒之所，后人在此建公冶长祠，又在祠西建青云寺，勒石流传。世人对其敬仰，可见一斑。

公冶长书院与青云寺必经之处，虬卷着两株四人合抱不围的雌雄银杏树。它们比肩而立，根连理，枝相交，犹如恩爱夫妻。更令人称奇的是，右边的雌树盎然恣意，透着明显的撒娇模样；左边的雄树则伸舒规矩，示人以礼让谦和的君子之态。相传，这两株银杏乃孔子携来的苗子，公冶长亲手栽植于此，距今已有两千多年的历史，被誉为"中华第一雌雄银杏树"。此时，树身上皆系满了红绳丝带和各式小铃铛。每有山风吹来，枝叶摇动，风铃如环佩，犹闻丝竹之音，让人未进书院便感觉到一种厚重的人文气息。

由外观雄伟的"书院胜境"登临处，拾级而上，登上208级台阶，进入公冶长书院。放眼望去，最显著标志有碑楼两座，右首为明代万历三十五年（1607）春立"公冶长读书处"石碑，左首为清康熙十五年（1676）秋建筑的"清廉碑"，分别记载着当时修复书院的史实。此外，还有清道光九年（1829）六月立、道光二十九年（1849）七月立石通碑各一方。整座院子示人印象，诚如记载："环房皆山，裂石出泉，树稳风不鸣，泉安流不响。"就像公冶先生潜心治学一样，从容低调、宠辱不惊。

正殿三间为公冶长祠，堂上端坐着的公冶长，不是流光溢彩的金身，而只是一尊涂了金粉的普通塑像。或许，建造者出于怕先生一人坐在那儿冷清的初心，硬是凑了两个天王相伴一旁。岂料想，让一读书先生与杀气腾腾的天王为伍，示人以感觉上的滑稽。

祠后有座"感恩堂"。内有清末大臣李湘棻的楹联牌匾：上联为"衔环结草"，下联为"感恩知德"。据说道光十二年（1832）正月，李湘棻到公冶祠拜谒，祈求保佑他会试成功，当年四月，果然得中进士，钦典翰林院庶吉士。为答谢先贤灵应，于祠后建感恩堂，并亲撰《谢先贤文》刻碑存念，现石碑原迹犹存。

走出感恩殿，凭着拜谒其他书院的概念，我深感意犹未尽，刻意在寻找着——寻找古迹、寻找遗址，寻找与公冶长书院相称的更多文化积淀。可是回答我的，只有一山葱翠，一院清风，一缕从天边飘来的白云。

让人大跌眼镜的是，与书院相邻的青云寺，尽管比公冶祠建筑较晚（约为公元前206年至公元23年），其间也曾遭毁。但在原址上重建的青云寺，眼下红墙绿瓦、雕梁画栋，无论庙门、天王殿、大雄宝殿，包括各殿内的弥勒佛、四大天王、释迦牟尼佛、六大菩萨等诸多佛像，均再现了当年佛门圣地的巍峨之风，每月初一、十五，僧人做法事，击鼓撞钟，声满山谷，气氛庄严，一派宏伟气象。

更令人困惑的是，傍青云寺有一去处，曰"神根祠"，祠名乃文化大家莫言所题。祠内供奉了重修青云寺时挖出的一块酷似男根的巨石，借意佑护礼拜此物的善男信女，生儿育女如愿以偿。莫言既然题写了祠名，想来他也肯定到过公冶长书院。作为获过诺贝尔文学奖的著名文人，要论题词按说最得体应在书院中挥毫。可惜，偏偏把墨宝留给了"神根"。是持续散发《红高粱》酒的余热，还是仍沉浸在《丰乳肥臀》的想象中？不得而知。或许，莫言之用意恰在为后世制造点猜测空间，亦未可知。

要离开书院了，我的心里却有点茫然。一座拥有两千多年悠久历史、一听名号就令人神往的书院，一座本应成为研习传统文化、教书育人向上向善的书院，置身于重视文化立国、文化强国的新时代，竟然如是冷寂于世，了无生气，心里不禁沉甸甸的。

车开了，回望一眼仿佛恋恋不舍与我泣别的书院，我心里默念着：再见了，公冶长书院！待你重新修缮时，我一定再来！

■ 山色空蒙说西子

大概与现代市长为当地代言相似，一千多年前，苏轼知杭州，除了发动百姓浚湖筑堤，为西湖平添了苏堤春晓、柳浪闻莺、六桥烟柳、曲荷风池等新景之外，还以"人间不可无一难能有二"（林语堂语）的才气，为西湖做出了特殊贡献，即用《饮湖上初晴后雨》诗为西湖量身定制了一张美丽名片——"西子湖"，那"水光潋滟晴方好，山色空蒙雨亦奇。欲把西湖比西子，淡妆浓抹总相宜"的神来之笔，不知诱惑了多少游客慕名而至，或泛舟湖上寻觅西子的倩影，或于山色空蒙中感悟诗的意境。

2020年的梅雨时节，我在西湖景区内一座疗养院小住。为体验"晴湖不如雨湖"的感觉，专门撑伞站在烟雨蒙蒙的西子湖畔，望着远处空蒙奇幻的山色，看着近处宛如笼在薄薄白纱之中的湖光，那款款而动的各色花伞下，那缓缓荡漾的点点小舟上，那轻歌曼舞的画舫里，那有如纱丽般的烟波中，仿佛都迭化着西施的影子。感觉此时的西湖就是西施的化身，真是"淡妆浓抹总相宜"，非西湖之美配不上西子，唯西子之美方能与西湖融为一体。

西施谓之西子，自孟老始。《孟子·离娄》云："西子蒙不洁，人皆掩鼻而过。"但把西湖比作西子，则是苏轼的杰作。也就是说，从西湖的史料和传说中，并没有发现西施的踪迹。西子湖，只是苏轼当年的假托。

西子本名施夷光，春秋末期生于越国诸暨苎萝村，出身贫寒，居于西村，故又名西施。她天生丽质，貌若天仙。一日，范蠡在河边发现了浣纱的西施，惊为天人，遂推荐给越王勾践。勾践在对吴国战争中失利后，为瓦解吴国势力，使用范蠡所献美人计，将西施和郑旦两位绝世佳人献给吴王夫差。《吴越春秋》如是记说："越得苎萝山鬻薪之女，曰西施、郑旦，饰以罗谷，教以容步，三年学成而献于吴。"唐代诗人李白的一首《咏苎萝山》，亦印证此说："西施越溪女，出自苎萝山。秀色掩今古，荷花羞玉颜。浣纱弄碧水，自与清波闲。皓齿信难开，沉吟碧云间。勾践徵绝艳，扬蛾入吴关。提携馆娃宫，杳渺讵可攀。"这表明，当年越国用西子施美人计以惑吴王当是事实。

西施献吴后，贪色的吴王夫差一下子视吴宫粉黛无颜色，专宠西施，不仅为她在苏州建造游玩的春宵宫，还建造了演出歌舞以及欢宴的馆娃阁、灵馆等，听说西施善于跳"响屐舞"，又专门为之筑"响屐廊"，分列数以百计的大缸，上铺木板，西施穿木屐在上面起舞，裙系小铃，跳起舞来铃声及大缸的回响声交错。于是，沉湎在温柔乡里的夫差，日渐消磨了斗志，放松了警惕，最终吴国为勾践所灭。北宋诗人、政治家王禹偁有首《响屐廊》，说的就是夫差在歌舞升平中忘忧拒谏的教训："廊坏空留响屐名，为因西施绕廊行。可怜五相终死谏，谁记当时曳屐声。"明末清初文学家毛先舒的"别有深恩酬不得，向君歌舞背君啼"、清代诗人越翼的"恩受吴宫功在越，可怜啼笑两俱难"，则分别描写了西施当时迷惑夫差的矛盾心理：原本只是苎萝村的一个穷女子，进入吴宫，一面享受着吴王的百般厚宠，一面却眼看着吴国日渐衰亡，血肉之躯，百结柔肠，于心何忍？然而，沉积于内心的苦楚与煎熬，谁人堪与诉衷肠？

公元前 473 年，越国灭掉了吴国，夫差挥剑自刎。为越国立下奇功的西施花落谁家？古籍《墨子》中《亲士》一篇写道："是故比干之殪，其抗也；孟贲之杀，其勇也；西施之沉，其美也；吴起之裂，其事也。"这是西施之名最早见诸记载。意思是说，越灭吴之后，西施被沉入了江中。后来，唐人李商隐的"肠断吴王宫外水，浊泥犹得葬西施"、皮日休的"不知水葬今何处，溪月弯弯欲效颦"，均延伸了墨子的说法。

对西施的归宿，还有另一说。如东汉袁康的《越绝书》，说吴亡后"西施复归范蠡,同泛五湖而去",指言西施随范蠡归隐,不知所终。唐代杜牧有首《杜秋娘诗》云："西子下姑苏,一舸逐鸱夷。"这个"鸱夷",说的是范蠡的别号。司马迁在《史记·货殖列传》中记,范蠡功成后,"乃乘扁舟浮于江湖,变名易姓,适齐为鸱夷子皮,之陶,为朱公"。史记只记范蠡,不涉西施。于是,热心的诗家便将他们撮合在了一起,似乎美人必归名流。但宋代《锦绣花万谷》引《吴越春秋》却写得很明白："越王用范蠡计献之吴王,其后灭吴,蠡复取西施,乘扁舟泛五湖而不返。"明代中叶学者、诗人胡应麟在不间断搜讨古书、文物的过程中,写了《少室山房笔丛》,对宋代的这个说法又进行了"丰厚加工",演绎出西施原是范蠡的情人、吴亡后范蠡带西施隐居的传奇情节。

明代昆山隐士、戏剧家梁辰鱼写的脚本《浣纱记》,是流传至今的关于西施归宿的最完全版本,也是昆腔初期奠基作之一。该剧开篇便是范蠡游春在溪边遇浣纱女西施,一见钟情。结尾说两人躲祸远遁,最后通过范蠡之口说出根苗："我实宵殿金童,卿乃天宫玉女,双遭微谴,两谪人世。故不才为奴石室,本是夙缘:芳卿作妾吴宫,实由尘劫。今续已经断之契,要结三生未了之姻,始豁失路,方归正道。"这出戏迎合世人的愿望,让范蠡与西施化作神仙眷属,归隐到了属于他们自己的世界,却并没有改变西施归宿扑朔迷离的事实。

千古西子,魂兮何处?沉醉在西湖雨景中,物我两忘,绵绵思绪信马由缰:假如时空可以穿越,我愿意到吴都城破那一刻,为西施和范蠡备一叶扁舟,助他们悄然出姑苏,躲开那"可与履危,不可与安"的勾践,从此过上泛舟江湖的幸福生活;抑或,希望抢在西施归越的前夜,亲自为他们驾一只乌篷船,通过隐秘水道,摇啊摇,一摇摇到西泠桥,就留在这西子湖畔,永远伴着慕名而来的人们。

新城王氏

"地因人传，人因地传，两相帮衬，俱著声名。"山东桓台新城镇，是清代刑部尚书、"一代诗宗"王渔洋的故里。新城养育了王渔洋，以王渔洋为代表的王氏一族，让新城这座古镇更加有名。"新城王氏"，如同一张亮丽的名片，经久享誉于世。

新城王氏：一族三十进士

王渔洋，即王士禛，原名王士禛，字子真，号阮亭，别号渔洋山人，世称王淮洋。清初著名诗人，官至刑部尚书。他在公务之余致力于诗文著述，主持诗坛 50 年之久，康熙帝曾征其诗三百首定为《御览集》，其诗、文、词共数十种 560 多卷，故而被誉为"一代诗宗""文坛领袖"。

王渔洋故里的主要景观，由王渔洋故居、四世宫保坊、忠勤祠三大景区组成。王渔洋故居，系康熙二十四年（1685），王士禛在其曾祖王之垣所建的长春园故址上增缮而成，内有康熙为王士禛御题御赐的"一代正宗""清慎勤""信古斋"等匾额。忠勤祠，乃明万历十六年（1588），为纪念王渔洋的高祖王重光而建，王重光官至户部左侍郎，在贵州任职期间，因过度操劳，以身殉职，嘉靖皇帝亲书"忠勤可悯"四字表彰，王氏后裔将忠勤祠视为家祠，现为王渔洋纪念馆。"四世宫保"建于明万历四十七年（1619），为表彰王渔洋伯祖、明万历年间兵部尚书王象乾五戍边关、护国有功而特许建造，朝廷追赠其祖上三代均为"光禄大夫柱国太子太保兵部尚书"，因此称为"四世宫保"。

2500 多年前，亚圣孟子曾以"君子之泽，五世而斩"的名句振聋发聩，旨在告诫世人"志祖德也"，保持和赓续优良门风。然而，非常不幸的是，亚圣的这句话庶几成了豪门望族的一个打不破的魔咒，五世之后即家传中断者不胜枚举，先人们遗留下来的经典，如同那个年代的建筑、雕刻、绘画、古玩一样，在歌舞升平的浮躁奢华中被日复一日地蚕食，在官二代、富二代们"拼爹""啃老"的傲慢轻蔑中一分一秒地化为尘埃，植根于经典中的教子义方，常常成了一声叹息的无奈，映衬的往往是被阻断的孤独、尴尬和无助。而新城王氏一族，从明代嘉靖时开始，一直到清代道光年间，出了30名进士，52名举人，158名贡生，出仕为官者100余人，其中四品以上12人，有诗集和著述传世者50余人，著述200多种，可谓冠缨不绝，科甲蝉联，名宦诗家辈出，成为明清第一进士家族、仕宦世家和文学世家，其血脉之旺盛、门楣之荣耀，委实令人叹为观止。

同一片蓝天下，同一方土地上，同是娘生爹养，同是吸纳着天地乾坤间的气息，同吃着五谷杂粮，为何新城王氏一族英才辈出、贤杰满门，"风景这边独好"？是风水及先人的庇荫？是其优秀血统的遗传与裂变？抑或其他别的什么？

走进悬挂着"经筵讲官刑部尚书王士禛第"金字匾额的大门，醒目于各个展室、各个居室两侧的是一幅幅王氏治家格言，耀眼于文化空间的是一部部望族家训著述。新城王氏家庭的家训，是经过几代人努力逐步完善的。从四世王重光首倡"道义读书"理念开始，五世王之垣著《念祖约言》、写《历仕录》、编《炳烛编》《摄生编》《百警编》，为王氏一族设立家规家训，六世王象晋编写《清寤斋心赏编》《日省格言》《日省撮要》，规范丰富，到第八代王渔洋写出王氏一族为官训诫代表作《手镜录》，可谓一脉相承、不断充实，形成了内容丰富、体系完备、独具特色的家训族规体系。

其中既有时代沿袭的习惯做法，又有专门的成文家训，还有具有强制约束力的族约家法，内容涵盖了修身养性之法、读书立世之道、做人处事之本、从政为官之要、持家经营之策、闺门训诫之教等多个方面，强势支撑了王氏一族家教家风建设得以蹈袭有据。

特别值得一提的是王氏家族的女性，她们在勤俭持家、相夫教子过程中，或嘱咐子孙"考虑事情要周全"，或常规劝夫君"国法不可玩，人心不可伤"，或告诫儿子"务尽职守，以嗣前烈"，都秉承了传统美德，增益了"家有贤妻，夫不遭横祸"的齐家色彩，没有她们作"贤内助""廉内助"，就没有新城王氏良好的家训门风和世代辉煌与荣耀。

最典范的是王重光的妻子刘太夫人，王重光早年苦读，40岁中进士后一直居官在外，家中子女全靠夫人教导督责，她教子有道、治家有方，6个儿子均功成名就，孙子辈9人考取进士，名贯海内，辉煌于大明一朝。明万历二十一年（1593），刘太夫人过90岁生日，在外为官的子孙均请假归家祝寿，留下了"十笏公齐拜祖母"的美谈，为星汉灿烂的中国家庭教育史留下了最美的一抹亮色。

重视读书：王氏一族安身立命之本

纵览王氏一门兴盛史，不难发现，其始祖王贵、二世祖王伍，虽然人生泛泛，但均有乐善好施之德。王氏文脉肇始于三世祖王麟，他是新城王氏第一个读书仕宦之人，14岁被保送入国子监，后出任永平训导、鹿平教谕、颍川教授，劝学兴所，广励功令，从而成功培养出了一个优秀的儿子王重光。王重光是王氏家族第一位进士、第一位朝廷大臣，从此新城王氏跻身于绅士名门之列。之后，王氏家族第五代"之"字辈，出了王之垣、王之猷等三进士，第六代"象"字辈，出了王象乾、王象坤、王象晋、王象春等九位进士，铸造了王氏家族父子、兄弟同朝为官的鼎盛景象，被称为"王半朝"；再之后到了清代，新城王氏一族又出了王士禛、王立山等八进士。可以说，读书是王氏家族安身立命的根本途径，也是保持长期昌盛最重要的保障。

所谓"万般皆下品，唯有读书高"，放在今天看失之偏颇，但在"以文取士"的古代，在"学而优则仕"的大背景下，读书的确给予了文人崇高的社会地位和优裕的经济条件，因此新城王氏一族极其注重对子孙进行严格的科举教育。

王重光亲定家训，要后人"所存者必皆道义之心"，"所行者必皆道义之事"，"所友者必皆读书之人"，"所言者必皆读书之言"，乃成为王氏子孙恪守的信条。王之垣在《炳烛编》《念祖约言》等家训中继续将读书要义予以深化："可止可足者，求利之心，不可止不可足者，进学之心。"并把读书比作吃药，说吃药可以治病，即使病没有立即治好，但长期吃药，药力就会胜过病灶。

王渔洋的祖父王象晋在家训中也多有关于读书的倡导，他时常引用苏东坡的话："人之精力，不能兼收尽取，但得其所欲求者尔。故愿学者每作一意求之。"并指出："天下的事常常有利也有害，只有读书这件事是有利而无害的，无论是贵贱、贫富、老少，只要读一卷书就有一卷书的好处，读一天书就有一天的好处。"为了砥砺后人，他将家训写在厅事屏壁间高挂，教育子孙要"恒举此训"，"每夜五鼓即起，终年在书屋；每日读经史毕，作文七篇，缺一不可，旷一日不可；一文不佳，责有定数"。

正是由于对读书的高度重视和勉励，新城王氏一门不仅名宦满门，而且文人辈出。从第六代"象"字辈到第八代"士"字辈，王氏家族出现了众多堪称当代文学名流的人才，成就了《群芳谱》这种冠盖文学、农学等多领域的名著，造就出著名东林党人（齐党）王象春这种豪情万丈的才子，孕育出清初著名诗人王士禄和统领清初诗坛 50 年的"一代正宗"王士禛。同时，还造就了王山立、王兆禹、王士梓等 5 位武进士和多名武举人，创造了文星、武将同辉门楣的奇观。

王之垣，王重光之次子，明嘉靖四十一年（1562）进士，官至户部左侍郎，追赠户部尚书，累赠太子太保、兵部尚书。他是王氏宗族建设的重要人物。万历十一年（1583），王之垣在仕途风头正劲之时，毅然辞去户部侍郎之职回乡，在新城20多年，将主要精力放在了家族建设和子孙教育上。一方面，以建"忠勤祠"为载体，弘扬王重光提出的"道义立身"思想，另一方面以修撰王氏族谱、创立族约为抓手，强化对家族成员"道义立身"的规范，并以置办义田、广泛赈济活动，打造"道义立身"的行为亮点。此期间，王之垣总结归纳古人的格言懿行，编著了《念祖约言》《炳烛编》等多部家训著作，为王氏一族家训家规奠定了思想和理论基础。

其核心点有三：一曰与人为善。他认为，"想要成为君子，除了积善不能达成，如果有一丝邪念，就立刻变成了小人，所以说终身为善不足，一日为恶有余"。并在《清寤斋心赏编》中指出，"为政之要曰公与清；成家之道曰勤与俭。事上之道，与其循之以法，不若奉之以体；临下之法，与其循人之情，不若平我之情"。这种正确处理对上与对下关系的方法，生动体现了"道义"的真谛。二曰谦谦做人。他强调，以傲慢为高深，以谄媚为礼节，以刻薄为聪明都是修身之忌，同时指出："不自重者取辱，不自畏者招祸，不自满者受益，不自是者博闻。"并以"木秀于林风必摧之"的道理教育后人，要求子孙无论是说话还是做事，都要谨慎从事，不能任性恣行。三曰淡泊名利。他认为，"好名好利都是失德，好名的人尚且知道有所畏惧，好利的人没有什么事情是不敢做的"，主张做官一定要对权势和名利保持清醒。在《炳烛编》里他专门谈论"出处"（"出"即出仕，"处"即归隐），推崇范蠡、鲁仲连、张良等古代贤良的急流勇退。故而，王之垣做到了适时归隐，王象晋70岁致仕回乡，王渔洋晚年请辞归田，均在修身治家、著书立说、教导子孙课业等方面，为王氏家族的延续发挥了"百年树人"的重要作用。

同样值得一提的是王之垣的次子王象晋，他继承了父亲的清廉为官正气和建设家风的志向，在教育、为官、处世等各方面都对王氏家训进行了适时的发展和调整，是王氏家族第六代对家风家训做出重要贡献的代表人物，他精通养生之术，活到了93岁，辞世之前还写下了《辞世小言》警喻子孙。王渔洋一辈在清代的辉煌，与王象晋的悉心教育奠基是分不开的。

克勤克俭：王氏一族兴盛三百年的法宝

在忠勤祠的照壁前，我对壁上的浮雕图案产生了浓厚的兴趣：一只巨兽占据了图案三分之一的画面，它昂首对月，垂涎欲滴，名曰"猨"。传说这"猨"生性贪婪，吃尽天下美味仍不满足，竟然想吞吃天上的太阳，最终在逐日中坠入大海，溺水而亡。巨兽的背后是一棵高大的松树，树上有鸣叫着的喜鹊，树下有雀跃的小鹿，但闻流水松涛，一幅祥瑞景象。往上顺看去，树枝上又有两只小猴，猴子头顶上还有一个马蜂窝，一只猴子蹲在枝头悠闲地吃着桃子，另一只则因为捅了马蜂窝双手抱头，惊恐失措。画面有何寓意？它在昭喻什么？

陪同参观的新城王氏第18代孙王希家先生告诉我们，这幅画的主旨是提醒"止贪"——因为贪心不足的结局是死亡！"猨"的背后衍生出的三组寓意——两只猴子相对，寓意安乐与祸殃；喜鹊小鹿相融，寓意吉祥与瑞福；而蜂和猴相照，则寓意"封侯"。整幅画面喻示了一个中心思想：戒除贪心，就能规避祸殃，拥有快乐幸福，保持家族祥瑞，乃至实现封建士大夫孜孜以求的"世代封侯"愿望。

这是否为王氏一族保世延脉的文化密码？不得而知。但按照民间"富不过三代"的说法，豪门望族的下坡路大都是以子孙贪图享乐、生活奢华为开端的。故而，豪门望族治家在戒贪戒奢上可谓高招迭出。游历忠勤祠和王渔洋故居，从一幅幅挂在厅堂、镶在壁上的家训格言中发现，新城王氏一族特别强调"克勤克俭"，如"绍祖宗一脉真传，克勤克俭"，"俭于听可以养虚，俭于门闼可无盗贼，俭于嫔嫱可保寿命，俭于心可出生死，是知俭为万化之柄"，"日用节俭，可以成廉"，等等。

进入行为空间，他们或倡导，或崇尚，或砥砺，高度重视对子孙行为的防微杜渐。一次，王之垣的一个孙子穿着绿纱裙出门，被他看见，王之垣大怒，当面训斥说："这是荡子穿的衣服，怎么能是我家所有！"立即让人将绿纱裙剥下撕碎。届时这个孙子的父亲正在京城做官，王之垣将撕碎的纱裙装于篋中，修书一封，寄到京城，严厉责备儿子教子无方。这一件在其他家族中或许并不以为意的事儿，在王氏子孙中却起到了沦肌浃髓的刻痕意义。

人的行为如同水，置于方中则方，置于圆中则圆。家长、家族权威对家族倡导什么样的游戏规则，就会滋生什么样的子孙。正是在"克勤克俭"的家风修养下，新城王氏即使到了家族繁盛的时候，家中子弟都不敢穿华丽的衣服，也没有走马斗狗的纨绔风气，始终保持了勤俭的旺象。

明清两代，新城王氏一族通过考试、恩荫等方式出仕做官，尤其是第六代和第八代。在当时的官场和政治生活中有很大的影响力。面对各种各样的诱惑，稍有不慎就有可能给自己乃至整个家族带来祸患。因而，如何做官成了摆在王氏家族面前的一个重要课题。在王渔洋纪念馆里，我看到了王渔洋的手书原版《手镜》。手镜写于康熙三十六年（1697）七月，王渔洋的次子王启沆任唐山令，他唯恐儿子不能胜任，亲自撰写做官经验准则50条，让儿子时刻谨记参照。

撷其要点：一要谨慎检点，事上接下都要谨慎近人，不能任性、不能以门第傲人；二要廉洁自律，生活节俭，不能搞特殊，不能扰民；三要爱民如子，与民休戚，维护社会治安，尤其遇到自然灾害时，要勇于为民请命。这种闪耀于字里行间的堂堂正气，有其高祖王重光"忠勤可悯"的血脉，有其曾祖王之垣"誓不说事"的气节，也有其祖父王象晋"守廉耻"的教诲，当然更有他自己的行为准则。

王渔洋为官数十载，始终保持清正廉洁、守正自持。在扬州任推官任上，他"不名一钱，急装时，唯图书数十箧"，自赞："四年只饮邗江水，数卷图书万首诗！"在榷江浦关专管船政，他革除弊端，凡发银均足称足色，毫无扣除，声震漕运；在户部任上七年，他始终如一，清廉自守，同僚信服；任刑部尚书，他体察民情，明察秋毫，始终恪守"清、慎、勤"，深受康熙赏识和同僚赞叹。

一个人的德行及生活方式，既取决于他所处时代的氛围与习气，也取决于其骨子里和所传承的种种物质特征。如果说优越的文化环境造就了"一代诗宗"王渔洋，那么清廉的家训门风则培育了"一代廉吏"王渔洋。

"皇上御书赐天下督抚，不过'清慎勤'三字。无暮夜枉法之金，清也；事事小心，不敢任性率意，慎也；早作夜思，事事不敢因循怠玩，勤也。"迈出王渔洋故居的门槛，回望一眼"清慎勤"的御赐匾额，我一直在咀嚼《手镜》中的这段经典语录，心问：这是否正是新城王氏家族横跨明清两朝、历经300年而长盛不衰的为官密码呢？显然这里已经有了答案。

行走吟

■ 走进"五品县衙"

　　从江西景德镇市区北去 8000 米许，绿树田野间，矗立着一座巍峨的古城，这就是我国目前保存较为完好的四大古县衙之一——浮梁"五品县衙"，也是中国封建时代唯一一座由皇帝钦定的五品县衙。

　　古代县官最高官阶为七品，浮梁县何以高配？个中原因有三：其一，浮梁上缴税收多，尤其是茶叶税收，约占全国茶叶税的八分之三，有十五万贯之多。其二，闻名于世的瓷都景德镇旧时归浮梁所辖，朝廷常派三、四品官员到景德镇监督烧御瓷，在等级森严的封建皇权社会，七品县令是不能直接向正三、四品督陶官汇报工作的。其三，景德镇瓷业工人来自四方，经常闹纠纷，本县知县高于邻县，就容易协调处理。故自唐开元二年（714）唐玄宗任命五品官柳国钧为浮梁县令始，此后 1200 多年中，浮梁知县多为常制七品却享受五品待遇。现建筑为清代道光年间修缮，县衙大堂屋脊梁上赫然写着"钦加同知衔"字样。"同知"的官阶就是五品，"钦加"即皇帝加封。

　　由于浮梁县条件特殊、经济富庶，"五品县衙"尤其重视从政环境的营造，无论建筑景观、格局布局，还是感觉、视觉文化包括树木种植，都给人以养廉倡廉的向上氛围。诸如首先映入眼帘的照壁，上绘一幅由蝙蝠、莲花、如意云纹组成的纹饰图，"蝙蝠"取谐音，冀望"为官一任，造福一方"，莲花则寓意为官清正廉洁之意；再如大堂与二堂之间的天井，内有两棵几百年的枣树，据说是县令特意栽植的，枣树花朵虽小却朵朵都能结果实，寓意县官虽小却也能办实事、干大事，保一方平安，等等。

　　不过，县衙最令人注目的，当推那些以楹联形式遍布于堂柱、门旁的廉政格言、警句。一是数量众多，凡有门柱必有联，计有 50 多副；二是内容丰富，几乎涉及为官做人的方方面面，且大多对仗工整，平仄有致，寓意深刻。其中有告示为官施政宗旨的，如"治浮梁，一柱擎天头势重；爱邑民，十年踏地脚跟牢"。有谈为民做事的，如"欺人如欺天，毋自欺也；负民即负国，何忍负之"。有告示亲民爱民的，如"宽一分，民多受一分赐；取一文，官不值一文钱"。有强调公正严明的，如"法行无亲，令行无故；赏疑唯重，罚疑唯轻"。有张扬廉政的，如"铁面无私丹心忠，做官最怕叨念功；操劳本是分内事，拒礼为开廉洁风"。有标榜勤政的，如"地位清高，日月每从肩头过；门庭豁开，江山常在掌中看"。有表明为官心迹的，如"得一官不荣，失一官不辱，勿说一官无用，地方全靠一官；吃百姓之饭，穿百姓之衣，莫道百姓可欺，自己也是百姓"。还有谈加强自身修养的，如"为政不在言多，须息息从省身克己而出；当官务持大体，思事事皆民生国计所关"，等等。它们或昭示，或申明，或自喻，或自勉，从不同角度表达了古代有识之士的为官哲学。

　　鉴古的要义在传承和实践。读"五品县衙"楹联，我个人认为最具现实意义的有四副。第一副是："法合理与情，倘能三字兼收庶无冤狱；清须勤且慎，莫谓一钱不要便是好官。"这个下联，将"好官"定位于"清须勤且慎"，即既要廉洁又要勤政，还要用心为民做事，否则仅满足于"一钱不要"算不得好官。这个观点，对现代一些只想做官不想干事、怕担风险不作为的官员，不失为思想清醒剂。第二副是："人人论功名，功有实功，名有实名，存一点掩耳盗铃之心，终为无益；官官称父母，父必真父，母必真母，做几件悬羊卖狗之事，总不相干。"这里贯穿了一个要义：无论功名还是做官，都必须坚持老实做人。做人不真实，存"掩耳盗铃之心"，做"悬羊卖狗之事"，功名再多也无益于社会，口号喊得再响，老百姓也不会买账。对照之下，今日那些仍热衷于作秀、喜欢弄虚作假的官员，应当感到汗颜。第三副是："为政戒贪，贪利贪，贪名亦贪，勿骛声华忘政事；养廉唯俭，俭自俭，俭人非俭，还从宽大保廉隅。"这个下联尤引人注意：作为领导干部，光有自俭还不够，还应"宽大保廉隅"，管住身边、周围、属下不廉不俭的人和事，对本地区本部门的廉政建设负责。这个观点，对于那些满足于"洁身自好"的官员来说，无疑是一种鞭策。第四副是："廉不言贫，勤不言苦；尊其所闻，行其所知。"这副楹联的寓意，颇似那句"鱼和熊掌不可兼得"：既然你想行廉政，就不要嫌清贫；既然你要讲勤政，就不要怕清苦。自觉把廉与勤作为一种生活习惯、一种工作常态，进入"廉而自忘其廉、勤而自忘其勤"的境界。显然，即是现代官员如此这般，也属于"人高其行服其德"的品位。

我们今天无法穿越时空去理解古人的从政心理，但站在一副副张扬着正气业已成为吉光片羽的楹联面前，一种堂堂正正为官、清清白白做事的正气会油然而生，无形的文化充沛感和包围感会向你涌来。或许正由于这种力量的作用，浮梁县历时上千载，《浮梁县知县名录》记录的347任县令，鲜见贪墨者。相反，却出了几位名标青史的清官。如宋代的许彭年，任浮梁知县时，不仅探亲休假从不拿景德镇的瓷器和茶叶回家，离任时也坚持不带一件瓷一两茶，老百姓夹道欢送，南宋史学家洪迈在《容斋随笔》中记载了他的事迹。假如古代也评选廉政建设先进单位的话，我想这浮梁县肯定榜上有名。

人类学家兰德曼有个著名观点："没有自然的人，甚至最早的人也是生存于文化之中。"人的文化消费增长，往往是与恩格尔系数的下降相关。经常置身于一个尊廉崇洁、警世醒世的文化环境，人在被感染、被陶冶、被醇化、被升华乃至欣然接受的无形过程中，就会悄然滋养出一种堂堂浩气、凛然正气，展现新的思想与美的形象，彰显高尚的道德与丰赡的情愫。至少，可以对旧的不良意识和行为起到一些警戒作用。

或许，这种文化的吸引力与感召力，也恰是"五品县衙"历经上千载而留存的一个原因吧！

行走吟

康有为青岛故居小记

　　一代宗师吴昌硕曾专门为康有为刻过一枚奇特的印章，字面是："维新百日，出亡十六年，三周大地，游遍四洲，经三十一国，行六十万里。"这27个字，凝练地概括了康有为的一生。由此可见，"康有为故居"应有多处，青岛故居乃是他最后栖居之所。尽管他并没有定居青岛，但从1923年起，每年至少到此居住一段时期，直至1927年在此病逝。

　　康有为故居，坐落于汇泉湾畔福山支路5号。原为德国总督初来青岛时的官邸，康有为1923年买下并入住。康决定在青岛置房，有个铺垫：1917年冬，是康有为第一次到青岛，其诗集中这样写道："丁巳冬至日游青岛，并谒恭邸于会泉。"面对青岛景色，发出了"青山绿树，碧海蓝天，中国第一"的赞叹，并赋诗一首："海上忽见神仙山，金碧观阙绚其间。楼阁倚山临海滨，碧波浩荡通天边。"不难看出，康有为对青岛的第一印象颇佳。1923年，康有为携子女同筏、同凝、同环重游青岛，感觉犹如"重入神仙画里来"，遂想在这人间仙境置一栖身之所。当时，青岛叫"胶澳商埠"，督办熊炳琦因仰慕康有为大名，先将德国总督这所官邸租给其住，后又以1000银圆（相当于5万元人民币）的价格半买半送。康有为在《与方子节书》中说："吾今得屋，即德人初得青岛时旧提督楼，今虽租之，然青岛官地，无非租者，可继续租去。"喜得新居，他专门作《甲子六月领得德国提督楼》诗一首："截海为塘山作堤，茂林峻岭树如荠。庄严旧日节楼在，今落吾家可隐楼。"兴奋之情，溢于言表。

　　从鱼山路下车沿一条石子铺就的蜿蜒小路北行，不多远，便可看到掩映在绿树之中黄砖红瓦的小楼。门口的"天游园"简介告示，这座德式小洋楼始建于1899年，为三层砖木结构建筑，建筑面积 1128 平方米。走进院子，沿台阶拾级而上，即入一楼康有为生平展室。正厅内有一尊康有为坐姿塑像，背景有一长匾，上书毛泽东《论人民民主专政》中的一段话："自从 1840 年鸦片战争失败那时起，先进的中国人，经过千辛万苦，向西方国家寻找真理，洪秀全、康有为、严复和孙中山，代表了在中国共产党出世以前向西方寻找真理的一派人物。"（引自《毛泽东选集》第四卷，人民出版社，1991 年，1469 页。）这无疑是对康有为这一人物的历史定位。据说，这里当初曾挂过溥仪题写的"天游堂"匾额，乃是康家待客的地方。沿着狭窄的木质楼梯上到二楼，是康有为的起居室和书房，解说员说，康有为与第三代恭亲王溥伟私交甚笃，溥伟移居大连时，遂将家具全部赠予康有为。这幢小楼右侧几丈之遥是一派葱茏的小鱼山，面南百步处便是大海。坐在二楼的阳台上，可以直观海景，称得上是一处位置极佳的海景别墅。或许正是基于这样的感念，"屋虽卑小，而园甚大，望海碧波，仅距百步"，康有为感觉"风景极佳，盛暑不热"，乃将此宅称为"天游园"，自号"天游化人"。

康有为在中国近代史上是个颇有争议的人物。颂之者称他是改革家，"广厦长素究为谁？南海先生康有为。治学公羊张三世，上书清帝凡七回。论性劝学长兴记，万木草堂立学规。人类公理大同书，不忍为仁孟子微"。贬之者称其为保皇党，如章炳麟在《驳康有为论革命书》中对他的保守思想就多有批判，其中重要原因是戊戌变法失败后，他并没有和谭嗣同一样选择杀身成仁，而选择了逃亡。

1927 年 3 月中旬，刚刚在上海过完大寿的康有为，回到"天游园"别墅。3 月 29 日，去粤菜馆英记酒楼参加同乡宴，喝了一杯橙汁后，突然腹痛难忍，急忙回家，当夜呕吐不止。31 日凌晨 5 时许，"七窍出血而死"，葬于他自己在青岛事先选好的墓地——枣儿山。康有为死时,妻妾子女大都不在身旁,门人弟子也散落各地。梁启超在北京闻知噩耗后,失声痛哭,于4月17日召集康门弟子在宣武城南畿辅先哲祠举行公祭。弟子们涕泪双流,梁启超哽咽着宣读祭文:"吾师视中国如命……思托古以改制,作新民而迈进……綮百日之设施,实宏远而周详……后有作新中国史者,终不得不以戊戌为第一章。"

关于康有为的死因,盖因乃"七窍出血而死",属于非正常死亡迹象。于是,便出现了种种猜测:一曰被国民党人下毒害死,二曰被慈禧太后生前所遣杀手下毒,三曰被日本人投毒害死,四曰酒楼食品不洁所致……究竟是何因所致,目前仍为悬念,却从另一个侧面反映了康有为这一人物的复杂性。

不明的死因和褒贬不一的评说,为康有为的一生画上了句号。然而,无论褒也好,贬也好,都无可动摇他作为中国近代史上一个非凡人物的存在。

文脉悠悠帝师居

辛丑牛年六月，当我站在清帝师杜受田的铜像前，品读着那副"文思洒落玉宸上，正色昭融珠斗间"对其才华官德评价的楹联时，忝列文化人且素来喜好游名人故居的我，一下子为自己的孤陋脸红了。

滨州距离省城济南，驱车顶多也就是两个小时的路程，基于地缘和工作原因，这些年我曾多次路过滨州，按说早该来拜谒的了，然而却一直不得其门而入。倘若此次不是承蒙滨州企业文化学会赵新波会长盛邀，我真不知道滨州古城区还有一座"一门之盛，甲于天下"的帝师故居，更不知道这里尘封着一个家族 500 年间长盛不衰的延世奥秘。

一

这是一座具有明清鲁北民间建筑特色的旧建筑，也是杜受田从出生到青年时代生活、读书的地方。相对于主人的身份，故居的建筑极为普通。它是杜受田的父辈们和众多的叔兄弟们的房产，大院占地约 20 亩，有 28 个院落，380 间房屋。大院的奠基人为杜诗，位居二品，按照明朝礼制，他家的大门可以开三门，五架大梁，但杜家宅仅一门；他居住的房屋，可五间正房九架大梁，但杜家仅三间正房五架梁。延传至杜受田，虽然位居一品，但硬是地未置一亩，房未增一间。大院的房屋装饰也非常简洁，大梁上一概没有绘画，雕刻少线条少。人道是"侯门深似海"，而这里，既没有崔嵬宏伟的高墙大院，也没有花遮柳护的亭台楼阁，更没有金碧辉煌与珠围翠绕。不要说王侯将相，就是同一般官宦人家相比，也显得有点寒酸。

然而谁能想到，就在这座低调平实的大院里，却走出了跨越 500 年明清两朝国内不多的知名望族，有着"十二进士出一门""四世六翰林""四代为相""满门皆清官"之显赫与荣耀。整个清代，滨州地界考取了 28 名进士，杜家一门就有 9 名；明清两朝，滨州杜家出了 12 名进士、8 名举人、327 名秀才和贡生。他们构成了杜家为官的基本队伍。至于出了多少基层官吏，连杜家人自己也说不清。

官高不自傲，位显不招摇。低调，内敛，谦逊，平实。或许，这正是门楣显赫的滨州杜家鲜为人知的一个重要原因。不过，也正是这种低调为官做人，让这座帝师故居充满了令人神往的延世奥秘。

二

岁月不居，古老坊巷，文脉悠悠。经过悬挂着"太师第""相国第"横匾的木牌坊，走进杜家大院可发现，与牌坊相辉映，最抢眼的景观是大门内墙上琳琅满目的牌匾。东大门内有"方伯第""相国第"，北山墙上悬挂"会元""传胪"，南山墙上悬挂"亚元"。穿过大门，向前左拐，二门上悬挂"祖孙父子兄弟伯侄翰林"匾，还有堂堂皇皇的"翰林"堂，"举人""进士""士大夫第"等。这些牌匾，每一块似乎都想向游人诉说这里昨天发生的故事。它们是杜氏一门的功德荣誉，更是历代杜氏子孙发奋成才、终成正果的旌表。

"方伯第"，专属于杜诗。他是杜受田的八世祖，曾任明末湖广、江西布政使，相当于现代的省长。"相国第"，是杜受田的荣誉。清道光三年，杜受田参加会试，考中第一名，称"会元"；参加殿试考中二甲第一名，称"传胪"（一甲前三名称"状元""榜眼""探花"）；咸丰继帝位后，提升其为协办大学士，民间俗称大学士、翰林等为"相国"。

"祖孙父子兄弟伯侄翰林"，指的是从清嘉庆六年进士、翰林杜堮，至咸丰六年进士、翰林杜庭琛四代人五位翰林；祖孙是指杜堮与道光二十四年进士、翰林杜翰，道光十五年进士、翰林杜翻，以及杜受田与杜庭琛；父子指的是杜堮与杜受田，杜受田与杜翰、杜翻，杜翻与杜庭琛；兄弟指的是杜翰与杜翻；伯侄指的是杜翰与杜庭琛。因此，四世五翰林在滨州传为佳话，成为奇迹。

"亚元"是杜坊的荣耀。嘉庆五年（1800），杜堮的长兄杜坊高中庚申科乡试亚元（第二名）。

……

这些匾额，不仅给杜家带来了高光的荣耀与辉煌，也吸引了明清时期不知多少文官武将出入杜家宅第，多少文人墨客为之倾倒，从而使得黄河三角洲这方宝地更加灿烂。

荣耀的背后是精神。在物质世界中踉跄蹒跚的人类，一直在寻求精神的华殿。哲学家以逻辑思维为人类设计了那么多的航灯路标，文学家用形象描绘为人类营造了那么多的诗化乐土；庙宇中的祭奠，教堂间的牧歌，禅房内的经声，道观里的诵诫……这些或高尚或有趣或无奈或乏味的精神建构和活动，都试图安顿人类那扯碎了的梦中惊魂，并从中觅索一方精神的守望之地。

滨州杜家为什么会诞生那么多的高官显臣？导游员借用坊间传说，绘声绘色地向我们讲述了三个原因：

一曰杜家的阳宅吉。地处滨州城的最高处，与滨州城十字街北的知州衙门隔街相望，尽收天地精华，古来就是吉祥之地，连地下的基土都是红色的。

二曰杜家的祖坟灵。地处阴阳平衡的高岗，距滨州城一里之近，西邻宋代状元胡旦墓，再往西是明代户部尚书张西铭墓。

三曰杜家的水质奇。杜家大院共有三眼水井，一在主院院内，一在女眷绣楼耳房屋内，一在杜家"大同客栈"屋内。主院的水井修建于宋朝，俗称状元井，井深 12 米多，在滨州这种平原地区极为罕见。坊间相传，此乃渤海的两口气眼之一，尽占天地灵气。

三

历史常是成功者的自我宣传。作为滨州地文化翘楚和一代帝师，杜家完全有资格成为后世的学习榜样。但将一门兴盛附会于风水，将人杰归于地灵，忽视人本要素，似乎有点八卦玄学，令人难以置信。

那么杜家兴盛五百年的真正奥秘是什么？透过帝师居的古坊古井古匾，从院落中那抓一把泥土就能攥出文化汁液的故事里，似可爬罗剔抉出共振于历史与现代的真实，觅寻到杜家科甲鼎盛的文化品格和精神气质。

其一，家和环境氛围的暝霭润养。一个人的德行及生活方式，既取决于他所处时代的氛围与习气，也取决于他骨髓和血液中所传承的种种特质。杜家大院，又称"八大院"。顾名思义，应是兄弟八人始居于此。从杜氏家谱上看，只有杜氏第十四世、杜受田之父杜谔一辈是亲兄弟八个。可以断定，"八大院"之名始于此。

"八大院"有一个显著的与众不同：东南西北各个方向不仅有大门，也有过道，四通八达。大院内，各个小套院之间不仅开后门、侧门，而且还有门道相接、廊厦相连。整个大院内没有一处封闭，空间上相对独立，氛围上户户相通，彰显着一派兄弟亲密、妯娌和睦的亲情温馨，一种"家和万事兴"的齐家旺象。

与院落布局相应，杜家十分看重和遵循一条"家和"理念："自来家之不和，多起于妇人。以其性多猜忌，好记小嫌；又或偏私易惑，藏获投间；又或意为爱憎，气欲凌人。种种不通，难为理喻。故择婚不可不慎，必取诗礼之家，毋贪货财，毋贪族望。"因此，杜家高度重视女德之于人伦和睦、家道兴衰的关系，尤重女德培养。与此同时，在子女择偶上也把女德视为重中之重，与曲阜孔家、广东海丰吴家、惠民魏家大院魏家、惠民李阁老李家、桓台新城王家等名门望族，都有着姻亲关系。正是这等居家环境的开放与包容，兄弟妯娌间的和谐相处，锻造了杜家一大批清官干吏，他们从"修身齐家"走上"治国平天下"的舞台，人人都像这座建筑一样，外圆内方，进退自如。可以说，杜家一门的良好素养和为官修为，发端于其家族厚德敦伦、治家睦邻的"家和"暝霭润养，正能量挥洒几乎遍布全国各地。

其二，家教文化土壤的苍烟滋染。杜家先贤对教育尤其是幼教极其看重，看作家族的头等大事和家族延续的百年大计，有着深邃的智慧、超前的意识。杜氏家训写道："生而知学者，无有也；生而不可教者，亦无有也。孩提渐远，知识渐生，此时如泉出山，清莹秀澈，流而不息。"明洪武二年（1369），杜家始祖杜雄飞作为朝廷移民落户滨州经营药铺，在家有余财后即始顾及子孙教育，至第五世出了杜纶、杜勋、杜勰三位秀才，开创了耕读传家的家风；明嘉靖、万历年间，家族教育飞速发展，科举中第者络绎不绝。嘉靖四十四年（1565）六世杜其萌中进士，万历二十六年（1598）八世杜诗中进士，万历二十九年（1601）七世杜承式中进士，家族逐步走向兴盛。

从家族教育的硕果中，杜家人更加认定教育的重要性。万历三十七年（1609），杜诗在为母亲守制期间，撰修了家族第一部家谱《杜氏世谱》，以宣扬祖宗旧德，昭示后人，首创了修谱垂训之风。杜受田曾祖、清乾隆二年（1737）进士杜薰，在杜氏家族文化的传承中发挥着独特的作用，他对子弟的教育首先做到了率先垂范、正人先律己，并臻成行为规范。杜薰之子杜彤光虽未出仕，但对家族教育贡献极大，并将其教育理论推向社会，投资并参与了滨州城第一所官办学堂"培风书院"的修建与管理，对清中后期滨州的文化教育繁荣有首列之功，其

行走吟

教育思想在继承"子弟皆当学"传统内容的同时，提出了"孩提之童，知爱知敬，始家邦终四海"的德育理念，并倡导"身教言教并重"的教育方法，要求"身为家长，宜率先子弟，各执其业，修孝悌忠信之行"。正是这种先进的教育理念、可行的教育实践，从其儿子杜堮开始，孙子杜受田，曾孙杜翰、杜翮，玄孙杜庭琛均中进士、入翰林，支撑了杜氏家族代有英才出的壮美。

其三，书卷品味气息的氤氲拂煦。在杜家大院的墙壁上，书写着一则"双龙跪臣"的故事：说杜受田担任咸丰老师，抓学习非常严格，有一次对完不成功课的咸丰大加训斥，责令跪地。道光皇帝恰好路过，一时爱子心切，随口说道："读书也是君王，不读书也是君王，大清天下马上得。"杜受田立即辩驳："读书知理是明君，不读书知理是昏君，一统江山马下治。"为了维护治学之道，不惜顶撞皇上，一副儒臣的凛然正色。道光皇帝自知理亏，便与咸丰一同在孔子像前跪拜，向杜受田致歉，从而留下了"双龙跪臣"的佳话。

如果说此事不足以表明杜门重视读书的话，那么悬挂于杜家庭堂的杜氏训词，如"官可以不做，书不可不读""学优则仕，不优则不仕，优亦不必仕也""不患无位，患所以立"等，被杜家一代代引以为治家圭臬，便可作为佐证和补充。为了引领子孙追求"诗书传承""耕读世家"，杜家大院奠基人杜诗开辟了"净明山房"，作为院中最重要的建筑之一，专门供子弟藏书读书之用，并购下城中名地"卧佛台"，建成家族私塾，广拜名师，为后代提供尽可能好的教育条件。清代翰林编修、礼部左侍郎杜堮，他从出生到中进士50多年间一直生活在杜家大院。在这里，他读书治学，娶妻生子，侍亲交游，谆谆告诫后人以知书达理、安身立命为本，并于道光七年（1827）著作《述训》48则，作为杜氏家族的教育专著。

浓厚的书卷气息拂煦，杜家子孙自孩提时代起，便润物无声地黾勉成长，铸造着良好的品格和优秀的学业。杜氏家族的出仕，几乎无一例外都是通过艰辛的科举之路通达，从基层的乡试到最高的殿试。"翰林堂"大厅的上方，悬挂了一块由咸丰帝御书的"期颐衍庆"匾额，是对杜受田祖孙三代的褒奖和评价，赞扬杜堮、杜受田、杜翰、杜翮祖孙三代四人，都是勤奋好学、学识渊博、悉心教育天下士子的正直之臣。

其四，家风守正仁厚的砥砺催生。游历杜家大院，在大院的西南角，你会很自然地走进一个独立的普通小院，户主人姓刚而不姓杜。也就是说，这户人家如同意大利境中的梵蒂冈一样，虽然居于杜家大院内，却是"院中之院"，并非杜氏一脉，因此被当地人称为杜家大院的"刚柱子"。这是怎么一回事？当你拉直了问号，会情不自禁地为杜家人守正仁厚的家风而唏嘘赞叹。

杜家大院繁衍至清嘉庆、道光年间，不仅人丁兴旺，而且子孙个个成才，于是便扩大旧居规模，欲将故居邻宅全部买下。此时，杜堮正在礼部左侍郎任上，特意写信告诫家人："切不可仗势欺人，一定要买卖公道，要多付银两。"由于价钱公道，各迁移户都顺利地迁出，唯有西南角这户刚姓人家，无论杜家出多少钱都不愿意迁居。家人写信告诉了杜堮，杜堮回复道："自家修房屋，不要难为乡亲，刚姓人家不想迁，就留下吧！"于是，就有了杜家大院有名的"刚柱子"的故事。如今这户人家的老屋犹在，磨面的石碾子尚存，借着杜家大院的一角，默默地诉说着杜家不因权位显赫而为难街坊的仁爱与敦厚。

杜氏祠堂是杜家大院重点建筑之一，系八世祖杜诗先建，主要供奉杜家自始祖至三宗二支祖先，纪念传扬祖宗功德。祠堂上悬有一副楹联："报国承家无非是栗栗小心成就个端人正士，敦耕劝学也只为绵绵奕业作养些孝子贤孙。"这里成了杜家"正心"教育的基地，历代子孙以"正"修身，以"正"养性，以修养"至

行走吟

仁至善至厚"内心为指向，推至"齐家、治国、平天下"的本事，树立"为天地立心，为生民立命，为往圣继绝学，为万世开太平"的家国情怀与责任担当，成为品德高尚、智慧源醇、能够承家报国的有用之人。这正是杜家一代代谦虚正直做人、爱国恤民做官、廉洁勤政做事的思想嚆矢。也正是得益于这种滋养，杜家的优秀传人杜受田，在道光皇帝经过谨慎考察后，给予了如是钦赞："秉公端正，砥节直清；经术渊深，体用兼备。"并委以了令杜家享誉崇高的帝师重任。如果说，这是对杜受田深厚学养的肯定，又何尝不是对杜家醇正家风的一种褒扬呢？

四

杰出的人物，常是改写历史的一个符号、一个指数。杜家大院因有杜受田而鼎盛，杜氏文化因有杜受田而绚丽。

杜受田，字锡之，号芝农，是杜堮唯一的儿子，是杜氏家族的核心人物。他乾隆五十二年（1787）出生于杜家大院，7岁时入家族私塾读书，14岁时随父亲杜堮到滨州城南的蒲台县城读书，后随父到京城居住，并在父亲的指点下广泛涉猎经史子集。嘉庆八年（1803），杜受田回家乡滨州参加秀才考试夺得第一名；嘉庆十年（1805），应山东乡试，以全省第24名的成绩高中举人；道光三年，获癸科会试第一，复行殿试，获二甲一传胪，赐进士出身，选庶吉士，任翰林院编修，后为山西学政。道光十五年（1835）特召进京，直上书房，教授皇子读书。道光十八年（1838）升左都御史、工部尚书，充上书房总师傅、实录馆总裁。咸丰即位后，加太子太傅兼吏部尚书，调刑部尚书，礼部尚书、协办大学士。

杜受田幼年生活在杜家大院，受的是正统的儒家思想教育，以忠孝节义为立身之本。作为独生子，他至孝地照顾着父母晚年的饮食起居，虽16岁中秀才、18岁中举人，但一直跟随在父母身边，直到36岁方参加会试，40岁时才正式到翰林院任编修。

入仕后，杜受田无论在翰林院内任职，还是到全国各地担当考官、学政，总是兢兢业业，殚精竭虑。道光六年（1826），杜受田到翰林院任职，先授职编修，次年改任国史馆协修，后又补任国史馆纂修、国史馆总纂、国史馆提调等职。据史料记载："每馆期辰往酉还，风雨寒暑无间。"道光十三年（1833），杜受田被派往山西任职。临行前，安排自己的妻儿留在京城侍奉父亲。道光十五（1835）年七月，他被授职为洗马，从山西调回京城，等接替的新学政一到，他立即进行了交接，昼夜兼程，匆匆赶回父亲身边。

道光十六年（1836），杜受田被选为四阿哥奕詝的师傅。在教书的同时，还肩负着其他重任。道光二十年（1840）四月，担任朝考阅卷官，次年受命为会试副总裁，不久兼任户部左侍郎，管理国库，成为清王朝的总管家。因为管理银库的看守大臣监守自盗的事情被揭露，杜受田进行了大力整顿，裁减了两员管库大臣，自己以户部左侍郎的身份直接管理银库，取消了管库大臣饭银，皇上对此很欣赏。道光二十九年（1849）二月，杜受田出任上书房总师傅，道光把培养皇子的重任全权托付于他。

道光三十年（1850）正月，四阿哥奕詝登基，是为咸丰皇帝。即位不久，便拟旨赏杜受田加太子太傅衔。二月，杜受田任职实录馆总裁；三月，兼任吏部尚书，并负责复查会试试卷；四月，任殿试读卷官；五月，任教习庶吉士，再调刑部尚书；六月，授协办大学士。从此，一步步进入清王朝统治集团的核心。咸丰把杜受田视为重要辅相，凡国家大事或重要安排必征询他的意见。林则徐、周天爵等人都是在杜受田的保荐下重新起用。

咸丰二年（1852），黄河决口，杜受田主动请缨奉使赴山东、江南等地赈灾，修治黄河，不幸在途中染病，卒于江苏清江浦驿台，终年六十六岁。

杜受田病逝后，咸丰痛哭流涕，亲自带领两班大臣前往祭奠，并追赠为太师大学士，谥号"文正"。"太师大学士""文正"是清朝人臣中最高级的一种册封，自嘉庆帝以来，汉族大臣被追封太师大学士者，仅杜受田一人。有清一代，谥"文正"者仅有汤斌、刘统勋、朱珪、曹振镛、杜受田、曾国藩、李鸿藻、孙家鼐八人，"文正"是谥号的最高荣誉。

杜受田以自己壮美的一生，实现了一个封建士大夫在自己所处的时代所能达到的最高荣耀，《清史稿》专门为其单列一章。他的成功源于滨州杜家大院暝霭苍烟的润养，同时又以自身黾勉守正仁厚，为滨州杜家创造了门楣的最高辉煌。

固态遗产的最深厚魔力是文化。华夏的禅山佛寺何其繁，张继的一首《枫桥夜泊》，竟使姑苏城外寒山寺的盛名历经千载而不衰；九州的楼阁亭榭何其众，范仲淹的一篇《岳阳楼记》，致使一座平凡的楼阁，成了北宋以降游人不绝的胜迹；中国民间大院何其多，因有了名扬千古的一代帝师，让杜家大院这座普通低调的民间建筑，堪比豪华的晋中乔家、灵石王家、新田龙家、祁阳李家、寿安陈家、张家界田家、雪溪胡氏等著名大院，并且以"精神大院"独美于前。

离开帝师居，已届正午时分，日光照射在略显孤寂静穆的院落间，惊鸿一瞥，虽然明知道而今它只是人们的参观游览之所，可我依稀感觉，其中仍有瑞气升腾，祥云缭绕。那是什么？一种深沉的文化脉息，还是一种灿烂的齐家魅力？我说不清。

灵岩寺里猜钟鼓

济南长清万德有一千年古刹，名曰"灵岩寺"。寺内有处由167座石质墓塔组成的墓塔林，那里沉睡着从北魏、唐、宋、金、元到明、清期间的历代住持和高僧。墓塔有高有低，形态不一。依塔的形制区分，除了少量方碑形塔、穿堵婆塔、经幢塔、亭阁式塔之外，多为钟形塔和鼓形塔，而前者又远远多于后者。

个中原因何在？我曾多次游过灵岩寺，对此却长时无知。丙申年秋，陪友人游灵岩寺，特意请教导游小姐，告曰：墓塔的高低大小，是主人生前修行业绩的标志，修持业绩大、享受烟火多，墓塔就高大，反之亦然。墓塔的形态，则是主人圆寂的时辰标志，早晨圆寂的示以钟，晚上圆寂的标以鼓，正所谓"晨钟暮鼓"。那么，何以钟形远远多于鼓形，亦即是说，高僧为何早晨圆寂者居多呢？导游小姐答不上来，网络搜索亦无结果。借问寺僧，所得到的也只是默而不答。于是，猜度的思绪便在秋风中展拓开来。

"晨钟暮鼓"，又作"暮鼓朝钟"。佛教规矩，寺里日暮打鼓，清晨敲钟，用以报时，并统一僧人功课。文字上最早的说法，见于南北朝庾信的《陪驾幸终南山和宇文内史》，其中这样写道："戍楼鸣夕鼓，山寺响晨钟。"唐代诗人杜甫游洛阳龙门奉先寺，写过一首《游龙门奉先寺》，专门描述僧侣生活的清苦："天阙象纬逼，云卧衣裳冷。欲觉闻晨钟，令人发深省。"宋代诗人苏东坡一次夜宿寺院，耳听暮鼓晨钟，作《书双竹湛师房》，生发出了"暮鼓朝钟自击撞，闭门孤枕对残釭"的感受。南宋诗人陆游的《短歌行》，触景生情，也写下了"百年鼎鼎世共悲，晨钟暮鼓无休时"的诗句。在他们的笔下，寺院生活的孤寂和清冷，浸于字里行间。

　　"暮鼓晨钟"的意境，主旨恐怕还在于砥砺，劝人精进修持。面对青灯古佛苦哈哈地修行，看似单一循环往复，实则乃心志和毅力的坚守，业绩与惜时密切相关，于是，"暮鼓晨钟"便成了时光流逝的警示。元代萨都剌在《酹江月·任御史有约不至》中写道："几度暮鼓晨钟，南来北去，游人心未倦。"汪元亨在《朝天子·归隐》中说："暮鼓晨钟，秋鸿春燕，随光阴闲过遣。"都意在告诫切莫蹉跎时光。到了明清，世人又以"暮鼓晨钟"劝勤。如明代周履靖的《锦笺记·协计》，载："清净是菩提，爱染难离，蒸沙为饭饭终非，暮鼓晨钟勤忏悔，怎免阿鼻？"清人颜邦域的《三刻〈黄门家训〉小引》，载："是深之可为格致诚正之功者，此训也；浅之可为动静语默之范者，此训也；谁不奉为暮鼓晨钟也哉？"很显然，"暮鼓晨钟"的意境，在这里又出现了新的飞跃。

　　佛家讲究"六根清净"，主张超脱世俗，因此就"暮鼓晨钟"的指向来说，我更赞赏济南千佛山兴国禅寺大门两侧的一副石刻楹联："暮鼓晨钟惊醒世间名利客，经声佛号唤回苦海梦迷人。"这里不仅道出了佛家"觉者为佛"和"明心见性"的理念，更成了劝世谏言：你看那滚滚红尘，有多少人追名逐利、醉生梦死，可是到头来呢，韶华白首，撒手人寰，他们究竟得到了什么？

　　当然，话又说回来，"暮鼓晨钟"的这种"发人深省"，在不少人那里，往往只是属手电筒的，劝他人可以，说服自己难。君不见，有人台上大讲淡泊名利，台下却大搞争权夺利；有人劝人"钱财乃身外之物，生不带来死不带去"，临到自己却是"贪心不足""欲壑难填"。这种"眼里识得破，肚里忍不过"的"醉猿生相"，与刘元卿笔下的馋酒猩猩何其相似？那么，面对身后墓塔与修持业绩挂钩的诱惑，"暮鼓晨钟"下亦食人间烟火的僧侣们能持否？不揣冒昧，姑妄猜之：或许，这正是墓塔林中"钟"多于"鼓"的一个原因吧？至少有这可能。于是，任你"经声佛号"亦难唤回了。

是谁发现了南伊（外四篇）

是谁开启了这逶迤南去的山路？是谁引来了这蜿蜒而来的溪水？是谁让这远离喧闹的山谷绽放着诱人的亮光？

我问高耸的雪山，雪山无言。

我问风中的尼玛石堆，石堆无语。

张开想象的翅膀，我会推出这样的情思：阿旺罗桑嘉措东进觐见顺治，开辟茶马古道走林芝。原本，活佛取道这观念中的野蛮工布藏区，只是想避开噶玛统治者的眼线。未想到竟在这儿发现了神山：像银铠墨龙横空出世，如青斑雪骥湖沼群奔，金光灿灿，银光熠熠，光影错动。啊，南迦巴瓦！南迦巴瓦！雪峰由此嵌入活佛法眼，成了"天上落下的石头"（藏语中南伽巴瓦的喻义）。

南伊与南迦巴瓦，隔江相望。活佛看到它了，一定看到它了。或许，缘于天上飞的一朵祥云，它贴着雅鲁藏布峡谷飞，穿越喜马拉雅山和唐古拉山，将活佛的目光引进了这世外桃源？或许，缘于南伊飘出的一片花瓣，它散发着欢乐和幸福，传递着梦想和希望，感染了活佛铿锵的脚步？它为南伊贴上了第一块印记。

舍此，我再无可想象，谁还会有如此睿智，谁还会有如此彻悟。南伊，藏语中的仙境。何等地惟妙惟肖！何等地富有想象和诗意！

我问活佛，活佛默而不答。

阿旺罗桑嘉措活佛圆寂后，其转世灵童出自藏南，乃门巴族。

大自然的任性

细雨霏霏，唤醒了种子，拨动着绿韵。每一个角落都荡漾着翠意，每一缕空气都弥漫着爱一样的甜蜜气息。

一位英俊的门巴青年，从喜马拉雅山南麓，翻山越岭来到南伊。他救起了一只受伤的五彩鸟，五彩鸟变成一位美丽姑娘。潇潇雨歇，晴虹桥影。青年与姑娘蹚过了爱河。

时空越千年，传说被美酒和酥油茶酿成了歌。摇扬如丝的雨色，遮盖了坚固族谱的雨色，滋养了一个具有两千多年历史的珞巴民族。我听见血液里流淌的水声，有如月光推涌云朵。

南伊沟啊，以宽阔的胸怀接纳着大自然的任性和厚赐——十里不同天，一天不同季。让草木繁茂，让绿茵吐翠，让桃红柳绿，到处洋溢着诗意和灵动。一群群唤名松萝的少女，戴着淡绿的轻纱飘动在树杈枝丫间，营造着仙境的大美景观。摇曳的吊桥上，我感觉自己想哭。我分明感觉清新的空气直往心肺里钻，将我充沛，将我陶醉，让我流连忘返。时间啊，你这久远年代的一叶标本，是我唯一的遗憾。

我读沉沉绿意读氤氲花香，我听瞬间与瞬间的碰撞。风中飘动着哈达和经幡的小木屋啊，我是你今夜唯一等待雨声的人。

细雨似尘，倏而如珠。雨打芭蕉，惊扰了一帘幽梦，却把滋养留住。

南伊沟的云朵

大朵大朵棉絮般的白云，仿佛不在天上，而在地上，在天和地的交界处。点缀着湛蓝的天空，映衬着高耸的雪峰。

飘过山，你听见了阳光在树丫间歇息，每一缕都蕴藏着瞬龙翥凤，每一片都孕育着霹雳雷霆。

这个傍晚，站在传说是门巴青年和美丽姑娘相遇的地方，我遥望着西南边的天。那儿只有一道明亮的红云，从蓝色中直透过来。我望着它，等它隐去，然而它竟不，执拗地横在那里。忽然，云层中出现了一团火光，像是个正燃烧的火球在打滚儿。紧接着，一道闪电划过长空，宛如横空飞过的闪着磷光的翅翼。惊雷来了，震耳欲聋，就像大口径炮弹的爆炸。

远方啊，除了惆怅还会有什么？你的灵魂，被哪一朵雷电叫醒？你清晰地记忆那一大片沃土，到底是不是强盗从积贫积弱者手中掠取！

疼痛啊，疼痛啊，就在今夜我被整整一百年的耻辱痛醒了。我知道应该远离龌龊和渺小，走近纯净和博大。可我更懂得，时间可以改变命运，却不能温暖山川，更不能去除心中的耻辱抚平心灵创伤。崇尚以德报怨的人啊，岂能把所有的痛乃至深入骨髓的耻一股脑儿都遗忘？

也就在今夜，中国梦、强军梦在我的认知中见了更耀眼的亮光。

喧嚷的山溪

我是大江中的一股溪水，我从山南峻峭的悬崖下流过，从对峙的峰中流过，沿着沟谷蜿蜒走来。不管道路多么崎岖，有多少大大小小的石头阻挡。

我翻腾着身影，撞击着岩石，声响弥漫在山谷中。我游弋月光，拍击黑暗，与行人对歌。忽而婉转低唱，忽而引吭高歌。在月夜下排演水雾迷蒙的丝舞，吟唱白莲盛开的童谣。

雅鲁藏布江，这巨大的器皿，盛装了我一生的情感。湍从黄牛去，涛似白马来。鸟声风声月光流淌声与我的喧嚷声交浑在一起。那些音律，交响乐也似，在时间的缝隙里碰撞交融。传统的非传统的困惑和烦恼，扰乱了心灵。我高擎天镜，绕过林间，淌过礁岬，与烟波结伴同行。一路潺湲、蜿蜒着，一路闪烁、奔涌着。

我来到了心灵的清澈之河。我乘着露水和花香，流进了寂静。我从寂静的内部嵌入，从水声的深层契合。心灵漾着溶溶的月，生命透着亮亮的光。

羊群蚕蛹般蠕动在草原上。这时候，西天的霞光仿佛燃烧的激情，把喜马拉雅山和唐古拉山都带进了古老的神话。在这巨大的天幕下，高山、大川、草原，包括一切视为天大的眼前功利，都显得那样的苍白、渺小。

我随羊群匍匐北上，朝圣者的祷唱在江水里回荡。万物沉睡，灵魂唤醒。

我想做一株山桃

我想做一株山桃，傻傻地不识时务地长在南伊沟的某一个角落哪怕只开一朵小花。映白云悠悠，伴空山鸟语，远尘世功名，体味宁静致远。

是谁，被坚硬的冻冷划伤了？不妨来找桃花，超然的氤氲气息，是促进伤口愈合的最好药方。

面对一去不返的春江水，空悲着年复一年的春去春回。我要长出一抹绿，绽放一点红，予人一缕清香。诚然，它是那样的微不足道，甚至让人不屑一顾。但我内心里是安逸的、充实的，也是幸福的。

我愿意用带着茸茸细毛的果实装扮春光，我希冀以小小的青涩亮点展示存在。我也是一株草木啊，以泥土为床，与冷雨为伴。听无边的静洒满沟壑。哦，上天正用一小片阳光擦拭大地的镜子。

天开了，地阔了，正是思想驰骋、放飞梦想的时候。但我有理由拒绝一粒尘埃，我有理由用花瓣举起清香和崇高，为朗朗天地脉动正气，为美的世界增添清纯。

我在一朵花蕊间点燃梦想的心灯。忽然有了感动，有一种油然而生的感动。我借一棵山桃说天地的悲悯和仁慈，诉尘世间的不平与遗憾。我在灵魂沐浴中感悟生命的价值和追求。阳光下，我心驰神往，满眼泪光。我知道，爆米花般膨化的物欲已经扭曲了灵魂，滚滚红尘之外，只有这清纯才是生命的底色——苏世独立，与人类一起抵达永恒。

翠山低秀，溪水凝眸。我只需一掬清洌的溪水浇醒自己。南伊啊，你会接纳我这个一路风尘尚未脱俗的游子吗？

行走吟

方物记

■ 绰号

我上小学时，村里有户人家，不知何故，一直有个怪怪的称呼：男人被叫作"日本"，女人被叫作"日本娘们"，小孩子则被叫成"小日本"。一天上学路上，我们小同学几个想起昨晚看的电影《地道战》，便策划模仿片中人玩一遭打鬼子。结果，同班的"小日本"每经过一处草垛或矮墙，总有埋伏在那儿的"八路"和"民兵"向他扔土疙瘩"手榴弹"，直炸得"小日本"叫苦不迭，满身黄土，连喊带哭跑去找老师。

老师把我们几个狠批了一顿，并明令向那个孩子公开道歉。原来，人家是纯种的中国人血统，虽说有个大伯在外挣工资，时常捎些令庄户人眼热的东西，但与日本根本不沾边。之所以被贬损为"日本"，是缘于有一年种萝卜，敝村人种的都是传统品种，唯独他家种的是从外地捎来的据说是日本的种子。这种萝卜，长大以后，除头顶一穗绿缨外，通体雪白，个头大、产量高，着实令人眼热。于是，便有嘴贫之人揶揄他家是"日本种""日本萝卜"。后来，尽管白萝卜推广到了全村，却单单把"日本"绰号留给了人家。老师借题发挥，教育全班同学：给人起绰号包括叫人绰号，是一种不道德行为，把同学当成"日本鬼子"更不应该、绝不允许。

绰号有时候以褒的面目出现。五帝时，高阳氏有八个好儿子，世人受了他们的好处，褒之为"八恺"；高辛氏有八个好儿子，个个贤能，人们褒之为"八元"。《水浒传》中梁山好汉一百单八将，个个有诨号，被人称为"及时雨""玉麒麟""智多星""入云龙"，心里高兴；被人叫作"活阎罗""丧门神""母夜叉""母大虫"，心中也不恼。在那个"你有我有全都有"的群体里，似乎什么样的绰号都归于一种荣耀，有就比没有强。实际上，通常情况下，绰号应是一面照耀人格形象的镜子。清代，有位被称为"驴车尚书"的戴敦元。此人是乾隆五十八年进士，任刑部尚书，这本是个大有油水可捞的职位，可戴氏为官清廉，家无余财，连一般官僚都要置办的车、轿都没有。一天下雪，戴敦元身着雨披，独自步行上街，叫来一辆驴车坐上前往刑部衙门。直到付车钱时，赶车人才发现摘了雨披的乘客竟是帽子上有珊瑚顶的一品大员。从此，"驴车尚书"的别号在京城不胫而走。还有诸如"半鸭知县""铁面御史""一钱太守""瘦羊博士""大树将军"等，都是对清廉刚正之士的褒扬与称赞，每一个绰号背后，都有一段令人称道的佳话。

不过更多时候，送绰号乃是人们对无良之人表达不屑的一种方式。早先，帝鸿氏有个儿子，掩盖他人善行，隐瞒自己罪过，好作坏事，天下人称他为"混沌"；少暤氏有个儿子，诋毁诚信，嫌恶忠直，奖饰邪恶，天下人称他为"穷奇"；同时，人们还把颛顼那个善恶不分的儿子称为"梼杌"，将缙云氏那位贪吃贪财的儿子称为"饕餮"。这些绰号，虽然不无夸张，却令人共鸣。明代冯梦龙的《古今笑史》，专门记过一批昏庸奸邪之辈。如，五代后唐废帝时尸位素餐的宰相司马胤，因入朝印不开、见客口不开、归宅门不开，被称为"三不开相公"；宋神宗年间毫无主见的丞相王珪，因"取圣旨""领圣旨""已得圣旨矣"成为常态，被称为"三旨相公"。还有，恣受贿赂的"白衣宰相"，贪婪成性的"偷鞋刺史"，做官不做事的"三觉侍郎"，挟私报复的"白兔御史"，等等，绰号都以简练之笔，对其贪秽奸佞丑行作了入木三分的盖棺论定，令人惊叹其画人的穿透力。

作为传统文化的一滴水，绰号也随历史长河流淌至今，在现实生活中活泼泼地存在。朱彦夫身残志不残，挑战极限人生，铸造新的辉煌，被誉为"当代中国保尔"；彭楚政心系群众，用权为民，在帮助群众脱贫致富上建功，被誉为"扶贫司令"。这其中倾注的是人民群众的一种敬仰、一种赞扬。

作为一个口碑和方间谈资，绰号从本质上讲反映的是一种民声、民意和民心。当年帝舜重用"八恺"世家，放逐"混沌""穷奇""梼杌""饕餮"四徒，首开了听民众口碑选人用人之先河。今天之选人用人，对民众给予官员的种种绰号，亦不应仅仅限于姑妄听之、一笑了之，而当跟上认真察之予以鉴别。"皇灵、天谴皆不必，而匹夫匹妇之口必也。"群众的眼睛是雪亮的。只要真正相信和依靠群众，而不是故作姿态假以虚名的，在"天下人"的火眼金睛面前，无论清廉之士还是贪墨之人，都会受到准确的考察与鉴别。不知别人是否认可，反正我信。

四方街辨玉

去云南丽江逛四方街，导游引我们一行四人进了一家玉石店。面对琳琅满目的玉石、玉镯、摆件、挂件，不识玉的我犹如刘姥姥进了大观园。

店主热情地将我们请入了雅室待茶。三道茶毕，店主说，冲着导游熟人的面子，拿出一批"优惠价"玉镯让我们挑选，并郑重推荐一极品，道是"专供熟人欣赏"。

这是一个白色的玉镯，晶莹剔透，无一点儿杂质，静静地躺在红绒布上，样子很是可人。美玉可遇不可求，我遂动起了买的念头。一问价格，上万。央导游给"砍砍价"。好说歹说，终于答应予1000元"特优"。就在准备掏腰包之际，同行一朋友扯了我一把，我会意地跟出了室外。告曰：此镯连100元都不值，不要买。我将信将疑地出了玉石店。

何以见得是假货？朋友道出了原委：玉是一种矿物质，乃天然之物，不可能纯而又纯，大都是不透明或半透明的，正所谓"美玉微瑕"。虽然极品也会有晶莹剔透的，但只要对着光亮细看，也会有微瑕，有朦胧，此乃真品之要义所在。凡是无一点儿杂质，无一点儿毛病的玉器，百分之百是假的。

由识玉联想到了识人察人。这些年，每当有腐败案件曝光，往往会听到这样一些惊叹："真没有想到他（她）会这样""真没有想到问题会这么严重"，云云。"没有想到"，反映了人性的复杂、腐败分子的狡诈，也折射出了识人的艰难和重要。然而，存在反差的是，我们许多地方许多时候在识人察人上却有一种"美玉情结"——

轻信、偏信完美，甚至苛求完美，对"完美"缺失应有的辨别和警惕。比如，考察领导班子，往往对"意见一致""思想

方
物
记

统一""一致通过"之类的完美表示赞赏，而将不同意见、不同声音看成"思想上有杂音""团结上有问题"。又如考察主要领导关系，常见把"同吹一把号""共唱一个调"视为经验之谈，希望正副书记"轧亲兄弟""唱哥俩好"，否则就认为"尿不到一个壶里""一个槽里拴不住两头叫驴"。再如，组织群众评议，习惯以得票率为衡量标准，"优秀率"越高越完美，反之亦然。诸如此类，这种"美玉情结"，既容易被精心营造的类假玉现象所蒙骗、导致察人失真，也往往容易为类假玉现象的滋生提供温床。

其中的道理并不复杂。一个班子讨论决策问题，固然有意见一致的时候，但如果总是"一个声音""一个调门"式的"保持一致"，不是主官太霸道、没有民主作风，就是其他成员素质较差、没有独到的见解和看法，一些以言代法、以权代法的现象就是在这样的环境中出现的，一些领导决策中"拍脑袋""拍桌子"式的失误也是这样形成的。

再说领导关系，领导干部相互间有点距离甚至意见分歧，这很正常。"和而不同"，所谓和谐，实质是一种调配。相反，希望什么问题都是"一律""一致"却不正常。也就是说，闹不团结不好，但关系很黏糊，无原则地保持"一团和气"也成问题。班子共事固然有个齐心协力的问题，但也有一个互相制约监督的问题，倘若假以"维护内部团结"美名，对身边、周围的不良现象不管不问、不敢批评，当老好人、装"闷嘴葫芦"，必然导致可怕的恶果。一些"窝案""串案"式腐败，有的就是打着"团结"的幌子搞"你有我有全都有"式的利益分割，渐进成了依靠权力非法获得利益的"腐败共同体"。早些年的山东"泰安窝案"是这样，最近曝光的广东"茂名窝案"也是如此。

不识玉而买了假玉，固然令人不快，但就其危害而言，只不过是个人掏腰包自认晦气罢了。而识人看走眼，让品质恶劣之人居于庙堂，却会祸国殃民贻害党的事业。因此，去除"美玉情结"，确保识人不失真，实乃识人之要。这些年曾经以"美玉"形象示人却最终以"假玉"面目落马的腐败官员一再曝光，昭示我们的察人用人，必须对那些头上罩着这样或那样光环类美玉一般的官员，生发出一种应有怀疑和警惕，弄清那"看上去很美"的背后是美玉本色，还是伪装的结果。诸如对廉政口号喊得天响的人，要提防上"两面人"的当；对拥有这样那样"成绩"的人，要多长个心眼，弄清其功绩背后的真实灵魂，以免跌进"成绩陷阱"；等等。这种警惕，意义不仅在于防范"小人"，同样重要的还在于发现"君子"。大凡能够向公众显露功绩的人，要么他是孔繁森一样的真君子、好干部，要么他就是成克杰一类的伪君子、实小人。真君子、好干部，党之俊才、国之栋梁，理应用到重要的岗位上；伪君子、实小人，党之奸佞、国之蛀虫，成绩再多、功劳再大，也要严防死守、坚决不用。诚然，由于人的复杂性和心智的隐蔽性，"核真"有时是困难的，但又是必需的。

方物记

■ 神秘与探秘

咱中国人素有以"雪夜闭门读禁书"为乐事的好奇，笔者尤甚，从少年到青年，迄今年过半百，灵魂深处仍保留着一种探秘之好奇心。

故乡东南兀突一座石山，名曰青山，山不高却有一个奇景：每逢天降大雨之前，总有云遮雾罩，远远望去，若有人形怪状时隐时现，老人们常说那是天神在行云布雨，小时候每每见到这种景况就信以为真。等到上了中学，有了些知识，约同学七八人实地作了一番考察，便不再信了，但山雨前那神奇景观深深地印在了脑海里，常常引发故乡幽思。

20 世纪 90 年代初，我对考古、探秘之类兴趣更烈，举凡能够找到的资料，都读得津津有味，常常为之神往。什么蓬莱再现海市蜃楼、三峡发现兵书宝剑，什么天池怪兽再现惊艳一幕、"中国百慕大"在黑竹沟，等等，好奇之外，总有一种强烈的探秘之心。

21 世纪初的一个秋日，本地有家报纸报道说，在泰山百丈崖上发现了天然岩画：每逢雾霭缭绕，画中便有骏马、猛虎、长臂猿出现，神话人物齐天大圣、牛魔王、月宫嫦娥也有所见，还有什么孔雀开屏、鲤鱼跳龙门等。更显鬼斧神工的，岩上竟有渤海湾、海南岛、台湾岛和山东半岛等闪现。一位退伍回荣成的战友记住了这个消息。9 个年头过去，他竟带着那张报纸，专门逢一雾天登泰山作实地考证，归来时临济南歇脚，颇置微词，认为不过只是一种幻想、臆想的浪漫结合，一些"凭个人想象""凭个人感觉"的附会而已。面对这种探秘后的沮丧，我不禁想起了故乡那山雨前的奇景印记。

其实，自然奇迹、山川胜景，本来就是虚虚实实、扑朔迷离，许多奇异景观都从模糊中来，朦胧中出，神秘中见，这也是一种美。要的就是云遮雾罩，要的就是个人思绪的信马由缰，如果挑明了反而就平淡如水、索然无味了。观山雨前怪景、看百丈崖奇观也好，游其他名胜古迹也罢，关键要有一点儿遐想，有点儿自我营造，有点儿思古幽情。试想，谁能够弄清当初玄武湖是否有过黑龙出现？谁能够研究出飞来峰有没有天竺灵鹫飞来？莫邪、干将是否在剑池磨过剑？灌婴是否在洗马池歇过脚、饮过马？天池下的王母娘娘脚盆如何方圆盈亩？丹霞山的阳元石、阴元石为何惟妙惟肖？谁去究了，不是实在得犯傻，就是傻得实在。

然而，我们的同胞中就有这样的傻实在：20世纪90年代初，位于川南的黑竹沟，曾以"中国的百慕大"的称谓，被媒体炒得火热，吸引了一大批黑眼睛、蓝眼睛的人去旅游探险。一些科学家也去了，他们终于用科学战胜了神秘，旋即在报上甄别说，那种种神奇的传说和奇观乃是人为编造附会的。消息一公布，黑竹沟这个人们心目中一度神秘向往的地方，便失去了诱人的魅力，渐渐地在人们的记忆中消失了。与此同命运的还有新疆龙，前几年盛传新疆高山湖里有怪兽，不少人前往探秘旅游，咱们酷爱探索的科学家们，又终于弄明白了此兽并不是恐龙的多少代玄孙，而是一种冷水鱼，学名叫"红鲑"。新闻界又以同样的诚实，公布了伟大的"探秘成果"。于是，游人渐稀，没有人肯再花大把票子去看大红鱼了。近来，专家们对神农架的野人探秘又有了新结论，登在报上的题目很醒目：《专家：神农架野人不存在！》，明确地告诉全世界，已收集到的野人红毛"皆为伪造"，那里曾经出现过的一个半野人雄性或曰男性活体，只不过是一个小脑症患者而已，与野人没有一点儿关系，野人或为远古记忆。这则报道会导致什么样的社会效果不得而知，但对于广泛关注神农架野人并神往的探秘者来说，显然不是个好消息。

在这方面，一些酷爱探索并领世界科技之先的发达国家，远比我们精明。英国有个尼斯湖，盛传湖里有怪兽，状如恐龙的亲戚，引来八方游客探秘，游客都是兴致勃勃而来，迷迷瞪瞪而去，一年四季游客如云。沿尼斯湖一带的居民，做各种各样大大小小的怪兽卖，大发怪兽财。受益的还有航空公司、旅行社、旅游饭店、小馆子，外带各行各业，人多了赚钱机会自然就多。怪兽之谜多少年揭不了秘。据说，英美科学家1987年曾用最先进的声呐技术，对尼斯湖进行过地毯式搜索，发现湖底除了几根朽木之外，一无所有。然而，并没有听说人家的报刊予以甄别，相反却见不断渲染造势，使这个近几年名噪于世的尼斯湖更加火爆，成了世界一大奇景。

笔者举双手赞成破除迷信，但保护旅游资源的神秘美与讲究科学、破除迷信绝不是一码事。秘而不宣，美在其中，这就如同刘谦吹嘘自己的魔法无边，可谁都知道他变不出美元来一样。会看的看门道，不会看的看热闹，越不可思议越美。山川胜景的美就是这样，越奇越怪，越神秘越美，越令人神往。没有点美，没有点探奇乐趣，谁还去旅游？谁还会到一个吸引不了眼球的地方大把掏银子？看来，就这一点而言也仅就这一点来说，以己之见，生活在经济全球化这个地球村里，面对越来越激烈的全方位竞争，我们对旅游资源的探秘包括报纸杂志发这类的文章也需要长个心眼了，起码不要再实诚得让人欲哭无泪、怒从悲来。

■ 梦审易牙

梦与阎罗坐在森罗宝殿上叙话。猛听十八层地狱中有人喊冤，但见一股怨气直射牛斗之墟。阎王吩咐赤发鬼、黑脸鬼速将喊冤者带上殿来。乃2500年前易牙也。

"何事喊冤？"阎王问道。

"为2500年前蒸子之事。"

"据《管子·小称》记：'易牙以调和事公。公曰惟蒸婴儿之未尝。于是蒸其首子而献之公。'你蒸子媚君，早已盖棺，史书凿凿，臭名远播，何冤之有？难道也想闹个翻案？"阎王厉声喝道。

"蒸子事实，翻案不敢，隐情容禀，允我三辩，智者见智，仁者见仁，莫要一论定乾坤！

"一辩蒸子之事，苦于无奈。想当年易牙凭一手好烹饪，被遴为桓公之专职厨师。一日，那桓公老贼，吃腻了山珍海馐、旄象豹胎，突然提出要尝一尝蒸婴儿。此时他乃春秋五霸之首，顶尖的'一把'，经专制陈醋一泡，骄气盈盈，牛气哄哄，已不再是当年那个倒霉蛋小白，他想要天上的星星你得搭梯子去摘，想尝蒸婴儿当然你得立马给他蒸。否则，你就是'为臣不忠'，手起一剑结果了性命。看那几千年君主堆里，能容忤己意者有几许，就连低两个档次的杨贵妃想吃荔枝，下边还得'一骑红尘妃子笑，无人知是荔枝来'。更何况是霸主呢?!弄不懂的是，儒家把持的象牙塔，在这件事上总是鞭挞我易牙，偏偏放过了罪魁祸首齐桓公，搞'为尊者讳'，实在令人遗憾兼不服。

"二辩蒸我之儿，救了他儿。那桓公'要尝蒸婴儿'的指示已经很明确，作为厨师的职责就是去落实。请问诸君，也问管夷吾老儿，这'实'让我怎么落？你老管总在桓公耳边叨叨'人情非不爱其子也'，诚如斯言，易牙之心也是肉长的，爱子绝不比你老管差。可我不蒸己儿又蒸谁？谁儿愿意让人蒸？难道让我去抢老百姓的婴儿？去蒸你老管的孙子？桓公食婴儿已经够伤天害理的了，我若助纣为虐再去蒸别人的婴儿，岂不更坏？我以我儿之死换他人儿之生，以我失子之痛免他人失子之痛，是否还有点奉献的味道？可恶老管站着说话不腰疼，还在那儿说风凉话。假如倒个儿，你老管该何处？或许你会说：我不干了，我猪八戒扛钯子——不伺猴（候）了。你老管行啊，你是宰相，是仲父，可我只是个小小的伙夫呀。面对霸主'一言九鼎'的命令，易牙有几个脑袋敢说'不'？在那个时代，逃又能到哪儿去？就算易牙一人逃得了，可一家子老小怎么办？他们还等我挣那俩钱儿吃饭呢！

"三辩蒸子之累，源于不会用权。我也知道，私下里不少人笑易牙傻瓜，有权不会用，有'虎威'不会借。的确，易牙远不如那狐假虎威的狐狸，人家将在老虎身边工作抑或与老虎关系密切的名头喊得天响，借功烂熟，动辄拿老虎说事儿，让你吃不准是虎事还是狐事，结果老虎吃肉他喝汤。尽管是在最高老虎'身边工作'，易牙却连孩子的事儿都搞不定。在借风盛行、世方雷同的环境中，不知这叫守规矩呢，还是叫脑瓜转悠慢？至于后来老贼病倒在榻，将他困在宫中不予饭，将他活活饿死，儒家斥之为'反上作乱'，我认为这叫假道学。'上'之腐败竟然到了食蒸婴儿的份上，焉能不反？从某种意义上说，这里是否还有点为民除害的味道？当然亦有报私仇之嫌。君不义，臣不忠，理该如此。民间有官逼民反，宫廷是否该叫君逼臣反？诸如此类，埋在易牙案中的问号可谓太多了，说不明辩不白。罢，罢，罢！还是让易牙把冤屈带到地狱里去吧！"

俄而，歌曰："悠悠岁月，欲说当年好困惑。……谁能告诉我，是对还是错？问询南来北往的客。"

一缕清风吹过，摆放于案头的《管子》"哗啦"一声纸响，我醒了，书目恰巧翻到了"小称第三十二"篇。

方物记

■ 梦见诸葛

或许真是"日有所思，夜有所梦"。日间，刚从刊物上看了一篇题为《成也诸葛，败也诸葛》的文章，夜里，便有诸葛亮进入了梦境：

但只见，这诸葛"身长八尺，面如冠玉，戴纶巾，披鹤氅，飘飘然有神仙之概"，一如南阳躬耕时的模样。未曾开言先见怒容。

自从人才问题成为热门话题，亮便成了忽视人才培养的反面典型，常常被示众于报端。今《成也诸葛，败也诸葛》一文又旧话重提，认定是亮"一手造成了蜀国人才凋零，导致了'三国鼎足蜀先亡'的历史悲剧"，进而得出结论："诸葛亮是蜀国的功臣，也是罪臣。"这无疑是毁亮之誉，也与三国历史不符，难忍不怒，不容不辩。

纵论天下大势，国之强弱，乃由经济基础所决定。其表现形式，亮出山之时即有概括——天时、地利、人和。固然民间有"曹操占天时，孙权占地利，刘备占人和"之说，其实这三条蜀汉皆处于劣势，此正是"蜀先亡"的主要原因。所谓"天时"，乃社会发展规律也。当时，东汉政权在士民中早已失去凝聚力、号召力；黄巾起义，已打乱了东汉统治秩序，恢复汉室，实质是历史倒退；中兴汉室，更是不切实际。然而，玄德公恰恰以此为旨，志欲匡扶一个没落的社会制度，显然违背了社会发展规律。所谓"地利"，乃领土之广狭也。当时，曹魏占全国土地十分之五，孙吴占全国土地十分之三，而蜀汉仅占十分之二，且处在"难于上青天"的蜀道之中，交通不便，经济落后，经济实力属于最弱的。所谓"人和"，既指人心向背，又指人口多寡。蜀亡时，人口只有94万，士兵10万；吴亡时，人口则是230万，兵士23万；魏的人口和军队最多，大大多于蜀。基于这等悬殊弱势，蜀汉政权以刘禅之昏庸，尚能在狼烟四起、群雄逐鹿中维持40载，安说不是亮治蜀政策之成功？

蜀汉人才不如魏、吴，此乃不争之实，但并不是亮"一手造成的"。亮自认并非专断之人。譬如平定南中，七擒孟获，采纳了马谡的攻心为上建议；擒获三洞元帅，运用了赵云、魏延的创新思维，等等。亮作为一国丞相，重任在肩，日理万机，焉能不知人才之重要？焉能不知"若建非常之人，必待非常之人"的道理？计收姜维之时，亮曾如是表白："吾自出茅庐以来，遍求贤者，欲传授平生之学，恨未得其人。今遇伯约，吾愿足矣。"这无疑是一个十分鲜亮的事实导向！姜维、蒋琬、费韦等英才，皆是亮精心培养的结果。在亮身后，他们对支撑蜀汉政权均起到了栋梁作用。蜀川人才匮乏，决非"培养"二字就了得。亮对此可谓十分清醒、万分焦虑。在《后出师表》中亮曾大声疾呼："自臣到汉中，中间期年耳，然丧赵云、阳群、马玉、阎芝……等，及曲长屯将七十余人，突将无前，宗、叟、青羌散骑武骑一千余人，此皆数十年之内，所纠合四方之精锐，非一州之所有；若复数年，则损三分之二也。——当何以图敌，此臣之未解五也。"影响蜀汉人才队伍建设的主要原因，一方面在于家底薄弱、先天不足：在亮出山之前，刘备仅有关、张、孙乾等辈，而曹操已有战将千员，谋士成群，孙权也是文武诸人，竞相辅佐，号称"江东得人之盛"。另一方面在于缺乏后天招揽人才的优厚条件、后劲不足：尽管入川后，靠制定优惠政策，团结了当地一批人才，蜀汉也一度见过旺势，可仅凭区区一州之地，人才毕竟有限，要保持盛势进而逐鹿中原，需要广纳各类人才。问题是西部条件有限，蜀地偏远过穷，既没有曹操拥百万之众，挟天子以令诸侯，居全国政治经济文化中心之兴盛，也没有孙权承父兄余资，兼六郡之众，兵精粮足，富甲天下之发达，在人才争夺战中，明显处于劣势。蜀汉的人才构成，基本上"此皆数十年之内所纠合四方之精锐"，多为原先在中原征战时入蜀的"老人"。而这些老人才，"若复数年，则损三分之二也"，自然无法与魏、吴相比。"济大事必以人为本。"人才兴，国事兴；人才衰，国事败。此乃千古铁律。是蜀地的山川和贫困，是"难于上青天"的蜀道，导致了"天下三分，益州疲敝"的境地，阻断了四方人才的投奔之路，最终形成了"当何以图敌"的历史问号。历史条件、客观因素如此，乃"天亡蜀也"，亮何罪之有？硬要将这"蜀先亡"的千古之虞，由"出师未捷身先死"的亮来承担，于心何忍？

其实，"三足鼎立蜀先亡"的历史悲剧，早在隆中之对就已注定：蜀不可与曹操争锋，只可与东吴联合，此乃基本国策。万万未曾料道，荆州守将关羽竟拿国策当儿戏，偏执与东吴交恶，以致丢了荆州，使蜀国丧失了逐鹿中原的根据地。更始料不及的是，主公报仇心切，武断统大军亲征，被陆逊火烧连营八百里，亮多年心血打造的精锐损失殆尽，蜀汉从此日落西山，惨淡经营蜀道之难。明知难为而夙夜在公，鞠躬尽瘁，亮实乃唯恐有辱使命，有负重托也。也正因为此，亮自感完善了一个封建士大夫的完美人格。遗憾的是，一些现代文人站着说话不腰疼，不察当时，轻议薄论，实在让人不服。罢，罢，罢！"古今多少事，都付笑谈中。"任它去吧，亮告辞了！

此时的诸葛亮，仿佛又恢复了南阳高人的本色，边走边歌：

"苍天如圆盖，陆地似棋局；世人黑白分，往来争荣辱：荣者自安安，辱者定碌碌。——南阳有隐居，高眠卧不足！"

渐渐地，歌声远了。

戒烟者说

小时候，见大人们点上一支老旱烟，从嘴里吸进去，从鼻孔眼里冒出烟来，很是好奇。功夫深的，躺在地上朝天吐雾，竟能一圈一圈、大圈套小圈，煞是好玩。于是，我也照着大人的样子学。这东西看来好学，不多时日，我便学得有模有样，硬是在学校里吸出了点名头——"小烟鬼"，还带出了好几名徒弟呢！

渐渐长大了，我知道审美了，烟的学问也多了：烟草传入中国之初，吸烟曾在文人学士、达官贵绅中很时髦——乃是一种雅好的象征，蔡家琬的《烟谱》中，就有"士不吸烟饮酒，其人必无风味"之说。正是这种对绅士风味的追逐，成就了数量可观的中国人对烟草由"索而赏试"到"顷必必需"的盛景，以至达到"如感狐媚，如蛊妖色"的地步。

丘吉尔的雪茄、斯大林的大烟斗、鲁迅的吸烟肖像，都是重量级的广告。伟人吸烟那悠然自得的神态，那深沉、凝重的男子汉气概，自然吸引着我。于是，我抽烟也讲究起了潇洒：来了客人，优雅地甩出一支，自如地谈吐交流。烟友一起摸牌甩老 K，大方地拿出一包，喷云吐雾以助雅兴。阅文看报，点上一支，尽管孤烟自赏，却不失深沉状。学生时代，我抽烟，那叫"耍烟"，属于东施效颦，出于好奇，不得要义、不知道真谛；青年时代，我抽烟，那叫"雅烟"，属于装"酷"扮"帅"一类，故可称为一种风度修养。而今，人到中年，抵近老年，我抽烟，这叫"福烟"，属于有口福，能够享得住、受得了。人生如梦，眨眼就是百年。能享受时不享受，岂不是脑袋瓜儿有毛病？

你说抽烟是一种不良嗜好？这个我知道。不是有句名言"金无足赤，人无完人"，这话说得太对了。我个人的嗜好就是爱抽烟，就好这一口，就爱这个味。惯了，想改又改不了。后来想想也就算了：如果我真的改了爱抽烟的毛病，成了"足赤""完人"，不是推翻了这句古话？就凭"小小的我"，有那个道行吗？还是不要这个沽名钓誉的好。这也正是我四十多年一贯制的原因所在。

问我抽的都是些什么烟？这个说来话长，上学校的时候，照着大人的样子卷烟叶、抽旱烟；后来工作了，自己有工资了，抽过八分钱的"大生产"、一毛二的"菊花"牌，过把瘾弄上个二毛三的"泉城"牌。现如今，鸟枪换炮阔多了，手中烟的档次好比"芝麻开花——节节高"。且不说"大鸡""将军"这等几十块钱一条的稀松平常，就是上百元一条的"泰山""云烟""红塔山"也平常稀松，五十元一盒的"中华""苏烟"也经常兜里装。不知咋回事，这几年我这鼻孔眼儿也金贵了，习惯了"中""苏"之后，再冒其他烟就感觉不对劲儿、不够味儿，这真应了那句老话："由俭到奢易，由奢到俭难"哪！

问我有没有过戒烟的念头？不瞒你说，也确实动过，并付诸过行动。

那是头一回谈对象的时候，对方闻不得烟味，咱又真爱上了人家，就下保证要戒烟，当着那个她的面儿，大义凛然地把抽屉里的半条烟全部月到了窗外，让捡垃圾的老头乐得蹦了好几个高儿。好不容易挨过了一个白天，晚间却怎么撑不下去了：人们常见的打瞌睡、打呵欠、流眼泪还好说，心窝像有只小猫在抓挠、若干小虫在噬咬的滋味却真是受不了。最终的结果是，我成了烟的俘虏——趿着鞋跑到楼下小卖部买了一条，足足过了一把瘾，那感觉就像饥饿汉扑到了面包上。于是，我就偷着抽，刷着牙抽。有道是，"假的就是假的，伪装应当剥去"，纸里的火终究是包不住的。在一次同烟友喷云吐雾中，让想给我个突然惊喜的那个她碰见了，怒我言而无信、口是心非，怪我意志不坚、爱人"不如爱烟"，那个她与我拜拜了。有了这个教训，我和现在这口子谈恋爱之前，就郑重声明："会抽烟"，等于有了君子协定，提前打了预防针。

还有一回是在我成家之后。结婚二年多了，妻子的肚子老不见动静。两口子一起去看医生，能查的项目全查遍了，最后从我这儿找到了原因。医生警告说，烟草中的尼古丁有抑制性激素分泌及杀伤精子的作用，还可阻碍精子和卵细胞的结合，大大降低妇女受孕的机会。医生还警告说，丈夫每天吸烟的数量，同胎儿产前的死亡率和先天畸形儿的出生率成正比。父亲不吸烟的，子女先天畸形的比率为0.8%；而父亲每天吸烟1—10支的其比率为1.4%；每天吸烟10支以上的比率为2.1%。"不孝有三，无后为大。"这可是了不得的事儿！为了有后，为了不让人嘲咱"骡子"，我忍着小猫挠心、小虫噬肺，宁愿肠胃受屈：吃饭不香，喝茶无味，喝酒无趣——烟酒不分家，你硬给它们分了家，岂能有趣？好不容易挨过了一年，你还别说，还真争气，大小子降生了！心里那个乐呵甭提了。一高兴之下，来了一支，馋虫又勾上来了。这一抽，我就再也没有间断过。

随着年龄见长，烟量也不断有长进。过去，我一天抽几支，后来逐渐一天一包、两包、两包以上，现在修炼得坐在那里可以不熄火，一支接一支地搞"接力赛"。有一次参加座谈会，我不仅把自己眼前的一盘"苏烟"全扫光，捎带着把周边的两盘也消灭了，以致对面的两位女士直朝我翻白眼。

自然，我又斩获了新头衔——"老烟鬼"。

前天夜里，抽着"苏烟"看了一宿足球赛，不知不觉睡在沙发上了。待妻子叫醒后，我出现了鼻塞、咳嗽加发烧，像是感冒了。

去医院途中，妻子细声劝我说："书上说，抽烟能加重感冒。感冒了，你就不要抽了吧，咱好了以后再抽，都说感冒会引出大病哩！为了一时舒坦，落个大毛病，那多不合算！"

我想了想，她说的其实也对。"两情若是久长时，又岂在朝朝暮暮？"只要烟厂不倒闭、咱口袋里不差钱，烟就有的抽，岂在乎这少抽一支两支、一盒两盒？

医院的检查结果出来了：感冒事小，心梗事大——左心室出现了心肌梗死前兆，医生提醒：与抽烟多有关。再发展下去，可能会引起大面积梗塞，就得考虑放支架了！

回到家里，妻子一着急，哭了起来，边哭边说："一直劝你少抽少抽，可你就是当耳旁风，老说我心疼你花钱、不让你享口福。这下子，医生说话你总该听了吧？"

嘤嘤，妻子又接着说："想想你那几个小兄弟，小罗前年就做了心脏搭桥手术；小孙去年查出心肌梗死；小王的情况更不好，前几天查出了肺癌。这都是该死的烟造的孽啊！"

她说的这仨人都是我的邻居，是我的牌友加烟友，虽然也在"烟鬼"之列，却是小字辈，年龄和烟量与我相比，都属于轻量级，还没有达到我这个级别。

妻子还在按着她的思路唠叨："过去劝你，你总说自己是铁打的，'百毒不侵、久经考验'。这会儿出症候了，该接受教训了吧？为了你自己的健康，为了咱全家的幸福，咱这次下决心把烟戒掉好吗？"

听了妻子的一番话，我感觉挺有道理。人不吃饭能饿死，不喝水能渴死，不抽烟死不了人！身体是1，其他一切都是0，没有了1，再好的烟也享受不到了。看来，这次非下大决心与旧我告别不可了。想那保尔·柯察金戒烟，别人说他是吹牛，根本做不到，他说了一句名言："人应该支配习惯，而不能让习惯支配人。"接着，就把嘴上的烟卷拿下来揉碎，并声称"我决不再抽烟了"。从此他果真戒了烟。保尔让人们知道了"钢铁是怎样炼成的"，我要让人们看到"烟瘾是怎样戒掉的"！

听了我铿锵有力的决心，妻子含着眼泪笑了。我心里好痛快，感觉自己真有一种大老爷们的气概。我虽然曾经多次宣誓戒烟，可都没有这次坚决。我是破釜沉舟、背水一战了。我清楚地认识到了抽烟的危害。

我立马行动。为了表示毅然决然，我决定对家里的"库存"来个集中清理，先找出了三盒"苏烟"，又找出了两盒"中华"。呀！还是软包装的！激动得手都在颤抖。妻子看到我的样子，知道我过去曾有那么一段扔烟的"光荣史"，慌忙拦住："有决心就好。医生说也不是一下子就能戒得了的，你何必要把烟都扔了？"

我颤抖着的手，终于撕开了一盒"中华"："不，今天是我隆重戒烟的日子,心里特高兴,怎么的也要来一支！哈哈——"（本文纯为虚构）

方物记

■ 心疼咱们的汉字宝贝儿

故乡夏天的雨后，树林里、草丛中常常会生出一些蘑菇，像一把把撑开的小伞插在地上，煞是好看。更令人喜的是，它们还是餐桌上的美食。然而，并非所有的蘑菇都让人爱，有的虽然漂亮却有毒。因此，小时候每当看到这种蘑菇，畏如蛇蝎。

说来也怪，一日偶从网上看到一新事物，让我猛然想起了雨后的毒蘑。请看其模样："那①刻＿ωδ哭了ｏｏＯ了ωδ真Dêづ乖了Ｏ"；"orz，n俩苿理偶，偶妸9嫒:（子"；"99，3Qu姑力偶读猪，偶会＋Ud!"

这是些什么玩意？说的是啥意思？记者们给出了答案。原来，这种字叫"火星文"，大多出自繁体汉字、日文汉字和生僻字，有时还夹杂一大堆杂乱的符号。上述第一句说的是："那一刻，我哭了，为了你我真的变乖了。"第二句是："对不起！你再不理我，我可就要生气了。"第三句是说："舅舅，谢谢你鼓励我读书，我会加油的！"

我自认并非思想僵化之人，对创造、发明之类的新生事物，历来持欢迎态度。然而，对这种文字却有着意识上的警觉。因为它外表新奇好玩，本质上却如同雨后的毒蘑，恰以新奇的外形吸引青少年的好奇心，毒化汉字的正确使用和创新思维。尤值得注意的是，由于网络的高速发展，加之一些学校对汉字的正确使用缺乏有效引导，目前在QQ空间、各大论坛里，均有不少人在使用"火星文"作为个人签名、简介以及聊天字体，网络上竟然还有专门的"火星文输入法"软件下载。这不能不引起我们的警惕！

并不否认，网络乃虚拟世界，有其独立性，网络发展的本身也是一个创新吸收的过程。也不否认，每个人都有创造文字的权力。但是创新并不等于随心所欲，倘若新物有可能危及或毁掉本体，不管出于什么动机，以什么形式出现，都应当在防微杜渐之列。清人龚自珍有句警语至今振聋发聩："绝人之才，灭人之国，败人之纲纪，必先取其史。"要想毁灭一个民族一个国家，必须先去掉它的历史。文字作为承载历史的工具和民族生命繁衍的符号，必然在乎其中。一个民族倘若没有进入文字时代，抑或出现了文字阻断，它的传统文化和历史便很难为后人所认识并传承，因而极易消失，或者仅仅停滞于模糊的口语阶段。因此，无论是文字的改进，还是文字的创新，皆事关民本国体，事关国家文化安全，决不应等闲视之。

古中国文明与古埃及文明、古巴比伦文明、古印度文明并称历史最悠久的世界四大文明。但埃及、巴比伦、印度三个地方的古代文明后来都中断了，唯有中华文明五千年来一脉相承、从未中断，一直延续到今天。其中，得益于"书同文"，汉字起到了主线贯穿的伟大作用。从甲骨文、钟鼎文、石鼓文、简书、帛书、碑书固定到纸文献的经史子集，记载一脉相承、历史不绝，留下了众多史实、神话、传说、诗歌、轶事、民间故事，详细记录了中华各部族的历史文化足迹，使我国流传下来的各种历史文化典籍浩如烟海，对维护国家的统一起了重要作用，也强有力地支撑了中国非物质文化遗产的香火延续。在经济全球化的今天，汉字作为传播文化的使者，正在发挥新的更大作用，越来越显示出巨大的魅力。它是中华民族的精神家园，是我们最可珍贵的传家宝。我们无权阻断非物质文化遗产的脉息，相反必须为维护和承延这笔祖先遗产而不遗余力。

现在，世界上有一些人很不喜欢中国人研究自己的历史，尤其寄希望于以互联网为主要工具演变我们的意识形态尤其年轻一代的价值观念和生活方式，而弱化汉字功能、破坏我们的祖本符号就成了一个突破口。这种情况下，"火星文"以对汉字扭曲书写为个性，以满足一些青年人特立独行、标新立异等特殊情感需要为诱惑，点燃了毁坏汉字文化根基、弱化汉语教学的火苗。如果任由其流行蔓延，假以时日，一旦成为我们后代的主要交流工具，那么我们五千年的文化就可能出现中断，进而发生的将会是由汉字所寄托的民族精神、民族情感、民族审美理想的淡化与稀释，并带来民族个性的变异和扭曲、民族特征的弱化和消亡，最终引起民族文化基因的改变。

或许，有人会说这是在"克制自由"，是在搞危言耸听，可我以为这样恰如教人识别毒蘑，有功无过、功德无量。因为美索不达米亚文明至今仍在尝试彻底解读楔形文字，古埃及、印加、玛雅文明留给世人的是无穷无尽的考古猜测，了解古希腊文明曾经不得不转道阿拉伯文献，而古印度的梵文与梵剧早已被雅利安人阻断，这些已经为我们今天提供了雄辩的例证。

20世纪90年代初，著名杂文家陈小川先生曾写过一篇文章，叫作《心疼咱们的宝贝儿》，大声疾呼打假治假，保护我们的国货品牌。有鉴于此，今日照葫芦画瓢写下了这篇文章的题目。末了，依小川先生的语言风格，再说上一句：看官们，多心疼咱们的汉字宝贝儿吧！这里，自然应包括小学汉字训练、大中学校汉字文化课，也少不了网络管控、网络抵制。当然，最要紧的则是——全体国人正确使用汉字，并打心底里爱护和珍惜我们的母语。在下这厢有礼了！

■ 圣人的有趣

现代文学大家林语堂曾写过一篇美文，题目叫《论孔子的幽默》。文章开门写道："孔子自然是幽默的。《论语》一书，有很多他的幽默语，因为他脚踏实地，说很多入情入理的话。可惜前人理学气太厚，不曾懂得。"

这里，林先生把孔子语录的定位于幽默，自有其见地和思想魅力。但智者见智、仁者见仁，依我读孔子的感觉，说圣人语言"幽默"，倒不若谓之"有趣"更贴切。有趣与幽默有交集，但相较而言，有趣更灵动和性情。这是一种高级的智慧，只有对生命和生活有参悟的人，方能成为一个有趣的人，而孔子正是这般的超凡脱俗。

孔子的有趣，发端于思想。有不少平凡的对话，倘若发生在寻常人身上，一般不会散发出有趣的回响，由孔子体验却妙趣横生。如《论语·述而》记，孔子一次重病，子路向神祇祈祷，希望孔子早日病愈。孔子知道后，幽默地说了一句："丘之祷久矣！"译成白话：我很早就在祈祷了。意思是，只有言行不合于神明的人，得了病才有必要去祈祷，请求宽恕。而我的言行一向合乎神明，这等于是早就祈祷神祇了。而子路为他求佑，诚然孝心可嘉，但乃为多此一举。又如《史记·孔子世家》记，孔子周游列国时，在宋国城门外一棵大树下和弟子们一起读书，该国司马桓魋嫉恨孔子，竟派人把大树给砍了。一位弟子说："咱们快点离开宋国吧，桓魋实在太可怕了。"孔子笑着回答："天生德于予，桓魋其如予何！"上天既然使我具备圣德之性，桓魋又能把我怎样呢？字里行间，闪烁着德才的自信。再如《韩非子·外储说左下·说三》记，孔子侍坐于鲁哀公，哀公赐之桃子和黍子。孔子先吃黍而后吃桃，左右都掩口而笑。哀公告诉他，黍子是用来擦桃子的。孔子有一句妙答："丘知之矣。夫黍者，五谷之长也，祭先王为盛。果蓏有六，而桃为下，祭先王不得入庙。丘之闻也，君子贱雪贵，不闻以贵雪贱。今以五谷之长雪果蓏之下，是以上雪下也。丘以为妨义，故不敢以先于宗庙之盛也。"这里不论是故意用"先黍"说秩序，还是借"说礼"掩盖自己错的事实，但在春秋那个注重内心自由，崇尚有趣灵魂的年代，这个回答不仅化解了吃错的尴尬，还成了经典佳话。诚如一句香言："有趣不是一种心情，而是一种看待世界的方式。"

孔子的有趣，表现于语言。语言的诙谐，是有趣的符号。孔子穷极一生总想做官，实现其政治理想。孰料时运不济，51岁才在鲁国当上了中都宰（相当于县长），52岁任小司空（相当于建设部副部长），53岁任大司寇（相当于司法部部长），55岁由于同鲁定公、季桓子的政见不合，主动离职出鲁到卫国，奔波在游说求官的路上。为了向弟子宣示自己的求职抱负，《论语·阳货》记录了他的一个自喻："吾岂匏瓜也哉？焉能系而不食！"我难道是一个味苦不能食的匏瓜吗？我哪能只是挂在那里给你们看而不希望有人来采食呢？这里既表达出了自信，也表达了对做官的渴望。翻阅《论语》，这般生动有趣的话语随处可见。如用"有朋自远方来，不亦乐乎"（《论语·学而篇》），叙说有志同道合的友人从远方来发自内心的高兴；用"饭疏食饮水，曲肱而枕之，乐亦在其中矣。不义而富且贵，于我如浮云"（《论语·述而》），张扬自己的安全之"乐"和对"不义"的轻蔑；用"发愤忘食，乐以忘忧，不知老之将至"（《论语·述而》），炫耀自己求知的乐趣和学习的享受；用"一箪食，一瓢饮，在陋巷，人不堪其忧，回也不改其乐"（《论语·雍也》），称赞爱徒颜回"安贫乐道"的志趣；等等。可谓妙语连珠，尽显圣人的语言风采。

孔子的有趣，外化于情调。趣味和情调的堆积与交错，构成了圣人语录特有的艺术美，时常在创造画面的意境、传达思想和感情时，挥洒出唯美的效果。有一天孔子心情不好，声称："我不想说话啦！"子贡问："您要是不说话了，让我们怎么记啊？"孔子说："天说些什么呢？四季照样运行，百物照样生长，天说些什么呢？"于是，子贡把孔子这句话记了下来。"子曰：'天何言哉？四时行焉，百物生焉，天何言哉？'"（《论语·阳货》）有一次，孔子去见大美人南子，不知道闹了点什么动静，子路很不高兴。孔子见状，立马表白撇清："予所否者，天厌之！天厌之！"（《论语·雍也篇》）话意是：我没有你想的那种情况，如果有你想的那个心思，天打五雷轰，天打五雷轰。这里，如果要搞一个幽默的话，圣人大可以打一个"有这个贼心没有那个贼胆"的哈哈。可圣人偏不，而是矢口否认，显现了辩解的有趣。困于陈蔡，是圣人师徒最糗之事，断绝了粮食，弟子们个个饿得站不起来。但孔子这时依然讲习诵读，演奏歌唱，传授诗书礼乐。子路不无困惑地问曰："君子亦有穷乎？"孔子回答说："君子能固守困厄而不动摇，小人困厄就胡作非为了。"笑对生活中的不如意，让烦恼从浓云惨雾中跳脱出来。同这样有趣的人相处，仿佛狭窄的小屋子打开了窗户，使得阳光晃晃悠悠洒进来，生命充盈着无限的快乐与可能。

　　孔子的有趣，底色是人的可爱。《史记》中记，孔子晚年到郑国去，与弟子们走散了，一个人站在东城门外。有人对子贡说，东门外有一个人，他的脑门像尧，脖子像皋陶，肩膀像子产，然而从腰以下比禹少了三寸，"累累若丧家之狗"。意思是说他的样子，就像一只有丧事人家的狗，因主人忙于丧事而得不到喂养，无依无靠。子贡把这些话告诉了孔子，孔子欣然而笑曰："形状，末也。而谓似丧家之狗，然哉！然哉！"被人说成像"丧家之狗"，未免太伤自尊了！更何况还面对着自己的学生。这要是搁在一般人身上肯定会大为恼火，或爆粗口或怒发冲冠，可孔子很是淡定，不仅不火，还笑着说"对了，对了，说得很对呀"。圣人的有趣，不少体现在师徒间的话语交流，亦聊举几例。如有一天，孔子感慨地说："我的思想不见行，我要乘小木筏到海外去。跟随我的，只有仲由吧！"子路听了正高兴呢，孔子兜头一盆冷水："仲由好勇超过了我，这就没什么可取的。"再如有一次，孔子与弟子们在匡地走散了，过了很长时间颜渊才赶上来，孔子开玩笑说："我以为你死了呢。"颜回也风趣地回应："老师您还在，我怎么敢死呢？"轻松有趣的对话，表现了师徒相处的融洽。即使对于弟子的批评，孔子也同样表现得饶有风趣。如子贡喜欢评论别人的短处。孔子批评他："赐也贤乎哉？夫我则不暇。"意思是：你就够好了吗？我可没有闲工夫去评论别人。最有名的批评是对宰予，孔子用了一句千古名骂："朽木不可雕也，粪土之墙不可杇也；于予与何诛？"仅就这句骂，似乎孔子对宰予定了性，实际上宰予乃是孔子最喜欢的学生之一，位居孔门十哲之列。正是圣人与弟子间的这种有趣，让人感觉和这样的老师在一起，世界会变得趣意盎然，自己也变得有趣。

　　或许，这也正是孔子和他的弟子在那个社会大动荡、大变革的年代能够快乐学习和生活的一种境界，一个奥秘之所在。

■ "人非圣贤"有伏笔

"人非圣贤，孰能无过"，这话的发明权应属左丘明，在《左传·宣公二年》中，他以晋国臣子士季之口说道："人谁无过，过而能改，善莫大焉。"换成今天的话说：谁都会有过错，有了过错能改，就没有比这更好的了。尽管他面对的晋灵公是个死不认错的主儿，最终也没能"善莫大焉"，但这句话是闪着亮光的。它劝人向上、教人宽容，折射出的是理解，体现的是给出路。

然而，不知从何时起，此话却被复制、改造成了"人非圣贤，孰能无过，过而能改，善莫大焉"了。如《三侠五义》第119回中说："大丈夫做事，焉有弃正道、愿归邪党的道理？然而人非圣贤，孰能无过……所以我等略施诡计，将兄诓到此地。"再如川剧《评雪辨踪》中有："娘子，人非圣贤，孰能无过……快与我盛一碗饭来。"对于寻常之人，这两句话在使用上意思差不多。可是到了圣贤那儿，抑或希圣希贤的人那儿，经这样一篡改，却变了味儿。因为它设了一个埋伏：一般人可以有过错，如果是圣人、贤人，那就得另说。这是在为圣贤不认错打掩护，还是暗喻一种社会客观？不得而知。但圣人不会错、不能认错却是由来已久、事实确凿的。不妨看两例：

其一，《论语·八佾第三》记：孔子第一次进太庙，如同孩童进了动物园，每件事都要问。有人因之施以轻蔑地说："谁说他懂得礼啊，如果懂，怎么进了太庙却每件事都要问？"孔子知道了这话很不高兴，立马针锋相对："这就是礼。"礼即周礼，春秋战国时，它泛指的是维护奴隶社会贵族等级制度的社会规范。孔子之"每事问"，只能说是谦虚好学，或曰谨慎小心，这与"礼"的概念至少是不等的，但他老先生硬要一口咬定，有点儿像怪罪下游的羊弄脏了水，未免"语霸"了。我说是就是，我说不是就不是，反正都是"我对"，情同"我不会错"。

其二，《论语·阳货第十七》记，孔子在周游列国途中离开卫国，恰逢赵国地方官佛肸在中牟谋反，四处网络人才，向孔子发出邀请。孔子准备过去，子路表示反对，说："老师你不是说君子不与那些亲近不善的人同流合污吗？佛肸亲近小人，你怎么想去呢？"孔子回答："我确实说过这样的话，可是你没听说坚硬的石头，怎么磨也不会碎吗？你没有听说过质白的东西，即使放进黑色里也不能染黑吗？"圣人在这里使用的逻辑手法是——我说不去，那是君子，因为君子不屑于与亲近不善的人为伍；我说要去，也是君子，因为君子无论怎样都不会变。所以无论我说不去还是要去，都是对的。你认为我错了，那是因为你理解错了，"我"总是有理。如果说圣人在这里狡辩，似有不敬之嫌，但起码可定位于诡辩。

其实，圣贤之人也是人，并非"生而知之"。由于客观事物的复杂性和认知的局限性，圣人、贤人也会有若干未知，也难免会说错话、认错人、办错事。那么，为什么圣贤人却总是"常有理"呢？

任何人都不能脱离社会环境而存在。一个人一旦到了有人敬仰、有人崇拜，能在一个圈子里拥有话语霸权的份儿上，便会不自觉地生出一种自命不凡的感觉，自以为神武圣功，什么都敢张嘴，什么都敢伸手，并且总是"自我感觉良好"，说什么都希望让小女子对他美目盼兮，干什么都认定可让普罗大众奉为样板圭臬。诚然，大家都晓得"君子之过也，如日月之食（蚀）焉"（《论语·子张》）的道理，但那只是理论上的，进入现实生活，拥有日月般光芒的圣贤是决不能有错的，更不能认错，遑论改错。因为一旦认了错，影响个人形象不说，还会授人以柄，直至动摇圣贤的地位。更可怕的是，圣人、贤人出了错，如果认了这壶酒钱，不仅自己丢面子，就连朝他叩头进贡的人也会感到没脸面。因此，圣人贤人不会错、拒不认错，就好比"人在江湖，身不由己"一样。

大概正因为上述种种，无论古今社会，生活中顽固存在着一种怪现状：上课时，"人谁无过"，言之谆谆；下课后，"死不认错"，行之凿凿。当一些大人物拍错了板、干错了事，追求完美的人们，特希望有朝一日他们会智慧发现，抑或良知警觉，自我纠正过来，但事实上这只能是一种良好愿望。那些圣贤包括希圣希贤的政要、名流乃至各个码头上的巨无霸们，能够痛痛快快说声"对不起，我错了"的，几乎没有。相反，历史上的那些暴君，无一不是集圣人和大盗为一体。于是，人们就渐渐信了庄周的推论："圣人不死，大盗不至。"现代人当然不能被庄子牵回到"绝圣弃知"的原始年代，但运用贯穿于其中的"窃国者侯"思维，保持对圣人的清醒认识，去除人造圣光和盲目崇拜，让神秘和权威走向公开和寻常，让圣人贤人走下神坛融入平民，却无疑是一种文明大进步。没有了圣人的时代，人人都是既有优点，也会有缺点更有自知之明的正常人，社会公平、正义、清明，那该有多好啊！

■ "圣人不会有错"说

子云："君子之过也，如日月之食（蚀）焉。"（《论语·子张》）这话自然也适用于比君子更高档的圣人。圣人光辉灿烂，有了错误，大家更看得见；认错并改正错误，也备受大家敬仰。问题是"旁观者清，当局者迷"，圣人亦难免。《外储说·左下》有一例为证：

一天，孔子陪鲁哀公聊天。哀公感觉很开心，就赏赐了一些桃子和黍子。孔子先抓起一把黍子吃了，在场的人都捂着嘴笑。哀公也笑着说："黍子是拿来擦桃子的，不是拿来吃的！"

焉知孔子听了，照吃不误，吃完了还说："这个我知道！可是我想，黍是五谷中最好的东西，郊外祭祀祖宗时把它当作供祭的上等食物。我们吃的果子有六种，而桃子是最差的一种，祭祀根本不用。我只听说君子应该用低贱的东西去擦拭那些珍贵的东西，而没有听说过用珍贵的东西去擦拭低贱的东西的。现在要我拿五谷中最好的东西去擦拭水果中最差的一种果子，这是以上等擦下等，我认为这是伤害道义的，所以我不敢颠倒秩序。"

本人也有过一个类似的笑话：那年，头一回到一家高档饭庄吃饭。服务生端上来了螃蟹和琵琶虾，同时给每个客人送上了一盅水，里面放着两片柠檬。人家原本是用来洗手去腥味的，我不明就里，误以为是一道汤菜，竟一仰脖喝了。服务生赶忙说："这是用来洗手的，不是喝的！"可是迟了，已经进肚了。闹了个大红脸，只好自找台阶："酸溜溜的，感觉挺好哩！"孔子当时的窘况是否如此，不得而知。值得万分敬佩的是，本来不知者不为错，以后改过来就是了，可他老人家不仅没有感到丝毫不好意思，还借机堂而皇之地给国君和左右上了一堂"礼"课，好像既保住了面子，又显示了学问非凡高深。

　　然而，事儿就怕琢磨。因有过类似的尴尬，对圣人的这一次说"礼"，我感觉似乎有点儿像公园里的孔雀开屏，光彩耀人中也露出了"强词夺理"之虞。恐怕老人家更没有想到，似这等错了也不愿认错的做法，自认为是一种对秩序的维护，客观示人的却是对错误的执拗。倘若他只是个普通人士，充其量是"萝卜青菜，各有所爱"，造不成对他人的贻害。可他是公众人物、拥趸万千，负有示范社会、教育普众的责任。这种做法不可避免会产生一种"圣人不会有错"的负面影响。

　　率先以圣人为范的是历朝各代的君王，他们是"圣上"，开口即"圣旨"，当然不会错。刘彻驾临嵩阳书院，把先看到的一棵古柏封了"大将军"，待发现更大的一棵后，既想加封又不愿改错，遂有了"屈居二大将军"的滑稽。曹操荡舟湖上，写了一首《短歌行》，扬扬得意，臣下刘馥仅对"月明星稀，乌鹊南飞；绕树三匝，无枝可依"四句，提了个商榷意见，老曹不禁大怒："汝安敢败吾兴！"借着老酒蒙脸，手起一槊，竟结果了人家的性命。乾隆下江南，给灵隐寺题字，把灵字上面的云字头写大了，下面不够写了，于是臣子就出主意改题为云林禅寺。乾隆把浒野关看成许墅关，把西川看成四川，下面索性把地名也改了，一直沿用至今。盖因圣上"奉天承运"，一生下来就不能有错，更不能认错，顶多也只能像老曹阿瞒那样，槊死了人，来上一个口头"悔之无及"。表面上看，这似乎是检讨自己，但那责任，却全在酒。说到底，还是错不在他。看一下古代的帝王堆里，能够痛痛快快地说声"朕错了"的，犹如凤毛麟角。

　　圣人不会错，圣上错不了，加之"人皆可以为尧舜"，于是我们的社会里便出现了一种怪现象：尽管大家都知道"瓜无滚圆，人无十全"，但对待错误却大都是一张鸭子嘴。某同胞好说大话，有人说说他，大怒，大怒后依旧能把牛吹死；某同胞不讲卫生，有人劝劝他，大怒，大怒后照样随地吐痰乱扔垃圾。尤为可憎的，表现在现代一些掌握着这权那力、有着这名那声的人身上，将错误当美德尚嫌不足，还"倒打一耙"推给别人：讲错了，那是为了考验你的辨别能力；骂错了，那是为了让你"有则改之，无则加勉"；打错了，那是为了锻炼你对拳头的承受力；等等。似乎老天爷赐给别人的净是缺陷，而赐给他的尽是美德，只差头上一顶"圣人"帽了。

其实，这也与我们不能理性对待错误有关。在中国几千年的历史文化中，希圣希贤学风劲吹，大鼓特鼓，而"圣贤也会有错"的事理却讳莫如深，更讳言圣人也是在纠正谬误中成功的，以致把圣人供上了"非人"的九霄云端，引发了广众希圣希贤心理的严重扭曲——"人非圣贤，孰能无过"。我自认是圣贤，当然错不了；我要学圣贤，有错不能承认。似乎承认有错，就意味着"有了污点"，在气势上就"落了下风"。正是这种思维作祟，导致了国人之不认错如同老虎屁股。

行文至此，我想起了英人李斯特的观点："我能想象到的人的最高尚的行为，除了传播真理外，就是公开放弃错误。"我举双手赞成。因为这至少像条汉子。

（原刊于 2012 年 10 月 23 日《齐鲁晚报》"青未了"副刊）

■ 还原颜回的"孔雀开屏"

　　笔尖对准颜回，实在有点儿于心不忍。颜回"一箪食，一瓢饮，在陋巷"，贫兮兮，饿兮兮，一生没吃上几顿像样的饱饭，29 岁就白了少年头，年仅 32 岁便英年早逝。然而，颜回毕竟是幸运的，一千多年后（明代）竟然成了"复圣"，且汉武帝之后祭孔，独他跟着配享。复圣者，圣人之复制品也，与孟子的"亚圣"属于同一级别。既没有子贡的才干、子路的忠直，也没有曾参的业绩，更没有像老师那样创造出光耀千秋、誉满寰宇的"师承效应"，颜回为什么能在孔门三千弟子之中独美于前？儒学家们发微，大都归功于颜回尊师好学、安贫乐道，"不迁怒，不贰过"。但从《论语》和《史记》记载来看，似乎他还有一独特之处——善于可着老师的心思"交作业"。老师一高兴就画红圈、给表扬。红圈圈表扬多了，在师兄弟们的终极比拼中就显得优秀，后人评选"复圣"也就有了硬条件。这一点，显然被后世搞"尊者讳"了，但在还原复圣也是人的理性中，我时常想起鲁迅引用法国诗人亚波理奈尔的那句话：孔雀开屏，光辉灿烂，但后面的屁股眼也露出来了。这恐怕是颜回当年所没有想到的。

　　孔子崇尚"官本位"，一生想从政做官，总企望有朝一日能出"仕"大干一场。可惜机遇弄人，总是不得志，因而有时也就难免在学生面前发一通"怀才不遇"之类的牢骚，这是一种怨气发泄，也是渴望理解的内心诉求。每逢此时，颜回总能拿出抚摸老师心灵的高招。就说那一年周游列国，孔子因屡屡不受待见，心里很受伤，郁闷之际，给学生们出一题目："《诗经》上说'不是犀牛也不是老虎，然而它却徘徊在旷野上'，难道是我们的学说有什么不对吗？我们为什么会落到这般田地呢？"几位弟子各抒己见，有的作自我反思，有的说变通之道，孔子皆哂为不对路。唯独颜回的说法让他眼前一亮："因为老师您的学说博大到极点了，所以天下没有一个国家能容纳先生。然而，老师照着自己的学说推广下去，不被接受又有什么关系？人家不能容，正见得先生是一位不苟同取容的君子呢！一个人学说不修治，那才是自己的耻辱；至于学问大而不被人所用，那是有国的君主和执政大臣的耻辱，这样更能显出君子的本色！"《史记·孔子世家》在记下颜回这一发明之后，紧接着留下了圣人很开心的一笔："鞭然而笑曰：'有是哉颜氏之子！使尔多财，吾为尔宰。'"正是你说得这样啊，姓颜的小伙子！假使你有很多钱财，我愿意给你当管家。"显然，颜回的话孔子特爱听，说到他心里去了。

人大概都有一种天性，无论成人小孩儿，无论高官平民，都喜欢听赞美话，一旦进入了拥有铁杆粉丝的层次，更会自觉不自觉地滋生出一种特需赞美的理智麻痹。颜回显然是一个炮制赞美的高手，一篇题为《颜渊喟然叹曰》的代表作，倍让孔子心花怒放："仰之弥高，钻之弥坚；瞻之在前，忽焉在后。夫子循循然，善诱人。博我以文，约我以礼。欲罢不能，既竭吾才，如有所立卓尔。虽欲从之，末由也已。"（《论语·子罕第九》）这篇"叹曰"，换成现代话说：我仰视着老师您呀，越看越高大，您的品格与学问像大山一样高不可攀；我刻苦去钻研啊，越钻研越感到高深莫测、厚不可透。高瞻远瞩指引我前行，洞察万事引领我反思，让我一会儿感觉在前面，一会儿感觉在后面，真是奇妙极了。老师特别善于循循善诱，授我以广博的知识，规我以崇高的道德。您的光辉思想深深照耀和笼罩住了我，让我放弃不下、摆脱不了。我尽上全部力量学呀，学着学着，感觉好像掌握了一些，但经过学习学习再学习，又感到虽然跟着老师所指引的道路行走，但仍然很不够，没能真正吃透精义、把握真谛，这真是永远学无止境呀！啧啧，一个学生对老师竟施以这等崇拜，即使算不得大肆吹捧，可也足以叫一般人麻不上来。

大人物自命不凡，必然催生故意示蠢之人，以陪衬其英明伟大，诸如安禄山、和珅之类，颜回可为先师。一次，匡地居民围攻孔门师生，大家作鸟兽散，后来师徒会合，孔子不无心痛地对颜回说，我以为你早已命丧黄泉再也见不到你了。按照常人思维，学生此时此刻理应说一些诸如"让先生担心了"之类的歉词或感谢话，但颜回硬是别出心裁："子在，回何敢死？"（《论语·先进第十一》）这个回答，与安禄山那个"唯赤心耳"同样有趣：我没有死，是因为先生还在啊！先生健在，我怎么敢死呢？或许是颜回傻傻的场景很多，故而《论语·为政第二》中录了这样一段："子曰：'吾与回言终日，不违如愚。退而省其私，亦足以发，回也不愚。'"不愚却故意装愚，意欲何为？这就是和珅取悦乾隆的逻辑了：显示圣上英明。于是，每逢孔子上课，颜回便总是两眼直瞪瞪地看着，唯唯是地听着。虽然表现得笨笨的，但给孔子心里的那感觉，肯定是蛮舒服的。

奉迎悦我无助我。在这一点上，孔子心里明镜似的。《论语·先进第十一》留下了孔子对颜回的一次实话实说："子曰：'回也，非助我者也。于吾言，无所不说。'"换成白话就是："颜回并不是对我有助益的人，因为他总是认为我的话句句都是对的，没有不感到心悦诚服的。"然而，世间的事情就是这般奇怪，人人都知道奉迎不好，但人人都愿意听好话、喜欢别人奉迎，并且欲却不能、欲罢不能。正是这种需要的顽固存在，致使了奉迎之风、善谄之人几千年不绝于史、不绝于世，也让颜回成了受孔子称赞最多的弟子。尽管享年不永，但伴随着老师得道成圣，他也升到了天上。

■ 子路不读圣人心

说到子路，脑海中不禁浮现出这样一个形象：头戴雄鸡式的帽子，佩戴着公猪皮装饰的宝剑，赳赳武夫般侍立在孔子身后。俄而，叠化成了他为老师生病默默祈祷，为老师病重破格准备后事；他独自划着小木筏，载着敬爱的老师海上漂流；卫国内乱，他舍身救主，身中乱刀，挣扎着系好帽带，以"君子死、冠不免"之誉，维护了一代贤人的最后尊严……就这一切而论，子路忠诚、勇敢、仗义。然而，搞不懂的是，在子路生前，大彻大悟的孔子却极少红圈表扬他，相反，批评教育却如家常便饭。这是为什么？细读《论语》实录，不难发现一个奥秘：子路不读圣人心。不读的结果，力没少出，好没落下，有时想拍个小"马"，竟然拍到了马蹄子上。

先说那桩"子欲往"（《论语·阳货第十七》）。孔子视为政做官为实现自我价值的第一要务，虽说当过几个月大司寇，办了一个老给他上眼药的少正卯，但总感觉只是过了一把瘾，每每热望有朝一日东山再起、鹏图新举。好不容易机会来了：鲁国公山不狃、赵国佛肸，各在当地拉杆子，相继下聘书请圣人出山。此时，孔子心中的那个乐儿，无以言表。作为弟子，即使不愿"顺杆爬"，起码也应理解老师那种久旱逢甘霖般的喜悦。子路可倒好，两番均施以"不说"，等于兜头泼孔子一盆凉水。尽管圣人分别以"如有用我者，吾其为东周乎"和"吾岂匏瓜也哉，焉能系而不食"，作了强势回应，但从《论语·阳货》实录来看，正是由于子路的明确反对，搅黄了圣人的复出梦。不否认，子路不愿让老师去蹚浑水，乃出于维护圣人形象的良好动机，可他忘了设身处地替孔子想一想，对于一个年过半百的老人来说，错过机会意味着什么；他似乎更不理解一个自我价值感极强的人，逢天上掉下个赏识在心底里井喷出的那种美气。当这一切成为过去，夜阑人静之时，孔子瞪大两眼难以入睡，思量自己终生壮志未酬、真的"像匏瓜一样挂在那儿"，对子路的"不说"还能不心生恼怒？假如换成他人，弄死你的可能都有，遑论传你什么知识了。

再说那则著名的"子见南子"。孔子对自己学问之高深特自信，总以"文王既没，文不在兹乎"而自负，一有机会便想展示一把。这一天又见良机：卫国国母南子慕名相邀。这南子，乃卫国第一大美人，好比后来的西施、貂蝉、王嫱、杨玉环，虽说有点绯闻，但并不妨碍圣人走秀。不知孔子见了大美人出了点什么状况，也不知捅了什么娄子，子路竟逼着老人家发誓撇清。《论语·雍也》如实记了一笔："子见南子，子路不说。夫子矢之曰：'予所否者，天厌之！天厌之！'"这个发誓，换成白话就是：我要是有你说的那种事，天打五雷轰，让我不得好死。也不否认，子路此举主旨仍是维护圣人的伟大形象，可他并没想到自认有话语霸权的孔子，似乎更喜欢那种让小女子美目盼兮、被人叩头膜拜的神圣感觉。逼老师发毒誓，硬往墙角上推，这种率直简直叫人吐血，让谁摊上心里都会添堵。

更搞笑的是，一次某县尹叶公考核孔子，以"如何评价孔子"为题找子路谈话。这可是溢美老师的机会呀，即使你没有"颜回喟然叹曰"那等灵光，至少嘴边也应溜达出一些"不错""挺好"之类的赞语。焉知考核过程中，竟出现了一个奇观："子路不对。"（《论语·述而第七》）不对者，不回答、无语也。这里，固然不排除他对老师有一种"小老虎啃天"——不知从哪儿评说之可能，但这当场失语，意味着什么？雷同圣人缺群众公认、少群众口碑。于是，引出了圣人如是发声："女奚不曰，其为人也，发愤忘食，乐以忘忧，不知老将至云尔。"你为什么不这样说："他这个人嘛，学起道术来毫不倦怠，教起人来全不

方物记

厌烦，用起功来连饭也会忘了吃，求道有得高兴起来，什么忧愁都可以忘掉，甚至于连衰老就将到来也不知道了，等等。"诚然，这里没有显示圣人大为光火，但换位思考不难想象，特喜欢"好评"的孔子，心里窝火是了然的。

至于那个"子疾病"闹剧，我倒更倾向于乃子路唯一的一次对孔子施以心灵抚摸。可惜，又如"南人食蛇"，严重小看了圣人之崇高境界。开场是，孔子得了重病，眼看就要翻白眼。子路或许想让自己一直惹气的孔子临终光荣一把，自作主张以大夫的规格准备后事。正忙活着呢，未曾料想阎王那儿没空，圣人一缕真气不散，活了过来，特强调周礼等级的孔子，看着弟子们都扮作家臣的样子，心里那个气呀：这个仲由，总是鼓捣一些不着边际的事，我明明没有做过大夫、没有家臣，却偏偏要装作有家臣，这不是欺天搞笑吗？接下来的收场，《论语·子罕第九》有个记录："久矣哉，由之行诈也。无臣而为有臣，吾谁欺，欺天乎？"显然，孔子又差一点儿气背过去。

北宋名臣包拯有首《书端州郡斋壁》，其中有这样两句："清心为治本，直道是身谋。"多年来咱特崇尚，一直大鼓特鼓，而今了然：原来这个"直"，并非"放之四海而皆准"，同样需要因人而异、因时而动，也因此需要修炼"读心"的功夫。唯予不信，试看子路。圣人门下尚且如此，何况他者乎？

寻找忏悔的回声

故乡村子东南有一山，海拔不高却有奇景：每逢雨前，山坳里烟云涌动，山峰时隐时现，老人们说那是神仙在布雨。小时候每每见景，便信以为真。待上了中学，有了些知识，同学七八人实地作了一番考察，便不再信了。客观世界中的好多事情就是这样，当你走近它，再走出来，往往就会恍然大悟。回想两年前的西欧之行，心中就有这样一种感觉。

赴欧洲旅游，最常见的景观就是教堂，几乎每座城市、每个村镇都有。全世界目前共有教堂1500余座，大部分坐落在欧洲。著名的如梵蒂冈的圣彼得大教堂、意大利的米兰大教堂和佛罗伦萨大教堂（又称圣母百花大教堂），这无疑属于教堂中的"航母级"。赴意大利威尼斯途中，经过奥地利一个村庄，见多识广的导游指言，那儿有一个教堂，仅能容纳一个人礼拜。

无论从哪个角度看，教堂都是我们这个星球上最雄伟、最美丽的建筑之一，它们或高贵典雅，或雍容华贵，或处于都市，或隐于郊外，构成了地球上最震撼人心的景观。在宣讲教堂功能时，导游套用了一个来自网上的说法：欧洲教堂多，中国寺庙多。西方人进入教堂，是为了忏悔，为了赎罪，教堂是用来认错的；中国人进入寺庙，是为了求告，为了请托，寺庙是用来谋私的。

言外之意，教堂培植的是一种文明，而寺庙酿造的却是一种腐败。个中褒贬，不言而喻。

漫步在令人叹为观止的古罗马旧城千年古道上，穿越若干支铁骑经过的法国巴黎凯旋门，站在奢华得令人目眩的凡尔宫、卢浮宫大殿里，寻找着原本应由教堂里展拓开来的忏悔、认错的实物——真诚地赎罪、改过。然而，我失望了。

　　梵蒂冈圣彼得大教堂前，巴黎著名的协和广场中央，意大利总理办公楼下的广场上，都耀眼地耸立着堪称世界顶级的文物方尖碑（obelisk）。我知道，这是古埃及的杰作之一，是古埃及崇拜太阳的纪念碑，也是除金字塔以外，古埃及文明最富有特色的象征。

　　方尖碑大都以整块的花岗岩雕成，重达几百吨，外形呈尖顶方柱状，由下而上逐渐缩小，顶端形似金字塔尖，塔尖以金、铜或金银合金包裹，当旭日东升照到碑尖时，它会像耀眼的太阳一样闪闪发光。方尖碑四面均刻有象形文字，这是古埃及特有的文明标记。协和广场的方尖碑上，刻着一千六百个象形文字，记载着埃及国王拉美西斯二世的业绩。且不言年代之久远令人眼睛发亮，单就上面的象形文字来说，每个符号都美得让人咋舌。

　　古埃及的宝贝，为何会堂而皇之地矗立在意大利和法兰西的土地上？原因在罪恶的抢掠！古罗马帝国（公元前9世纪—公元5世纪），是一个曾经疆域横跨欧亚非大陆的帝国。公元前30年，罗马帝国击败埃及的托勒密王朝，埃及归入罗马版图，沦落为古罗马的一个行政省（公元前30年—公元4世纪），从那时起，罗马便开始了掠夺方尖碑。那些原本竖立在神殿进口两旁纪念埃及法老功绩和歌颂太阳神的方尖碑，被入侵者当作了战利品，成为征服埃及的象征。梵蒂冈圣彼得大教堂前的方尖碑，就是罗马帝国的第一任终身元首奥古斯都征服埃及后，将它从亚历山大城带回来的。在托勒密王朝时期和罗马帝国时期，罗马从埃及先后搬来13座方尖碑，美其名曰"衬托罗马的尊严和伟大"。目前立在罗马城内的方尖碑，比世界任何一个地方的都要古老。

　　史料表明，由于近代的文物掠夺，代表古埃及文明的方尖碑被大量搬运到西方国家。现在留存于世的方尖碑仅存29块，大都散布在世界各地，其中意大利11块、英国4块，法国、美国、以色列、土耳其、波兰各 1 块。而方尖碑的故乡——埃及，只剩下了 9 块。

"先前阔"的标志被人作为战利品，矗立在异国土地上明晃晃地炫耀。不知，现代埃及人来到这里会产生何等的心理反应？但当我参观位于法国巴黎市中心塞纳河北岸的卢浮宫时，却实实在在感受到了——那是一种屈辱、无奈和愤慨。

卢浮宫始建于 1204 年，整体建筑呈 U 形，历经 800 多年扩建重修达到今天的规模，占地约 198 公顷，宫前的金字塔玻璃入口占地面积 0.24 平方公里，建筑物占地面积 0.048 平方公里，两侧长度均为 690 米，是世界上最著名、最大的宝库之一，位居世界四大博物馆之首，被誉为"艺术殿堂和万宝之宫"，也是法国历史上最悠久的王宫。宫中陈列面积为 5.5 万平方米，拥有的艺术收藏达 40 万件以上。除了有被誉为世界三宝的维纳斯雕像、蒙娜丽莎油画和胜利女神石雕之外，更有大量的来自希腊、罗马、埃及及东方的文物。这些藏品许多都带有血腥的味道。最大的掠夺是拿破仑一世，他在位时不断扩张，征服了欧洲，然后将几千吨艺术品从被占国王宫、图书馆以及教堂掠夺回巴黎，他有句豪言："最天才的艺术品必须归于法国。"后来，尽管拿破仑惨遭了滑铁卢的失败，但大部分掠夺的艺术品并没有归还原属国，而是被法国人以各种借口留下了。

卢浮宫是法国收藏中国文物最集中的地方，仅其分馆吉美博物馆就收藏中国文物数万件，其中历代陶瓷器 1.2 万件，居海外博物馆中国陶瓷收藏之首，卢浮宫还收藏了 6000 多件中国历代瓷器精品和 200 多件唐宋绘画作品。其中大部分是圆明园文物，也就是说它们是被强行抢掠到这儿的。

联合国教科文组织的数据表明，中国流失国外文物多达 164 万件，被世界上 47 家博物馆收藏。卢浮宫中有 3 万件左右中国文物被长期封存从未对外开放过。流失到卢浮宫的中国宝贝，主要通过三个渠道：一是鸦片战争后帝国主义列强从中国抢走的；二是一些来华的外国人从中国偷走的；三是外国人勾结当时的反动军阀和奸商以极低的价格买下偷运出境的。无论源于哪个渠道，似乎都与他们进教堂忏悔时所表现出的绅士气度有天壤之别。

离开前，在卢浮宫大殿，当我拍下了最后一张照片，一缕微风飘然而过，耳畔仿佛听到了一种依依不舍的哭泣。那声音，分明是那些融入了华夏先人灵智创造的中国文物传递出来的。它们期待着，有朝一日中华儿女能将它们带回故里。

坐在大巴车上，看着车窗外不时掠过的教堂，我心情沉重地半天默默无语，脑海里始终萦绕着一串问号：当年在异国土地上挥师杀人放火的奥古斯都、拿破仑、西摩尔、瓦德西们，是否进教堂忏悔过？难道将他国的宝贝抢夺到自己国家里不该忏悔吗？该不该将抢夺的文物归还原属国？他们先人犯下了亵渎上帝、烧杀掳掠的罪恶，其后人该不该向受害国道歉？

我问华丽的教堂，教堂默然。

我问祈祷的钟声，钟声无语。

不过，在《圣经》里，我找到了上帝的回答。

进入教堂的人群中，有"犹大"。"犹大"的忏悔，可信吗？

他们一边叫喊人权、博爱，一边却烧杀抢掠；一边制造罪恶，一边又装作虔诚地忏悔。他们对上帝的崇拜，说到底是心里发虚，希求得到上帝的原谅和保护。《圣经》的故事已经清楚明白地告诉人们：全能、公义的耶和华回答他们的恰恰相反——犹大只能下地狱！透过一些类犹大者的忏悔，不难发现，他们在教堂里的祈祷、忏悔是虚伪的，是不可信的。耶和华所喜爱的良善，在他们那里一点儿也不好使。他们习惯的是"你听我说""你照我说的做"，而绝不是"你看我做""你照我做的学"。于是，忏悔归忏悔，却从不认错，更不改错。在他们眼里，就认一个理儿——丛林法则。

从欧洲回来两年多了，写了多篇散记，而这篇《寻找忏悔的回声》却一直搁在这儿。因为我总以为随着中国的日益强大，尤其是我们以宽阔的胸襟不断地向西方世界释放以德报怨的善意，会金石为开引出洋人送中华国宝回家的佳话。然而，迄至今天判断，这显然只是我们的一厢情愿，期待强盗良心发现，无异于与虎谋皮。于是，我很自然地想起了那个"教堂颂歌"，想起了进教堂忏悔后的犹大。又于是，在我的脑海里，那堂皇的"忏悔"二字之前，猛地蹦出了一个"伪"字来。

■ 洱海上的遗憾

再一次游苍山脚下的洱海，我刻意选择了"金花"旅游船。

举目远眺，南北 40 公里的洱海，碧波粼粼，水天相映，一片碧澄，静静地依偎着苍山。苍山如黛，淡云似烟，苍翠的山腰横束着玉带似的白云，一条条溪水泻于峰间，点缀着山的苍翠水的灵蛇。山倒映在海中，水嵌镶着峦影，近距离的岛屿上，渔村房舍掩影在绿树丛中，衣着鲜艳的白族渔姑，时隐时现于波光树影之间。间或，有船儿绕岛而过，船在波上漂，人在画中游，好一幅美丽动人的画卷！

然而我却有点儿心不在焉，一副若有所思的样子。

夫人不解，轻轻问："想什么呢？"我说在寻找记忆中的阿鹏和金花，在想 30 年前洱海上那个秋天的故事。

那一年，我在军区机关当少校秘书，应西安政治学院邀请，赴春城参加"固我长城"笔会。昆明会议结束后，与一位上校政委结伴游洱海，乘坐的也是一艘名叫"金花"的游船。船上人不多，最多二三百人的样子。当大家从最后一个景点上船后，游客们陆续进入了二层大厅，参加具有白族风情的联欢舞会。

或许是跳舞和卡拉 OK 刚刚南风北渐，或许是个人的井蛙之见，那个联欢舞会至今让我记忆犹新：舞曲响起，面如桃花的白族姑娘，落落大方走近游客邀请跳舞，七八十米见方的大厅，顿时成了舞的世界。

一曲方落，主持人阿鹏和金花，双双放歌唱起了《蝴蝶泉边》，男声云雀，女声百灵，一下子将人们的思绪带进了迷人的三月街和蝴蝶泉。尤其那位生着一副紫红脸膛、操得一口标准普通话的阿鹏，声音极富磁性，加上刚刚兴起的卡拉 OK 伴奏，真是余音绕梁。

为了调动游客参与的积极性，阿鹏热情地动员："人生处处有舞台，一曲唱完接着来；该表演时就表演，放弃表演留遗憾。莫要辜负大好时光，请你留下美好印记。朋友们，高兴地跳起来吧！尽情地唱起来吧！"经他一鼓动，来自天南海北的帅哥、靓妹纷纷抢着点歌。点不上歌的，就练起了舞步，煞是热闹。

"哗——"一阵掌声。一伙来自徐州公安局的游客，用掌声把他们的局长推进了舞池。这公安局局长，中等身材，胖而不臃，潇洒上场，大方地跳起了迪斯科。优美的舞姿，协调的动作，一下子把大家都震了，引起了一片叫好声，也吸引了几名"金花"亦步亦趋，那情景，那感觉简直美极了！

"欢迎解放军同志来一个！"旅客中，不知谁喊了一声。

掌声把沉浸在欢笑声中的我俩惊醒了。

这才发现：坐在大厅里的二三百人中，只有我们两位着军装的军人，非常抢眼。

此情此景，怎么办？跳个舞，不会！硬要来个羊上树，肯定出羊（洋）相。唱个歌儿，尽管也生着一张嘴，可从来没玩过卡拉 OK，肯定玩儿不转。

一时间，我们窘得满脸通红，汗水哗地涌上了脊背。只好一起站起来立正，敬了一个礼："谢谢大家！实在不好意思，我们不会这个！"那模样，肯定尴尬极了，至今想来，还为之汗颜。

真要感谢主持人阿鹏的机灵，马上给我俩打了个圆场："解放军同志保家卫国，不善于唱歌跳舞可以理解。可是大家刚才都看到了他们的军礼，多么标准，多么英武啊，同样给大家带来了美的享受。掌声送给他们！"

"哗——"

歌舞在继续，我却蒙了。

心里老是在问：自己真的什么都不会吗？不会跳舞，还不会唱歌吗？没玩过卡拉 OK，还不会清唱吗？不是上高中时就唱"样板戏",当班长时还担任过连里的教歌员吗？弗能为而不为也。确切说是没有唱的勇气！这看起来似乎是不好意思，实际上是一种胆怯、一种怕输！

于是，一种为军人也为自己挽回面子的勇气，使我生发了强烈的表演愿望，盼望主持人或游客再次"点将"。然而，眼见的不少游客在争着露一手，机会太小了。看来，需要主动争取！正要行动呢，可惜船已经靠岸了。从大厅往甲板上走的那一刻，我心里不禁有点怅然，若有所失。

是啊，人生处处有舞台，该表演时不表演，不管你拥有何等才艺都等于零。诚然，游客们大都素不相识，但那帅气的阿鹏，美丽的金花，那舞姿优美的公安局局长，却深深地印在了天南海北游客的脑海里。而我呢，给游客留下的会是一个什么样的"士兵"印象？

不得而知。不过有一点可以肯定，起码不会是时代的眼光，时代的步伐。难道这不是一个遗憾吗？

重游洱海，往事历历在目。我在极力寻找记忆中的阿鹏，寻找自己当年的影子。青山虽然依旧在，毕竟几度夕阳红，船和人皆改变了模样，流逝的遗憾成了永远。

物质世界的任何存在，都具有一定的空间性和时间性。时间是一维的，即永远向前流逝，具有不可复归的特性。构成个人发展的机会，也是一维的。我们的许多成功，是由于及时抓住了机会而成功；而失败，往往也是或犹豫不决，或缺乏勇气，而流失、蹉跎了机会。当你蓦然回首，发觉机会难得之时，往往已经成了"马后炮"。

据说，第二次世界大战期间，德军为对付盟军舰船，秘密研制成功一种强威力水雷——蛙雷，可由于布设意见不一，直到盟军诺曼底登陆后方才慌忙使用，但为时已晚，蛙雷终没发挥作用。战后许多军事评论家说，如果希特勒当时及时布设蛙雷，德军能否及早灭亡不能肯定，但二战的进程向后推移将是毫无疑问的。

这当然是世界的一件幸事。

但故事却说明了同一个道理：再好的王牌，不及时打出也没有意义。再好的才华不及时显露，也只能空留遗憾。该表演时就表演，既是一种勇气，更是一种抓住机遇的智慧。

战场上如此，在人生舞台上何尝不也是如此？

■ 崖下修起了一座水库

20世纪五六十年代，我们村里曾出现过一桩奇案：头年冬天，全大队社员齐上阵，在一个叫南崖的土岗下挖土筑坝拦河，顺势修起了一座四五百米见方的水库。当时谁也没有在意什么。可是来年春天，水库中盈满了水，岗上一片老茔中的几十棵松柏树却莫名其妙地死了。小水库离崖上的松柏，少说也有两三百米远，且在土岗的南面，会与它有关吗？人们不能解释。更感到不好理解的是，这些松柏在这土岗上生长了几百年，一直都好生生地长着，绿枝长青地活着，早不死晚不死，为什么偏偏修了这个水库就死了？

大队把这件事报到了公社，公社报到了县里，县里派来了办案组，看现场、排队伍、查可疑人，整整折腾了半个多月，情况没摸准，原因没找到，无奈作为一个"悬案"鸣金收兵了。

随着那些老树被用于修水利，这件事很快淡出了人们的记忆。后来，村里的老人们说，怕是修水库动了南崖的"地脉"、破了"风水"吧。谁也没有再去想，更没有人有意识地去思考。60多年过去了，前不久看到一棵千年古树离奇死亡的故事，不由得联想起了记忆中的那些古树。在非洲尼日尔的沙漠里，有一棵生长了1800多年的古树，风沙吹不倒、烈日晒不死、雷电劈不枯，在茫茫的沙海中顽强地生存着。人们发现后，命名它为"特内雷之树"。这是顽强生命的象征，是沙漠中的希望！因此这棵树深受人们的敬仰。然而，谁也没有想到，就是这样一棵生命力极强的大树，在意外遭受一次汽车撞击后，却枯萎了、死掉了。顽强生存了一千多年，为何却经不起一撞？人们极其不解，自然也引发了科学家们的好奇和研究。经过深入探究，终于人们有了发现：原来，自打这棵古树"成名"后，路过的车队和驼队，不仅为它竖起了屏障遮挡风沙烈日，还经常用珍贵的饮用水浇灌它。本已习惯了恶劣生长条件的古树，从此无须再与环境抗争，生命机能逐渐退化，以致脆弱到了难以抗住一次碰撞的地步。

时过境迁。家乡的那些古树之死，到底是什么原因，已无从考究了。但由非洲沙漠中的这棵"特内雷之树"想开来，有一点可以推论，由于崖下修起了一座水库，改变了松柏生存本身所固有的稳定的联系，打乱了它们几百年特定的生长秩序，以至于陷入了绝境。存在决定品格。有什么样的外部环境，就会造就什么样的品格和能力。环境对生物体有着选择作用，适应者生存，不适应者被淘汰。同时，生物体也选择着自己的生活环境载体，从周围环境中摄取营养，增强生存能力。橘子生长于淮南为橘，但生在了淮北则变成了枳；竹子在温热带长得"嘴尖、皮厚、腹中空"，可到了深山雪域地带，生长在海拔 2500 米以上，却变成了实心，且质地坚硬，极富韧性。这些植物的特性，都是它们在特定的环境中基于维持生命的客观需要而形成并发展的，正所谓"人有人路，树有树路"。一旦破坏了它们特有的生活环境，造成了运动形式载体断层，它们就会像古树一样受到灭顶之灾。作家许俊文在《一些东西隐藏着》中，将这个现象称作"身土不二"，说如果你是一枣树，你就长在你该长的地方；如果你是蓬沙东海草，也长在你该长的地方，否则就会改变性质。这种法则，其实就是一切生命都应当遵循的潜规则，是事物生存、发展中本身所固有的本质的、必然的、稳定的运动形式。

规则同物质一样，是不以人们的意志为转移的，不管人们认识它还是没有认识它，喜欢它还是不喜欢它，它都存在着，都在起作用。倘若没有它，这世上的许多东西就会乱了章法。固然，人们可以借助科学手段，检测一杯水或一撮土里有哪些成分，那些东西都是我们用肉眼看不到的。但我们看不见它们，却并不等于它们看不见我们。这就是说，大凡生命，都是特定环境的孩子，它们与周围的水土、空气、温度、湿度相濡以沫，形成了你中有我、我中有你的对立统一关系，这是不能轻易打破的，硬要抱定"人定胜天"的信条，强扭规律行事，必然会受到客观大自然的惩罚。古代美索不达米亚、希腊、小亚细亚等先民，把森林砍光作为耕地，可他们做梦也没有想到，这些地方今天成了不毛之地。因为他们使这些地方失去了森林，也失去了积聚和贮存水分的中心。住在阿尔卑斯山的意大利人，砍光了山南坡的松林，但也做梦没有想到，这样一来，他们把高山畜牧业的基础摧毁了；更没有想到，这样做的结果，即使山泉在一年中的大部分时间内处于枯竭状态，又使雨季的山洪倾泻到平原上，造成了无穷的灾难。阿斯旺大坝曾经是埃及人的骄傲，然而兴建大坝时形成的巨大的纳赛尔湖，由于泥沙的自然淤积，如今水库的有效库容逐渐缩小，尤其对生态环境的不良影响日益严重，逐渐改变了人们对它的评价。

值得注意的是，时至今日，我们许多人在许多方面许多具体事态上却仍然没有醒来。

猴岛读猴王

河南信阳西南,有一座20世纪60年代修成的大水库,叫"南湾水库",方圆几百里,碧波浩渺,一望无际。

水库中有一个自然岛屿,不知何时迁徙来一些野猴,几十年下来,繁衍成了足有四五百只的猴群,成了小有名气的"猴岛"。一上猴岛,导游便会告诉你,猴子的最大特点是好奇,叮嘱你一般不要在猴子面前做掏口袋、打手机之类的动作,免得发生意外。有一年,一位老兄上岛后碰巧接了个电话,刚把手机放进口袋就被猴子抢去,又咬又啃,鼓捣了半天,感觉无味,竟扔进了水里。

有猴群自然就要有王。这"猴王"是怎么产生的呢?

导游幽默地介绍:这猴王不是世袭的,也不是拉选票公投的,而是依靠自己的实力"打"出来的。猴王每隔4年竞选一次,颇像美国的总统竞选。当每届猴王"任期"快满的农历十月,那些自己觉得有竞争实力的公猴们便跃跃欲试,或当着猴王的面翘尾巴,或公然调戏猴王的"爱妃",并开始轮番与猴王展开你撕我咬的"王位"争夺战。

这时,漫岛的树木,无风而摇,无吼而啸。群猴亢奋,叫声不绝,天天有猴战发生。自然是"胜者为王败者寇",老猴王若胜,可以连任;要是败了,便退出"王位",泪别"王妃",遁到"终南山",从此独自过起隐居生活,那情景显得十分仗义和悲怆。

我不解地问:猴子为什么也会有"官本位"呢?导游不答,故意卖关子说,请你们先观察一番我再讲。

大概是习惯成自然了,一见有游客上岛,猴子们便三三两两从林中迎出来。这些猴儿,个个生得双眼皮,短尾巴,俊美的形体上披着光滑细密的褐黄色毛发。公猴身强体壮，尾巴高竖；母猴小巧玲珑，胆怯生生；小猴儿顽皮可爱，有的干脆趴在父母的肩膀上，用圆圆的小眼睛瞅着你。与猴子近距离接触，游人们好奇心陡长，纷纷从岛上的小商店购得花生、爆米花逗引猴子。大猴儿，或抱着小猴从游人手中抢一把便走，或背着小猴站直身子在一番比较后再择其所需。大胆一点的，竟来到游客的身边向你讨要食物，或者干脆直接动手翻你的衣兜，自己找可吃的。

而那些"等而下之"且胆怯的猴子们，则只能在外围"捡漏儿"，有时甚至会为争同一食物而大打出手。正当猴子们为食物你争我夺发飙的时候，突然一阵风起，一只"膀大腰阔"的猴子从天而降，群猴纷纷避让，有的竟乖乖扔下了手中的食物，而那些雄壮的公猴儿，此时也不由得耷拉下了本来翘着的尾巴。导游手指着说，这就是猴王！猴王的尾巴一直高傲地翘着，象征着在猴群中至高无上的身份。它的一只眼残了，大概是哪次"卫冕"中的代价，但从它那只好眼里所透出的目光，却满是刚毅、威严和沧桑，令人既感慨又敬佩。可以想象，在它的意识中，这种斗争的标志或许是一种可资炫耀的荣光。

那么猴子为什么要拼死拼活地争"猴王"呢？导游说好处起码有三：一是猴王有着封建皇帝一样的权威。它可以指挥猴子们的一切行动。二是猴王有着"率岛之滨莫非王土"的丰厚利益。凡是有什么好吃好喝的，首先由猴王享用。三是猴王有着与众猴不同的特权。猴界多实行"一夫一妻"制，而猴王却可以拥有"三妻四妾"，且是通过选美的方式，就像那古代风流皇帝，看中了哪个就是哪个。

其实，这"三点好处"只是人类自以为是的解释，人类之于其他物种，总是过多地赋予了自身意念，而这不过是一厢情愿的事情，猴儿们自有猴的生存秩序、游戏规则。猴子为什么争猴王？为什么非要 4 年竞争一次？这恐怕是人类目前难以完全破译的。但从动物生存的角度解析，人类的意识是自然界长期发展的产物，也是生物自然进化的结果。这些在青山绿水间以群体形式自在生存着的生命，是人类社会性自然史的载体和映写，它们活泼地、自由自在地生活着，同时又在适应着物竞天择的基本的规则或秩序——优胜劣汰。

猴王是生存竞争的胜者，在猴群的生存链条中是不可缺少的环节，由于它的强势，维持了猴界群体生活的井然有序。试想一下，如果一个猴群中没有猴王，人人都想称王，你不服气我，我不服气你，天天你争我夺，血雨腥风，还有什么生活秩序可言？从这个意义上说，猴子争王也是一种规则，如同我们人类一样，都是按规矩行事，按游戏规则处事。而其他猴子依附、听从于猴王，则是一种生物的本能，群体生存的本能，正所谓"鸟无头不飞，兽无头不走"吧！

■ 楚河汉界

出差河南荥阳，慕名游"楚河汉界"。

说起"楚河汉界"，会下象棋的人都知道，它是对垒双方的界线。这里埋藏着楚汉战争的一个故事：

西汉初年，楚汉相争。西楚霸王项羽据东广武城，汉高祖刘邦据西广武城，中间隔着一道广武涧。这广武涧，位于黄河南岸广武山上，是一道宽约800米、深达200米的鸿沟，楚汉两军"大战七十，小战四十"，势均力敌，谁也无法逾越鸿沟一步。鉴于这种形势，双方立约：以鸿沟为界，中分天下，"鸿沟而西者为汉，鸿沟而东者为楚。"历史就这样使这道天然的鸿沟成了"楚河汉界"，也成了今天中国象棋盘上所标界河的依据。迄今，鸿沟两边还有当年两军对垒的城址，东边是霸王城，西边是汉王城，成了荥阳的一大旅游景点。

导游是一位项姓老者，尽管不是楚霸王项羽的后裔，但对霸王的敬仰之情却是溢于言表。一路上，给我们讲项羽征服乌骓马之神、打擂台赢得虞姬之勇、项刘荥阳争战之仁，绘声绘色，眉飞色舞。特别是说起楚霸王设鸿门宴不杀刘邦之事，更是惋惜非常："如果当初霸王不搞妇人之仁，鸿门宴上杀了刘邦，天下就可能姓项；如果霸王不怀疑范曾，而像刘邦对张良、萧何一样用人，历史就可能改写；如果楚霸王不讲虚伪的面子，不搞乌江自刎，而是带三千弟子回江东，以待东山再起……"

老者大概完全进入了历史时空中的角色，为本家的命运惋惜，为本家的英武不平，一副痛心疾首的样子。此情此景，我不好对老者的这种感情色彩评说什么，但内心里却有一句回语："可惜，历史没有假设！"

西方有个与项羽的结局相类似的寓言，说某个小村庄下了一场大雨，洪水开始淹没村落。一位神父在教堂里祈祷，眼看大水已经淹到他的膝盖了，此时一个救生员驾着舢板来到教堂救他。神父说："我深信上帝会来救我的，你先去救别人好了。"一会儿洪水淹过他的胸口了，又一个警察开着快艇过来说："神父，快上来，不然你真的会淹死的。"神父说："不，我要守住我的教堂，我相信上帝会来救我的。"在洪水吞没教堂，他最后攀上屋顶的十字架时，尽管又有直升机飞来，可神父还是不愿上来，而坚信上帝会救他。神父最后淹死在洪水中。神父上了天堂，很生气地质问上帝："我终生奉献给您，您为什么不肯救我？"上帝也很生气："我怎么没救你？我曾三次给你机会，结果你都不愿意接受，我以为你急着回到我身边，可以好好陪陪我呢。"

项羽当年所处的境况，就和这个寓言中的神父一样，都有多次改变命运的机会，然而都丧失了，以致最终迎来了败绩、丧命的结果。这里形象地说明了一个哲理，事物发展过程中是由一系列具体事件构成的，每一事件个别说来都是偶然的，但这些杂乱无章的偶然现象，总是受其背后的必然性支配。人类的历史，表现为无数抱有不同目的个人的活动，历史的个别事件可以这样发生或那样发生，也可以早一些或晚一些发生，表面看来历史似乎是无数偶然现象的程序，实际上透过纷繁复杂的偶然现象背后，则是历史发展的必然性起着支配作用，决定历史发展的必然。项羽虽然勇武过人，但胸无大志，过于自我，且又极爱虚荣，鸿门宴上不杀刘邦、怀疑并最终不用范曾，乃至最终自刎于乌江，是他的性格的决定的，"性格决定命运"，这是一种必然。那个神父，三次拒绝生的机会，很显然也是自己把自己送进了天堂。上帝是不存在的，命运就掌握在你自己的手里，你就是你自己的命运设计师，你就是你自己的上帝。

把个人的命运寄希望于他人，把自己的人生寄希望于命运,把世界上的一切事物都视为命运的产物,而忽视主观努力,实际上是唯心主义的。人之所以失误,有时不是没有机会,而往往是有眼不识金镶玉,忽视了主观努力去把握,让机会白白流失。所以著名文学家茅盾先生一针见血地指出:"命运,不过是失败者无聊的自慰,怯弱者的嘲解。人们的前途只能靠自己的意志、自己的努力来决定。"

有人说,机会如长流水,失去一次并不可怕,还会有第二次、第三次……此话有一定道理,但是并不准确。机会固然可能再来,但并不是重复。赫拉克利特有句名言:"人不能两次踏进同一条河流。"如同闪电决不会在同一地方落两次一样。你的第二次机会,已经不再是第一次意义上的概念了。机会不是物质,没有失而复得的可能。第二次机会,在时间、环境、条件、人气等诸多方面已经发生了变化,无论在客观上、主观上都没有了第一次的优势。你在第一次机会时应得的东西,永远没有再生的可能。

其实,机会并不神秘,它不过是人生的一种境遇而已,是偶然性和必然性的统一,是人可以把握的。在与社会进步的要求相一致的前提下,充分发挥主观能动性,人人都可以成为把握机会的强者。机会只是成功的外因,是必要的客观条件,而起决定作用的是自己的内因,即自身的条件。罗曼·罗兰说:"如果有人错过机会,多半不是机会没有到来,而是因为等待机会者没有看见机会到来,而且机会过来时,没有一伸手就抓住它。"西班牙作家塞万提斯也说过:"勇敢者开拓自己的命运之路,每个人都是自己命运的开拓者。"人生是属于自己的,人人都有自己的人生低谷与高峰,但只有那些在崎岖的道路上不畏劳苦,勇于战胜困难,不为命运所屈服,始终抱定自己的目标不懈努力的人们,才能登上光辉的高峰。智者和英雄从来都是感谢天赐良机的,只有弱者和庸人才会去埋怨境遇不佳,常常沉浸于后悔之中。

年轻，并不只是看上去不老

《抱朴子·勤求》中，有句劝人惜时的话："人在世日失一日，如牵牛羊以诣屠所，每进一步而去死转近。"我青年时，每当读了此句，震撼之余，常常思绪万千。其中除了感悟人生苦短、需要惜时之外，曾多次设想如何留住青春，诸如进深山修仙，"山中方一日，世上已百年"；上太空旅游，"天上一日，地下一年"。甚至奇想如何把自己冷藏起来，过上若干年再解冻，弄个"妻子已白首，夫君方青年"之类的奇观什么的，等等。

这些想法显然是幼稚可笑的。不可否认，随着科学技术的发展，人类上太空旅游、冷冻生命保鲜，或许会成为现实，但这样的结果有什么实际意义呢？一者，如果全地球人都如此这般，我们的生存空间将如何承载？即使能够移民另外星球，那对于其他星球的生命，岂不是一场潘多拉星球式灾难？二者，如果这只是个别人的待遇，那这个人将如何穿越时空与变化了的世界相对接？又如何适应全新的生存环境而不被实质性淘汰？这无疑是一个无可想象的难题。

有这样一个科幻故事：一对孪生兄弟，健康活泼，聪明好学，但从小兴趣爱好各不相同，哥哥喜欢天体研究，特别对飞机、飞碟、飞船情有独钟，弟弟则热衷于医学研究。当他们长到 20 岁的时候，兄弟俩如愿以偿：哥哥当上了宇航员，弟弟做了医生。一天，哥哥就要到空中做飞行实验了，弟弟前去送行。临别前，两人相互说了些祝愿的话并对了对手表。哥哥以接近光速的速度在宇宙飞行了四年半。当他要返回地面时，给弟弟发了一份电报，弟弟欣然去迎接哥哥。哥哥回到地面后到处寻找往日的弟弟，却不见弟弟的踪影。而弟弟呢，只看见从飞船上下来一帮年轻人，也不曾见到自己的哥哥。哥哥只好走到一位两鬓斑白的老人面前询问。使他感到意外的是，这位年龄与自己父亲相仿的老人正是自己日夜想念的弟弟。而弟弟也感到不可思议，为什么哥哥还这么年轻呢？显然，哥哥无言以对。

类似这样的故事，我国古代也有。吴承恩的《西游记》中写道：孙悟空在"天宫"当了10多天的"弼马温"，回到了花果山，群猴说："恭喜大王，上界去10数年，想必得意荣归也。"孙悟空觉得惊奇，才10多天，何以说10数年？群猴答道："大王，你在天上，不觉时辰，天上一日就是下界一年哩。"

南北朝的《述异记》中也有一段记述：晋人王质上山砍柴，看到几个小孩下棋。他看完一局，砍柴斧子的木把已经烂掉了。回到村子里一看，所有的人都不认识了。原来他在山上不到一天的时间，山下已经过了100年了。

"陶令不知何处去，桃花源里可耕田？"王质回到人间之后，究竟是怎样生活的，最后哪里去了？书中没有交代。可我想，肯定是又回到了那个与世隔绝的地方。

唯物辩证法表明，世界是物质的，物质是运动的，而任何物质的运动都会以一定的时间和空间表现出来，概莫能外。也就是说，任何事物都有自己的生存空间和时间，并同周围事物发生着联系。运动着的物质必然占有一定位置、一定的体积。存在于空间之外的东西，即在任何地方都没有的东西，就是根本不存在的东西。人也是一样，作为社会的人，社会变化了，你却没有变，自然就成了另类。已经记不得是在哪本书上看过一个故事，说有个人听说海外一个岛上，生长着的人全是天生独眼，他就想象着如何弄一个回来供人观赏赚钱。经过千辛万苦，终于到了那个岛上，他悄悄潜伏下来，想等到天黑时捉一个小独眼人带走。谁知，独眼人夜间视觉如同白昼，他一出现便被发觉了，当即被独眼人逮住。独眼人看到他非常惊奇，便将他锁在了一个铁笼里。"岛上来了个两只眼的怪物"，消息一下子传遍了全岛，引来独眼国的男女老幼纷纷前来观赏。凡看过他的独眼人，莫不大惊小呼："真是奇怪呀，还有长着两只眼的人哩！"那人听了，心中暗暗叫苦不迭。

这个故事尽管有些荒唐，但同样说明了生存空间的重要。有什么样的生存空间，就有什么样的思维。生活在两只眼的世界里，感觉一只眼睛的人稀奇；而生活在一只眼的世界里，则觉得长着两只眼的人奇怪，这也是一种存在决定意识。再以我们用的电脑为例，你可以选择用旧的，可是当全世界的软件、硬件都早已更新几代了，你的电脑也就无法使用了。因为你已经无法与外界对接，已成了一个信息孤岛，如果不与时俱进，自然就成了人们眼中的怪物和古董，因而也就失去了在该时代存在的实质意义了。

年轻，并不只是一个看上去不老的外表。一个肉身生命要表现出自己的顽强生命力，说到底必须与不断变化着的客观世界相适应。其中一个关节点，就是要加强对新知识的学习，活到老、学到老，不断适应和接受新事物，力求知识不老、生存方式不老，这样你的生命之树就会长青。否则，尽管肉身正青春，但思想、知识、技能与现实环境不相适应，你也已经被实质性淘汰了。有句歌词说，"革命人永远年轻"。这个年轻，要义在"革命"二字上，这就是：不断追求新知，不断改革旧识，不断创造新机。这样，尽管你的肉身可能已逐渐衰老，但你的生命是永远年轻的，仍然生活在现代里。

方物记

■ 读书写作，我的一个小九九

岁月不居，人生苦短。三四十年前的情景仿佛就在昨天。那时，我还是一个刚刚当兵的毛头小伙子，而今却早已成了一个两鬓斑白的退休老人。虽说铁娘子撒切尔夫人的那句"生活从60岁开始"令人豪气万丈，可这种"开始"毕竟是老年生活的开始。

老年生活是什么？曰唱歌跳舞练太极，曰爬山买菜看孙子，曰养花钓鱼下象棋，曰书法绘画当学子，且若干阿哥阿弟们已经做出了榜样。难道就没有一款适合我老于头的？于是，从退休那天起，我就动开了心思。终于，从宋人《教子语》中找到了一个兴奋点："人生至乐，无如读书。"乐哉，健康之道也！于是，我对自己的老本行——读书加写作，又有了新的执着。

儿子看我天天笔耕不辍，心痛了，劝我："爸，悠着点儿，别写那么多了，年纪不饶人哪！"老妻干脆对我说："行了，差不多就行了，写多少是个多，身体才是最要紧的。"我能够理解他们母子的好意，点头称是，但称是过后，行动上仍然是外甥打灯笼照舅（旧）。

其实，我对这些劝说并不认可，心里有着自己的小九九。

活着的"活"和干活的"活"是同一字，这颇有意思。它表明活着和干活儿密不可分，几乎是相互依存关系。或者说干活儿对活着是一个证明，只要你还能干活儿，还在干活儿，就证明你还活着，而且活得还可以。如果你不能干活儿了，恐怕离生命的终结就不远了。就算你还有一口气，生活的质量也会大大降低。人干活儿是自然的安排，也是生命的规定。树木活着要发芽，鱼儿活着要游动，人活着呢，就得干活儿。干活儿，不单单指向于做工种田，做饭、扫地、抹桌子，都是干活儿。作为一个干了一辈子文字活的人来说，写作就是我所要干的活儿。手上有活儿干着，就有所抓挠，有所依托，心里就充实，就乐哉。不干活儿呢，就无所依，无所傍，心里就迷惘，就好像失了方向。真的，对我来说，读书写作是硬道理。不读不写就没有道理。或者说，我已经养成了读书写作的习惯，不读不写反而不习惯。不读书、不写作干什么呢？你让我整天站在街头看人家下象棋、打麻将，或者趴在电脑桌前玩游戏，我可受不了。

孔子有云："学而不思则罔。"我个人有个习惯，不动笔墨不读书。也就是说读书要思考，边读边思考，边思考边把思考记下来，或撰写成文章，从而以动手促进动脑，拉动脑子的运转。好比读书写作是思索的电闸，只有开始读书写作，才能合上电闸，思考的电灯才会豁然亮堂起来。我还打过一个比方，船的力量在于帆桨，人的力量在于思考，山因势而变，水因时而变，人因思而变。人的能力是读书思考的结果。一个善于并且会正确思考的人，才是一个真正有能力的人。人家说"我思故我在"，搁到我这儿，先是"我写故我思"，然后才是"我思故我在"。

说点儿交底的话吧，我是从劳动中学会了劳动，从写作中学会了写作。我在军区机关工作近30年，写领导讲话、经验材料、调查报告、研究文章包括新闻报道是我的主业，而写杂文、言论、散文、随笔以及报告文学，一直是副业。起先我并不会写杂文和散文，写一篇小东西就像小雏鸡下蛋，难着哩！我就是在写作的过程中，一点一点悟道，一点一点积累，逐渐才把杂文、散文写得像个样子，出了几本作品集子，也得了一堆包括全国一等奖在内的获奖证书。艺无止境。退休这些年，除了杂文、散文时常见诸报端之外，我还应约为报刊和网站写了不少时评和随笔。目前我的办法仍然是在写作中学习写作。只要不放弃写作，就可能取得进步。如果终止了写作呢，恐怕连失败都没有了。

再来看读书写作与保健的关系。这二者真是对立的吗？读书写作真会对身体造成损耗吗？我的确听说过，有的作家，一写东西就会觉得累，会"为伊消得人憔悴"，路遥英年早逝就是一例。我也知道列宁的死因是用脑过度引起的小中风，以致发展成大中风。但我认为这是个别而不是普遍，是小概率而不是大概率。

我个人的小体会，读书写作有感而发不觉得累，相反不读书写作我才会觉得累——心里累。如果几天不写点东西，我会感到没着没落的，觉得虚度了时光，会感到自己对不起自己。手上写着东西，吃得香、睡得好，一切都很正常，气色也不错。尽管看到自己的文字变成铅字或挂在网上时，早已不像年轻时见稿那般激动，但内心里也会生发出一种劳动成果被认可的快乐。如果不写东西呢，身体能不能维系正常，恐怕很难说。人说生命在于运动，其实写作本身是劳动，是活动，也是运动。只不过这种运动不是四肢在运动，而是血液在运动。可以作这样的推想，读书写作需要不断向大脑供氧，靠什么供氧呢，靠血液。血液不断循环，甚至要加快循环的速度，才能把氧气源源不断地输送给大脑，方可保障我们的读书写作有足够的能源供应。著名作家刘庆邦老先生在谈自己写作的感受时说：别看我们写作的时候是坐着不动，而我们血管里众多血分子不知有多活跃呢，它们像是喊着"加油、加油"，一路奔跑，都在锻炼身体。它们在锻炼身体的同时，捎带着把我们的身体也锻炼了。只不过，人的锻炼身体一般练的是外力，而我们写作练的是内功。

诚如斯言！读书写作不仅是我个人心理上、精神上的需要，也是生理上、身体上的需要。自我保健，当然也在其中了。